此情可待

张长征 著

綫装書局

图书在版编目（CIP）数据

此情可待 / 张长征著. -- 北京 : 线装书局，
2022.1
ISBN 978-7-5120-4863-8

Ⅰ. ①此… Ⅱ. ①张… Ⅲ. ①散文集－中国－当代
Ⅳ. ①I267

中国版本图书馆 CIP 数据核字（2022）第 003185 号

此情可待
CI QING KE DAI

作　　者：张长征
责任编辑：姚　欣
出版发行：线装书局
地　址：北京市丰台区方庄日月天地大厦 B 座 17 层（100078）
电　话：010-58077126（发行部）010-58076938（总编室）
网　址：www.zgxzsj.com
经　　销：新华书店
印　　制：成都市兴雅致印务有限责任公司
开　　本：710mm×1000mm　1/16
印　　张：15.75
字　　数：242 千字
版　　次：2022 年 1 月第 1 版第 1 次印刷
印　　数：0001-1000 册

线装书局官方微信

定　　价：59.80 元

真诚的力量

——序张长征散文集《此情可待》

李　专

最近，李克强总理的几句平常话，深深地感动了亿万中国人。

总理在记者招待会上说："我们人均年收入是3万元人民币，但是有6亿人每个月的收入也就1000元。1000元在一个中等城市可能租房都困难，现在又碰到疫情……""这几天我看中国政府网上的留言，大概三分之一都是谈就业的。其中一位农民工说他50多岁了，在外打工30多年，每年如此，但今年还没找到工作，全家都陷入困境。还有一些个体工商户，已经歇业几个月了。一些外贸企业现在没有订单，影响员工就业。"

几句平常话，唯其真实，所以举座皆惊，国人感怀。许多人由衷表示：这个总理实在，我喜欢！

我读张长征的散文集《此情可待》，最大的感受是真诚的力量。以真诚之心为文，笔墨所书就是真实。

张长征书写了情感的真实。张长征在深圳创业8年却落下百万巨额债务，这个经历是通过《喜得女儿》这篇文章来记叙的。公司员工肇事逃逸，受害者提出了令"我"难以接受的赔偿要求，"我"最终答应了，原因是女儿即将出生。"夜深，白天的争执与纠结，在等待女儿的即将降临时切换到了平静"，迎接一个新生命的到来时，让一个善良的人变得更加善良。女儿出生后，他就是儿女双全的人了，“好像我的生命传承中完成了一项伟大而神圣的使命，可以一门心思去为事业打拼了”，于是，将自己的纯净水厂扩大了6倍的产能。刚刚两年，这个拥有几百万元资产的公司却不得不以1元股权出让给别人，因为资不抵债了。故乡永远是穷途末路者的归宿，回到故乡，“我开始疯狂式卖保险、开运输车、贩卖茶油、工程包工，不分昼夜地干，能挣一分是一分，起码要让儿女生活过得去，至少要做到儿女们能吃上饭、上得起学校。不管将来有怎样的生活，我必须将债务清光，且不留后患。”“更不能因我的失败将儿女拖进生活的泥潭，我必须尽快从谷底中重新鼓起勇气，珍惜当下的年轻时光，去担当起为儿女奋斗的责任。”“我就像一个传染病人一样抖瑟在人世间苟延残喘”，亲旧避之唯恐不及，“我牵着女儿的小手走在回家的路上，无论风雨还是阳光中，幸福与温暖充实了春夏秋冬，女儿是一盏灯，在寂寥的黑暗中，始终为我开启着光亮”。穷则独善其身，达则兼济天下。一个困境中的男人，只为儿女着想，只为儿女奋斗，已经很了不起了，已经很有责任心了。从《方寸光辉》《就那样》等文章还可以看出，他自己一贫如洗了，对待朋友却依然慷慨大方。这就是卢梭所说的：“磨难，对于弱者是走向死亡的坟墓，而对于强者则是生发壮志的泥土。”

张长征书写了生活的真实。《大哥的童年》通过一次看龙船的记述，展现那时乡村的物质生活和文化生活的面貌。《母亲的灯火》书写了一个中国式母亲的吃苦耐劳和虔诚信仰。最有价值的生活真实，反映在《我的军营岁月》里。作者在20世纪90年代初应征入伍，欢送新兵的描写表现了当时人们对子弟兵的热爱。老家村子家家户户放鞭炮，敲锣打鼓欢送。自己读过的初中学校，校长组织了一次热烈的全校师生欢送会。自己所在高中班级，班主任即那位著名的陈振翠老师，不顾高考在即的紧张，组织全班同学到送兵现场欢送。整个县城大街更是挤满了送兵的人流，万人空巷。这样的场景，现在很难看到了。《三大纪律八项注意》，是中国人民解放军的纪律歌，“革命军人个个要牢记，三大纪律八项注意。”一定年代里，全国人民都会唱这支歌。“第五不许打人和骂人，军阀作风坚决克服掉。”我一直以为新中国成立后，部队里应该没有打人骂人现象了，但在张长征笔下的新兵连里，我惊异地发现不打人骂人的班长似乎没有。作为消防兵的他，写到临近退伍前的一次危险救火，写了当时还未满 18 岁的肖劲松，他自己脚踝骨折断了都不知道，精神已经恍惚，读到这里我们的心中就只有怜悯和痛惜。也是在这场火灾中，强烈的爆炸令战士们本能地退缩逃生，读到这里我们同样不会怀疑战士的勇敢，我们只会庆幸他们没有无谓的牺牲。当爆炸过后，他们接命再次冲向火场，最终扑灭大火。真实的记述，毫不影响军人的英雄形象，我们只会对血肉之躯的他们生起更真实的崇敬。《我的军营岁月》更多的是写了部队生活超乎寻常的艰苦和磨难，但是，得出的却是“当兵后悔三年，不当兵后悔一辈子”的感受。

张长征书写了时代的真实。书中记录了他 8 年的银行职业生涯，最后的结局是银行机构撤销，本人买断工龄自主择业。作为一个旁观者，我也旁观了那一波金融改革潮，对于撤并金融机构、裁减金融从业人员不甚了了。张长征在这篇文章里说清楚了，一个县级支行，经营着 2000 多万元的存款，50 多名银行职工就靠着这点存款养活。这存款又是靠白热化的竞争，高息揽储而来。“一人在银行，全家跟着忙；一人在保险，全家不要脸；一人搞股票，全家跟着跳。”由于区域经济的薄弱，2000 多万元存款由 2.5 万储户支撑，户均存款仅 100 元。撤销这样体制下的县支行，当然是最好的选择。但是，张长征并没有白过这 8 年。他经历了最初的风光，一退伍就由国家分配得到了这份工作，第一个月就拿到了 700 多元工资。母亲接过这份优厚的工资，噙着泪花：“我和你父亲工作了大半辈子，两个人工资加起来只有你一半多，我儿要好好工作，对得起这份工资。”张长征在这个单位结婚生子，还在这个单位带薪上了两年大学。也是在这个单位懂得了人情冷暖、世道人生。最没有白过的是，他写下了这篇文章，真实地收藏了一个时代的印记。有一句话这样说道：“时间永远是旁观者，所有的过程和结果，都需要我们自己承担。”当然，也需要我们自己记录。无数个微观的记录，就汇成了一个民族的史册。

我还想说说张长征的语言。张长征的文学语言粗粝而富有张力，有比较强的表现力和感染力。这是他一贯的语言风格，贯穿他全部的作品中，这里就不列举了。我想提一下的是那篇最为厚实的《我的军营岁月》，在这篇文章里有密集的比喻运用，一篇38000字的文章，居然有36个比喻句或者歇后语，歇后语本质上也是比喻。为什么这一篇突然会有这么多比喻句呢？我想可能是个融合的问题，部队向来是个大熔炉，是思想文化的大熔炉，自然也是语言的大熔炉。来自全国各地的热血青年，他们把自己各自的美好青春奉献在这个大熔炉里，当然也会把各自语言珠宝中的比喻和歇后语奉献出来，这大概是张长征在这篇文章中能够信手拈来的原因。“犹如一个听见狼叫的羊群，慌作一团”“和班排长相比犹如白铁斧头，是一面光、一面暗”“我们像是板子上的钉子，没法歪”“排长与班长是拔葱种胡椒——一茬比一茬辣”“队长在军营结婚，那可是新鲜事，对于全都是汉子的军营来说，好像大火烧了竹林，全是一片光棍儿”。

粗粝的隔壁就是精糙。张长征的文学语言比较直白、朴实，没有风花雪月般故作无病的呻吟，即有一些描写都是为顺理成章埋下伏笔。我想这与他的生活经历必然相关，他自嘲经历过金、木、水、火、土的生活，他曾寻找过金矿，不久之后从事过土木工程，经营过房地产，当过消防兵，生产过纯净水，从字里行间不难看出他的人生轨迹，他在农村生长，随父母工作调动辗转数所学校，面临高考时去当兵，工作期间去上大学，上完大学回到原单位。不久又下岗南下打工、经商，为偿还巨债经历了起起落落的艰难生活过程，尝尽了世间的酸甜苦辣，人生的独特阅历使他积累了大量的生活素材，在他的事业闯荡中，他仍能静下心来去写，保持一颗火热的文学创作之心，十分难得。他已经写作了几十年，文中充满了对家乡的热爱与思考，记录下儿女情长、青春眷恋、友情相助、事业起伏等，读来津津有味，让人掩卷不舍。他还要继续写作几十年，在文学路上不断锤炼自己，在语言的精练中再下功夫，不断地提高自己的创作技巧，一定会创作出更多更好的作品，值得期待。

世事洞明皆学问，人情练达即文章。但是，作家甚至著名作家居然会写出许多病句来，这是一个十分有趣的现象，虽在所难免，但这正是我们搞文学的人在写作的路上应去学习与提高的事情。

真诚是张长征最突出的文学品质，真诚的表现形式是勇气，也可以说勇气是张长征最突出的文学品质。张长征还有一个重要的文学品质是静气。为了静心写作这部书稿，他回到老家空置了多年的老房子，过着一个人、一幢房子、一只碗的生活，闭关式写了8天。想一想，我自己还真做不到。

《此情可待》里的这个“情”有很多的指向，毫无疑问也包括对文学的热爱之情、生活的返璞归真之情、对幸福生活的向往追求之情。此情又含有勇气和静气，有此“二气”的作家，无疑是有特色和有作为的作家。

（作者系湖北省咸宁市文联党组书记、市作协主席）

长征和他的追求

孔帆升

与张长征是在哪天哪个场合认识的呢？老实说不记得了，大约也是与世间许多不期然无异，源于某次酒桌上。酒席上会遇上种种人与奇葩的事，大多过眼云烟，连同那吃进喝进的，一并还给了大地天空。一些人渐行渐远，一些人从此陌路，也有念起就心生感激的。人这一生真有太多道不明，扯不清，到头来无非各自东西而已。

只有文学是底料，它能孕育诸多花草，令它们彼此相连，相映，相惜。

与张长征先生相遇能延续下去，主要基于他那份平时对文学的尊敬，弄好了底料，等你上桌，他对人的真诚，一下子就给我留下了印象。

有时很费解，这家伙怎么是个跑江湖行侠仗义的，怎么也是个谋利的生意人呢？他是个知书达理、风趣幽默，又颇具文人情怀的人。我能与他交往下去吗？这种揣测实属自然，却未免有两分刻薄。在重庆学习时的黄昏，他约我一同去街道走一走，我俩一同脱掉上衣，然后又袒胸露背回到宾馆，他笑说我耐不住重庆的热吧，终究还是没一个文人的样子，刻意有了要我出洋相的理由，好在街上没一个人认识我，这又不算什么。俗语有云：吃得亏，做一堆。洋相之后，我们总有机会在一起，蹭他安排的饭局，看他被人善意调侃或自嘲，看他与圈子里的人一起逗乐，还故意逢人说我俩是重大同学，这都是十分轻松而自然的事。之后，听闻他当过兵，常为战友们做些事，近来为军人事务管理局义务做宣传，还在抗疫期间主动到一线采写稿子，仿佛有使不完的劲儿，感到这同学有点怪怪的。

一日，突然收到他厚厚的书稿，真是大大吃了一惊！原来他还是个有心人哪！

厉害了我的弟，手里握有两杆枪哪！那尚武情怀始终融在血液里，令他比常人心胸宽广，富有正义与热情。而风雅的笔杆又使他多了分可爱与绅士，虽然谈吐离不开粗俗，却也有了恰到好处的收放。他的笔平常藏在口袋里，却不知不觉将笔锋伸到了生活深处。读着温热的文字，感知到他蘸着一腔炙热之情，挥洒起来竟然自如自在，佳句美篇不时闪现，令我感到十分高兴。

文学的魅力如常如新，在我的身边能够吸引更多的人，这是值得欣慰的。行有余力，读无用书，写无用文，娱无争之心性，夫复何求？一些人走到一起，有共同的追求、共同的话题，能够看到彼此身上的亮光，而且愿意互相靠近，愿意捧着初心彼此呼应，各自在大地上表达，这就够了。至于能走多远，到达怎样的高度，会带来多大影响，将受到什么评价，这不是写作者该在意的。读者说什么，那是他们的事，明智的作者唯求写得更好一些，断不会说："要不，你来写写试试？"这也是我正要对长征和文友说的一句话。难道我们会因为别人而改变初衷？会因那不靠谱的话而停止努力？心无旁骛，享受自己的劳动；患得患失，只会变得更平庸与无知。

人总得有种精神，有种寄托，好把日子从庸常应付中抽出来，镀上那能引领自己的圣光。假如不是这样，我相信人是会很容易坠入万劫不复的深渊的。尽管我们条件有限，但在从事一门职业、有着一番打拼之余，读读书写写作，丰富自己的精神生活，总比单一地活着好。长征所走过的路，已然给我烙下了印记。他用心用情地一路走来，从体制内到体制外，从一腔热血的军营到自由散漫的小文化圈子，从中规中矩上班到风雨兼程、觥筹交错的江湖，人生起起落落，有顺畅有曲折，有辛酸有欢笑。连成一串，谁说不是一道引人驻足的风景呢？他对父母的孝顺，对亲人的呵护，对朋友的友爱，对社会怀有明亮阳光的心态，他做自己认为有意义的事情，这本身就是十分感人的，诉诸笔端便增加了人生的价值。这样的人生也是值得回味与珍视的。比如年近半百了还去做义工，还去义务献血，比如冷静地用自己的眼睛去看待周围正在发生的事情，比如一直默默地用未作修饰的语言去记录身边的风景与人物。这种纯朴、真诚、执着的品性，与丰富多彩的生活交织，碰撞出属于他才有的火花，又叫人如何不称叹！

长征的描写是细腻的，写同学惟妙惟肖，令人捧腹又发人深思。写富水湖生动形象，触动心灵。那里的一草一木、老房子、老树、祖宗堂、菜地，都饱含了他血浓于水的情感，因而读来分外亲切。七里桃花冲是与我一道去的，看他大大咧咧、不怎么留心的样子，我以为他此行纯粹是去感受自然，却不曾想居然写下洋洋数千字。明明是游山玩水吃喝玩乐，不期然地就展现了老到的文字。真得刮目相看了！

之前，他偶尔把草稿给我看，不经意间总有闪光的句子，令我眼前一亮，无法不读下去。读之，总能让我发现有别于我的人生，有益于我的营养。这次集中阅读，更是欲罢不能。

我愿意读身边人写的家长里短，觉得与读文学名著一样对我具有吸引力，我很容易也十分情愿地把时间洒在这上面，让我的读写增加许多鲜活的元素。

期待长征写出更好的文字，悦己悦人。

（作者系中国作家协会会员）

目录

乡关梦回

身边故事

家长里短

往事烟云

杯酒偶得

附　　录

乡关梦回

异域的哗众，他乡的取宠，其实是我太虚华肤浅了。故乡富水湖，她有真山真水的自然元气，那湖里欢娱的水鸭与鱼跃，那山里的清泉与野果，那湖面的泛舟渔火及飞鸟，都是家乡的灵气。

富水湖的早晨

在城里，朋友们再这样折腾着热闹下去，我非死即伤，每天在醉醺醺中睡去，又在昏昏然中醒来，伴酒如生，是一种醉生梦死的状态。一本书稿搁置了几个年头，欲写欲改却不能延续，若不静下心闭门思过，恐难修成正果。听了出书人的指点，说是找个清静的地方，或许可沉下心来，便于写稿。于是，我想到了位于富水湖畔的湖山老家房子。

7月的一天，我住进了远隔县城百里开外的老房子，像模像样地尝试栖身写作。

村子并不大，从燕厦小镇的船码头上望去，村后是高高的毛詹尖山，山像椅背，村里人的屋舍修建得仄仄斜斜、横七竖八，散落于毛詹尖山底下一个山凹处。左边山脉如太师椅的扶手，被称为龙脉，却是葬墓地，被竹木林笼罩着，每年有先生为丧家人看风水，选下安息地，这里常被山雾笼罩。右边龙脉是一片庄稼地，全是人工的沃土，也是村里祖辈人的骄傲，每个季节都有绿油油的蔬菜，经常有盗菜者尝鲜，惹村姑臭骂。

村子的前面就是富水湖了，湖面清静，显得宽容、大气而典雅，隔岸呼喊，都能听见，左右望去，不知远方。

习惯了大城市快节奏的生活，我陡然一个人、一支笔来到这里，坚持与文字做伴说话，静静坐着、静静思考、静静作文，过着风止月瞑的日子，若一书生致志于写字。说实话，屋内蚊子繁多，点两盘蚊香分摆两旁，仍阻挡不了嗡嗡的进攻，扰断思路，必不时地手舞足蹈啪啪作响应战，甚是烦恼。

偶尔一抬头，爷爷奶奶的遗像赫然凝望着我，像是两位监考老师；于是，胸前又有了一团热气，乖乖安坐下来，凝神聚气去写文字。

没料想天气突变，前几天还晴空万里，昨晚夜半，电闪雷鸣，下起了大雨，竟然连下几日，暴风雨争争吵吵的，一直没消停。一觉醒来，却生起后半夜的寂寞，盼至天亮，走在村里，可见富水湖的洪水猛涨开来。

我也随村里人打着雨伞，去湖边查看庄稼地，湖水还在猛涨，会不会淹没了湖边刚长出苞谷的玉米地，我打着赤脚走过一段泥泞田埂，去查看洪水是否漫至爷爷坟前的拜台。村里人十分质朴忠厚，几乎有点傻气。说起湖水，随着雨季的到来，已经漫过对岸边的历史水位线。村里人置于预测中，便开始自言自语、比比画画，尤其那块湖边围汊处，对细狗兄弟承包的鱼塘，大家议论，照这样下雨的势头，不是鱼儿越池向湖，就是湖鱼归池，游弋湖里的鱼儿来去将是自由的了。村里人疑虑，我也焦虑，抬头望望天，依然乌云黑压，难见天日，村里人咒天骂地，什么粗话都说出来了。村里人心里一定会说笑我，跟着大家装模作样地杞人忧天，村里人的事无关乎城里人的痛痒，他们会留下面子，嘴里不会说出来，我操心的是爷爷的坟进了水，他们操心的是庄稼地里今年的收成。

村里少见年轻人，住的大都是上了年纪再不用出门讨生活的人，村庄显得过于人烟稀少和冷清。偶尔，有村里人瞧见我停放在屋前的车子几日未动，知道这屋子有人居住，便来喝茶抽烟，问我发什么神经一个人跑回来住了。我笑说，城里混不下，回家闭门思过。也有人怀疑我一个人不习惯乡下的生活，我说端一只碗，蹲着吃站着吃都可随意，一人吃饱全家不饿，少了家人嫌我酒醉后吵骂的累烦，既然来了图个清静，没有习惯不习惯之说。村里人后来得知，我一个人回来是为了写稿，感到稀奇古怪，常来闲聊。不时，东家西家常来请吃饭，瞧他们大都是一人守一座房子，同样是一只碗，便一一谢绝，怕去了又是相欢对酌的酩醉，误了文字工夫。倒是这村里买菜不及城里方便，左邻右舍时不时送来自家种的各种各样的生鲜蔬菜，我便来者不拒，但不多收，收多了，我一个人的肚子也装不下。

老屋，已经待了三天，竟连下了三天雨。第四天早晨，一觉醒来，见雨似刹住了，天空虽有乌云，但含混不清地时而露下阳光。湿漉的路面不见了水流，显出一块白一块紫，像水墨调和的调色盘。同学程正湘得知通山县城的河水漫浸上了街道，街道成了河流，发来微信视频问我，富水湖现在怎么样了，肚子里是不是装不下了，那县城可要水漫金山了。于是，我独自去湖边看个究竟，也好作答。

下过雨后的湖面有了脾气，撒了性格，见宽了、见高了、见阔了、见长了，淹没了很多地方，站在村口的山头，视觉顿时清新明朗，水刚涨到庄稼地边也就在爷爷的坟前打住了。富水湖风平浪静，成群的野鸭在湖面上游弋，此时，正是打鱼人下湖捕捉的最好时机。渔夫正划着渔船，忙着放网，惊起野鸭四处散去。不久，又聚集一起，难以分舍。湖面上呈泥黄的混浊，从上游漂流而下的啤酒饮料瓶及各种生活用品的漂浮垃圾，随湖水波浪冲涤到岸边，显得一片狼藉。一艘游船从燕厦小镇方向朝这边驶来，越来越清晰可辨，惊起鱼儿跃出湖面近一米高又扎进湖里，一群群不知名的似白鹤的大鸟盘旋在行梭的渡船上空，发出欢娱悦耳的声音，构成一幅极美的湖光山色画卷。

富水湖被郁郁葱葱的青山环抱着，显得那么高贵，此时，说她像个正欲出行的贵妃夫人较为准确。因为，她得寸进尺，在占有欲上逢低必进，逢溪河进贡必纳，裙子衣带伸向山峦缠绕，风情万种。是平常，须晴日，在湖水清澈碧绿时，说富水湖是人间仙境也过得去，从湖的这头到那头，水面的雾气如烟如丝缥缥缈缈。阳光，如珍珠般洒落在湖面上生起阵阵涟漪，鸟儿俯瞰在被四周村落围绕着的富水湖，便有了美妙仙景就在此处的人间惊叹。

小时候，我在这富水湖湖畔长大，怎能不熟知富水湖的性格脾气呢？

我曾去过大海，坐游艇深入大海的腹中，曾经想，要是一个惊天骇浪，那将会出现怎样可怕的情景，旁边没有山没有石，只有一片的天连海，海连天，离开了岸，就没有了在陆地上的踏实感，人就会想出若天有不测，恐思人没有海燕飞翔的本事。而富水湖，我曾坐过摇桨轻橹的小船或是突突的机帆船，多少次荡漾在微波清澈的湖中，恍如游子归来，即将停靠海湾，那两岸的山光秀色，就会让人有归属感。那村庄，就是我的港湾，那么安逸。一条大湖，静静地躺在群山峡谷中间，一会儿宽、一会儿窄，从这个峡谷窄路穿过，从那个岩下峭壁绕走，又从那个山嘴底蕴折过，心情会随景起伏，东西南北的溪河像归顺的队伍，浩浩荡荡或是默默奔流，为她投奔而来，好像只有这样款款而来，才是她唯一的出路，最终的归宿。

小时候，我常在这湖边玩耍。故乡虽然贫穷，孩提时不知她的内涵和意义，更不懂富水湖的美丽与价值所在，却知道，只要你来，她不会让你扫兴而归。赤脚走在湖边细砂浮泥上，投一块石片随湖面的阳光跳跃欢快而去，或去悄悄翻下杂草或石头摸鱼捉虾，或是光溜着身子，一个猛子扎下去探知湖底的深浅，或是悄悄去偷出渔夫的渔盆摇曳到湖心，随便撒把网，伴着黄昏的落日下去，准能捞一串鱼虾回家。渐渐长大了，特别是从外面归来，早晨，我常会来湖边漫步，近岸听微波低吟，远岸看炊烟袅袅升起，那时而翻涌的白浪，时而宁静的湖面，那阳光鳞次栉比下的湖水，在水一方的映射思绪，一丝一缕，如烟如画，卷铺开来，就会活灵活现地展现在你的眼前，沙砾、山峦、村庄、水汽、雾霰、烟霭、白鸟、飞鸭，在晨光之下闪现，像这样的湖光山色就会让人迷恋，呆立湖边的心绪不知所措，心想，这难道不是我一直在追寻的梦境吗？

第六天的早晨，霞光万照，天空真正放晴，我又去富水湖畔散步。这时候，可以看到湖面各处的村庄，在晨光温柔的映射下，如一只只卧槽的凤凰，集天下之色彩，收气象万千之风情，在栖霞下涅槃起舞，村庄那么神情安然，盛彩精致。

在村头湖畔的候船码头上，伫立着一位中年妇女，一只手挎着一只竹篓，另一只手放在额头上遮掩阳光，眺望湖面，时不时侧耳倾听远处传来机船的声音，我识得这是村里的人，寒暄起来。得知，她的男人在南京经商，今晚要回乡探亲。她男人的外地朋友得知富水湖正在进行旅游景点大开发，悉知鱼美虾肥，美食丰硕，湖光山色秀美，一大帮朋友要来观光旅游考察。她在候船，家里鸡鸭果蔬俱全，要去燕厦小镇采购鲜鱼、猪肉等食材，准备招待远方的来客。

我愕然，富水湖有游客来了，大凡游客，思观名胜古迹，入奇林赏花观石，去北国冰雕舞雪，去观高山瀑布飞流直下，怎么会到这里，览一潭湖水？啥一家饭菜？当年，我一心往外走，眼里瞅的是城里的繁华，其体面风光令人好生羡慕。如今想来，大可不必了，这些年，我走了不少地方，喧哗的都市和苗寨的风情，还有怡情小镇及韵味的城堡，异域的哗众，他乡的取宠，其实是我太虚华肤浅了。故乡富水湖，她有真山真水的自然元气，那湖里欢娱的水鸭与鱼跃，那山里的清泉与野果，那湖面的泛舟渔火及飞鸟，都是家乡的灵气。故乡的情怀，乡关的呼唤，其实终将返璞归真，这不正是我常常举头望明月，低头思故乡的感怀吗？

望着那中年妇女乘舟远去，我想，美丽的家乡不会一直贫穷下去，我突然吟起李白那首“长风破浪会有时，直挂云帆济沧海”的诗句来。

鸡年 7 月，我原想在富水湖山老家沉淀下来去写稿 10 天，8 天后，当富水湖唤醒朝阳时，我的初稿却提前完成，再读一遍。次日清晨，我驱车沿围绕着富水湖的湖边公路行走，然后再上沉颜大桥转燕厦走洪港进高速口回城。

红色黄沙铺

在通山，带铺字的地名较多，就大的地方而言，如燕厦铺、杨林铺、夏铺、黄沙铺等，可以想象，这些地名因历史缘故，均因与商贸买卖相关而得名，实为有料，足以传说论道，各持千秋故事。外地人初来通山，讲到什么铺，无不在历史上联想是什么酱油铺、铁匠铺、米铺的贸市集散地。就黄沙铺镇而言，顾名思义，“黄沙百战穿金甲，不破楼兰终不还”，油然而生感叹，此地必是古战场。

真的说对了，黄沙铺，鄂东南著名的革命老区、苏区，也是通山开国将军之乡，抗日战争时期，该地区是鄂东南革命根据地。

黄沙铺，也是一个琳琅满目的、充满红色革命史的铺子。

黄沙铺，一个镇子，位于湖北省通山县城北部，四面临山，如聚宝盆状。小镇靠北山而建，仅一条街，像一条长长的扁担，一头挑着阳新，一头系着咸宁。在小镇的旁边自西向东是成千上万亩的良田，一条源自大幕山而来的河道水穿田而过，一如织布的机梭，日夜奔流劳碌着，就为织一块美丽的田野蓝图而向富水湖集结，归顺于长江，随波逐流而去。几千年以来，在这块土地上的守望者，一直承载着历史脉络的演变进程，演绎着人间悲欢离合和今古传奇的故事。

通山，顾名思义是通向大山，这里属于山区，从咸宁进入通山，延伸到井冈山，一路上是绵延不断的山峰峡谷。如果说，通山是进入井冈山山脉的一个重要隘口，那么，黄沙铺就是隘口路上的前沿岗哨。大革命初期，共产党人阮明旦、阮瑞香、阮英立等人在黄沙铺，以开办学堂、药铺、典当行等为名，秘密建立党小组、农民协会、妇女协会，传播共产主义思想，发展共产党员，壮大革命队伍，与地主、私作坊主作民众运动斗争，与饥荒、赌博、禁烟、剥削压迫阶级作坚决的武装斗争，先后参加了鄂南秋收暴动，建立了地方苏区政权。1929 年 9 月，彭德怀和他的战友黄公略、李灿、何长工领导的中国工农红军第五军第五纵队挺进鄂东南，转战于通山。11 月初，县委书记叶金波率众迎接红五纵队，在夺取大畈阵地胜利之后，以阮志华同志为向导，带领红军从大畈翻越鸡口山到达黄沙铺先作休整补充，以谋后动。黄沙铺数百村民夹道欢迎，鞭炮齐鸣，锣鼓喧天，红五纵队在黄沙铺先行休整，再择日寻机攻打县城。好消息很快传遍了四面八方，方圆八十里，各地母送子、妻送夫，纷纷要求参加红军。无数妇女彻夜赶制衣被、布鞋，为全体红军换了衣装，老大娘争相帮助煮饭做菜，儿童替补红军将士在沿途数米内布置了联动式站岗放哨，家家户户献粮捐物，红军战士来到这里，每一个人都感受到黄沙铺的老百姓比亲人还亲、比家更温暖。红军在黄沙铺休整扩编补充后，建立了大幕山红三师革命根据地，夯实了大本营，部队给养充裕，兵力充足。其间，在黄沙铺一带，报名参加红军战士的难计其数，不久，为策应彭德怀所率领的部队，黄沙的新编红三师队伍重翻鸡口山攻打通山县城，一举夺取了胜利。红三师，历经无数次大小战斗的洗礼，先后征战于大江南北，反“围剿”、走长征、抗日寇、争解放，这支队伍将满腔的热血洒在祖国的大地上。全国解放后，通山黄沙铺先后牺牲了在册烈士 1300 余名，绝大部分将士的鲜血流淌在异地他乡，仅极少数将士看到了共和国的诞生，新中国成立后，以阮邦和、阮汉清、阮贤榜等为代表的开国将军继续为共和国的事业鞠躬尽瘁、死而后已。

黄沙百战穿金甲，不破楼兰终不还。是啊，黄沙铺的优秀儿女怀着为人民谋幸福的崇高理想和矢志不渝的追求，是鄂东南参与革命人数最多、地域最广、牺牲最大的地区，无数的黄沙铺儿女纷纷舍生忘死，勇敢地翻越鸡口山，投身于革命的洪流之中，他们浴血奋战，赴汤蹈火，视死如归，革命不成功，决不回家乡。

鸡口山，曾经是通山进入黄沙铺的一条正路，也是通往县城的一条必经之道，从大畈大坑或从黄沙铺阮家坉出入，翻越峪口，沿路有无主坟、垒石门、烈士墓等遗迹。其传说不一，这也是一条生存、求学、行善、革命、抗日的大通道。当年，黄沙铺人流传“一根扁担两根绳，三天不过饿死人”“大畈卖粮去黄沙，兑换草帽换点纱”，一直以来，两地人将翻越鸡口山视为一条生命线。

过去，从通山县城步行出发，要走一整天才能到达黄沙铺，如今，杭瑞高速从鸡口山隧道穿越而过，从县城至黄沙铺开车只需半小时。

而今，鸡口山就成了一条名副其实的红色旅游线路。

战争给人以教育意义，黄沙铺人走了多少路，吃了多少苦头，可想而知。历史的进程走到今天，革命换来了幸福，发展催生了新生活，先烈激励了后人。在今天美丽的天空下，孕育了天底下幸福生活的人们。黄沙铺有 17 个自然村、4.2 万人口，全镇总面积 276 平方公里。若把对她前世今生的所见、所闻、所想、所做，所有的历史前后对照，不难发现，黄沙铺人，一直以来具有坚持艰苦奋斗、不甘贫困的性情。和平年代，他们一直还在寻出路、找钱赚，向时代要知识、要进步，处同一目标上，分途并进，异途同归。如今，旧貌换新颜，非同往昔，革命老区、苏区变成了新区、旅游区！今天的村庄人基本上告别泥巴屋茅草房的生活，住进了小洋楼甚至别墅，过上了温饱不愁、出入无忧的幸福生活，一个偏远的山区集镇成了中国雄鸡版图上的腹心名镇。如今，这里四通八达，风景秀美诱人，竹林如海、树木参天、涌泉瀑布、湖泊纵横、气候宜人，构成一幅自然风光的美景画卷，是养生、休闲、宜居的天堂，也是最具休闲、宜居、避暑的胜地之一。神奇大幕山海拔近千米，这里山峦起伏、沟谷幽深，山湖映丽、林木葱郁、景色秀美、空气新鲜，留有“樱花园”“杜鹃园”“慈湖禅钟”“柳泉海”“虎旗佛洞”“天地洗砚”“大幕三杰”“竹楼幽谷”“双峰神眺”“黄金古寺”等景点，更具有潜力提升、历史瞻仰的旅游价值，每年旅客呈快速递增的态势。

且不说黄沙铺的矿产、物产如何丰富，也不提黄沙铺的风情韵味怎样十足，人物故事又是何等的各领风骚。单就说说，每年 3 月份前后，在黄沙铺那被烈士鲜血染红的大幕山上，漫山的杜鹃花争相怒放，那样的美丽芳华，还有像坚韧革命意志一样催生的竹海，竹笋争相破土，那股钻劲儿势不可当。

每年清明前后，黄沙铺四面的山坡上杜鹃花映山红遍，争相怒放，尤以大幕山上的最浓、最烈、最红，红色的花朵开得无所顾忌。人们常说，这是被无数先烈的鲜血染红的大幕山，尤以南山坡上最为壮丽，让我们对逝去的先烈产生了深深怀念。映山红过后，这里的苦竹笋、红竹笋、水竹笋、楠竹笋等随即破土而出，争先恐后，一节一节竞相比高，义无反顾地投身竹海中去，颇为壮观。如今，这里风能、光伏发电等资源开发项目风生水起、苦荞酿酒香飘四海、特色养（种）殖业遍布乡村、精准扶贫如火如荼，地方经济建设恰如雨后春笋般茁壮成长，人们正在告别过去，行走在宽阔的康庄大道上。

黄沙铺，走出像阮氏“三杰”名将及无数将士、走出无数优秀共产党员和好干部，走出过中国钢笔画第一人毛才奇等新时期的文人墨客，走出了商海弄潮的名贾商人。如今，黄沙铺的年轻儿女逐步告别打工经济，纷纷回乡创业，年长者荣归故里。这块红色的焦土已变成了投资热土，穷地变宝地，劣景变美景，引起卓有眼光的投资商纷至沓来。这里，各项建设在中国共产党的领导下稳步推进，在这块热火朝天的土地上，人们惊叹黄沙铺城镇发展的延伸触角，一年一小样，三年大变样，黄沙铺的儿女依靠勤劳的双手、清醒的头脑、坚定的信念，为红红火火的幸福生活而努力奋斗着。

是啊！数风流人物，还看今朝！

又有谁不为黄沙铺今天的发展而动心、动颜和动手呢？在这块红色的土地上，我作为一个退伍老兵，内心对黄沙铺有着更多的敬仰之情。报地有心，我将投资项目也投入火红的黄沙铺中去，落户于新时代的大商铺之中，共同期待黄沙铺的明天更加美好。

黄沙铺，黄沙铺，曾经的历史过往是那样慷慨激昂，而今，这里热火朝天，不同凡响！

今访冷水坪

冷水坪，大革命时期，曾先后是修（水）武（宁）崇（阳）通（山）县苏区、鄂东南道委、湘鄂赣省委的所在地，处于幕阜山脉湘鄂赣三省的交界点，又名三界，四面环山，位于崇山峻岭的通山县西南端，难得这里有一块天然的开阔小平地，坐落着一个不足千户的小山村，因山高水冷，故名冷水坪。

秋收起义前，共产党员吉孟来等人在冷水坪发展共产党员，建立党小组，密切联系群众，建立了良好的群众基础。鄂东南打响秋收暴动第一枪后，共产党员成其福、戴德昌等人在这里建立中共冷水坪党支部，领导人民坚持地方斗争。1929 年 9 月，彭德怀率平江起义军途经冷水坪暂作休整，受到当地党员群众欢迎，彭德怀对当地如火如荼的革命工作给予充分肯定，极大激励了通山人民的革命斗志。1929 年 10 月，何长工领导的红五军第五纵队挺进鄂东南，帮助通山开展武装斗争，通山苏区得到迅速发展，巩固了冷水坪的革命基础。1930 年 7 月，红三军团离开通山后，通山大部分地区被敌人占领，人民生活在水深火热的恐怖日子里，冷水坪凭借易守难攻的有利地形，为保卫鄂东南的最后一块苏区，以当地赤卫队为主，以一个连的兵力打退了敌人的多次进攻，守住了冷水坪的坚不可摧。在粉碎敌人一、二、三次反“围剿”中，以冷水坪为中心向周边地区迅速发展大批党员，形成了一定规模的武装力量，扩大了苏区地盘，成立了修武崇通苏维埃政府。1932 年 6 月，蒋介石亲任总司令，纠集几十万军队对湘鄂赣革命根据地进行第四次“围剿”，面对大军压境，通山红三师、红十六军在叶金波和孔荷宠的领导下，不断取得了在通山区域的反围剿战斗大捷，让敌人闻风丧胆，蒋介石曾将叶金波与陈毅等人的悬赏金齐名。1932年9月，蒋介石的“围剿”使用26个团对鄂东南大举进攻，致使鄂东南道委机关被迫从龙港转辗至冷水坪。1933年9月，蒋介石发动更大规模的第五次“围剿”，红军失利，冷水坪落入敌手，红军在绵绵幕阜山脉的深山老林里继续开展游击战争，斗争和处境特别艰苦，形势十分危急。革命形势又因“左”倾错误思想和通山主力红军失利后而被迫转移，又受红三师师长叶金波被害、道委书记吴致民被暗杀，内部两派斗争的矛盾异常突出等诸多因素影响，通山革命受到了前所未有的重创，蒋介石实行“杀光、烧杀、抢光”的淫威政策，对红军及百姓实施的卑劣手段极其残忍，牺牲的烈士难计其数，烧掉的房屋不计其数，通山人民生活在水深火热之中，形同人间炼狱。

1934年6月后，通山的边片和苏区被敌人分割成五大块，以冷水坪为中心的修武崇通边区县是鄂东南的道委机关，继而湘鄂赣的省委机关也迁移到这里，地位和位置尤为重要，这里成了收编各路失败红军部队、寻找失散红军将士的中心点，也是各路军的伤病员疗养基地。冷水坪将失散红军将士汇编为红十六师，总兵力不足1500人，之后，进行了适当休整和补充，在当地人民的支持下，相继建立了列宁学校、兵器工厂、被服厂、红军医院等，并对生产经济进行恢复，冷水坪成了鄂东南的革命摇篮，红军部队在通山境内及周边地区继续开展艰苦卓绝的、长达三年之久的游击战争，直到全面抗日战争爆发后，队伍立即开赴抗日前线。冷水坪，一时成抗日战争力量的蓄水池，为抗日战争源源不断地输送了大批的战斗兵源，这支革命队伍上下同仇敌忾，旋即投入全民抗战的滚滚洪流之中。

十四年抗战中，冷水坪虽没受日本人的蹂躏，但边区人民发扬革命精神，送衣送粮、送儿送郎去前线英勇杀敌，不断地、有力地支持了前方抗战。解放战争时期，冷水坪旗帜鲜明地为打倒蒋家王朝做出了不可磨灭的贡献。

通山解放的那一天，一声啼哭声响彻了冷水坪，一名婴儿诞生了。

新中国成立以来，中国大地发生了翻天覆地、今非昔比的变化。冷水坪，在这块红色的地方，一直备受后人惦记、牵挂、敬仰和向往，那里的人们现在生活怎么样？那里还保存多少革命故事的记忆？那里的扶贫情况怎么样？

2019 年 7 月 20 日的午后，天气转晴，烈日当空，气温炎热。我们怀着种种疑问直奔冷水坪进行实地采访。

我们的初衷是寻找红军遗址或是红军足迹，更是想寻找在那个年代出生的老人，通过瞻仰、查看、座谈等方式，更多地了解过去那段革命时期的真实故事资料。

很凑巧，正当我们在村口买当地的黄瓜解渴，借机顺便询问当地高龄老人的时候，碰到的是第一位采访人乐有华先生，他就是共和国诞生那年 10 月出生的，今年刚好 70 岁。如果不是问他的贵庚，还认为他只是六十出头的人，因天热，他光着上身，肌肉很结实，直觉上显得老实而又不乏热情。一听说我们是来采访冷水坪革命史的，正在寻找在革命时期生活过的老者，他热情爽快地说带我们去见一个人，一个如今 88 岁名叫乐昌志的老人。一路上，他自我介绍说他也是烈士的后代，爷爷是当年道委书记吴致民的秘书长乐怡锋，听母亲说多年前萧克将军来村时还提过他爷爷的名字。爷爷是 1930 年 7 月 8 日参加革命的，1934 年 9 月 2 日被反动派杀害，从他并不悲悯的言语中，能深切感受到他对爷爷那段革命历史的自豪感。

在村里一垄口处，我们在屋场的空旷处见到了一个老人，悠闲地坐在太阳底下一块光溜溜的石头上，这么炙热的阳光，他满头大汗，上身衣服湿透，乐有华先生告诉我，他就是乐昌志老人。当我们说明来意，又问他何故晒太阳。他耳背，甚至木讷，半晌，他说：“光是上身出汗，下身不出汗，让大太阳晒晒要让腿脚能出汗。”令人颇为不解，第一印象感觉老人古怪而神秘。

老人随后起身请入屋，其妻忙倒茶。然而，对乐昌志的采访交流极其困难，因其耳背，我们问一些问题，他答非所问，但他一提到冷水坪革命历史，话语就像决了口的沟渠，滔滔不绝地自我讲述。从他的叙述中我们得知，那时他还很小，记忆比较模糊，但经常听母亲讲起那段岁月里的故事，却是记忆犹新。他的父亲名叫乐德生，是浙江读经馆的一名书生，弃笔从事革命后，回到冷水坪，被党组织派往各地探听敌情、发展党员、收集失散红军。他经常破衣烂衫化装成讨米叫花子的样子，或是卖草鞋度日的小商贩，在周边地区进行秘密的地下党活动，为党组织对外联系做出了重大贡献。冷水坪被敌人包围后，乐昌志随母亲、大姐躲在附近山上的石崖下刨树草根度日，村里的房子全被敌人烧光，后来三人一同被俘，敌人发现他家有共产党员，将他和母亲夏春秒、大姐乐金娥抓走，中途卖到江西武宁一个地主家。直到新中国成立后，通过亲人多方寻找后，一家人终于回到冷水坪的怀抱，才得知其父乐德生于 1934 年 7 月被改组派错误地杀害。

当时两边山顶上各分布有一个敌人的碉堡，老人对此记忆很深刻，说那儿经常会放枪，夜间放枪时，全村人都睡不了踏实觉，提心吊胆度日。村里有一个傻子，给人推磨或是替人哭丧，是只图一口饭吃的可怜人，听到枪声经常不断，最终还是疯了，一天到晚在村里喊叫坏人来了，来杀人了，来烧房了，不久后就死了，大家都说是被吓死的。

老人对敌人来冷水坪后，对折磨老百姓的手段的残忍程度极其愤怒，用双手比画着，令人感到毛骨悚然，极其恐怖。敌人用烧红的火钳、点燃成把的供香往人的肉身上烙，那种痛让人生不如死，如同活人在被血淋淋地剥皮，直到现在，那种惨叫声还时常会在他耳旁隐约响起。他说起在村里曾有一把红军刀，新中国成立后就上缴组织了，那是红军战士后代乐昌显保管下来的。其父兄弟四人，参加革命后，只剩下两兄弟，后来，唯一的兄长被改组派枪杀。临刑前，其弟来送别，说："哥，你的孩子今后就由我负责。"这个孩子就是乐昌显，红军刀是他父亲留给他的唯一遗产。

老人讲，那时候人们为什么要革命？人民没民主没田地不说，国民党政府的生产税、烟户税、人丁税等税费达十多种，人们实在缴不起，为了保命不得不去向地主借，还不起债时，卖儿卖女的人家很多，生活连牲畜都不如，实在走投无路了才去参加革命，都是为了穷人将来翻身做主人而去参加红军的。

在采访中，我们发现冷水坪是我县杂姓最多的村落。目前，保留有乐、吴、冷、叶、黄、郑、崔、余、万、谢、明等 20 余个姓氏，他们大都是烈士的后代。

老人一直误认为我们是政府官员来调查什么情况的。他说要实话实说，从不讲假话。“现在政策多好，老百姓都盖上了好房子，马路（公路）都是水泥路，政府从不收我们一分钱的税，还常送钱送物给我们用。我们村里小汽车越来越多，房屋大都是盖两层以上的楼房，近几年，村里来了扶贫队，没日没夜带着大家做实事，村庄变得越来越美了。公路加宽后，来这里旅游观光的人一天比一天多，日子一天比一天好起来。共产党的政策好是好，但我的心愿只有一个，就是要保护好烈士墓，好多烈士墓是没有后人的，无人管，若政府再不管的话，恐怕今后就消失了。”

在对乐昌志老人的采访中，因语言交流不太顺畅，甚感采访内容美中不足。乐有华先生说，还有一位 94 岁的老人就在原红军医院那边住，不妨去采访下他会有效果，但有点远，较为偏僻。

我们立即决定前往采访，他十分乐意做向导带我们去。

匆匆作别老人，我在他耳边大声地祝福老人身体健康、长命百岁，老人会心地笑起来说：这么好的政策，我一定要活过 100 岁。

原红军医院、道委保卫局遗址同属于一个叫张河口的地方，距离冷水坪约五里地，如今的遗址已经不复存在，散落着几栋新房子。

在这里还存在着一位叫吉早生的 94 岁老人，他也是这里现存的唯一的革命岁月的见证者，老人耳聪目明、和蔼可亲、头脑清醒、十分健谈。当我们说明来意时，他再三说，知道的就说，不知道的就不能乱说。大家落座后，他儿媳打电话给丈夫说家里来客了，一会儿，老人的儿子也骑摩托车到场了。在这里，我们共同聆听老人的声音，将时光倒回到那段革命岁月中。

“这里是红军医院和道委机关保卫局的所在地。红军来时，我才七八岁，这里有十来户人家，红军来后，大家自觉地将房子腾出来作为红军医院，给红军战士和伤病员急用。老百姓全部迁入后山老林里搭草棚居住，这里地薄人稀，也没有水田，即使有几分薄地也无人敢种植，吃饭就成了大问题，军民在这里一般是摘野果、挖草根充饥，老百姓若能依时节偷偷种一点点南瓜、辣椒等蔬菜，大家舍不得吃，都会送到医院去，红军若做一点薯渣饼，也会送到山上老百姓家去，军民关系十分融洽。我常到医院那里去玩，那里有一股刺鼻的酒精气味，有十几个伤员经常逗我玩。一天傍晚，突然有许多红军战士用竹杠子抬来了大批伤员，一下子挤满了这个小湾子，房子住不下，我亲眼看到大夫就在前面的空地上将伤员放在板门上，在露天里当着临时手术床，用刀子取身体内的子弹，伤员疼痛的惨叫声响彻了山谷，取完子弹后抬到后院临时搭的草棚让受伤战士住下来养伤。伤员十分痛苦，叫人心疼。

“有一次晚上，前面垭口处来了不少兵，听到响起密集的枪声后，大家知道是敌人大部队闯进来了，保卫局的同志提枪去应战，大家纷纷躲进了后山的老林里，根本来不及抬走所有的伤员，敌人来后，我就在对面的山上，目睹了所有的房子被点燃，浓烟滚滚，烧得噼里啪啦地响。第二天，确定敌人走后，我们下山来，面前的所有房子被烧毁，房子内和院外的十几个战士全部被烧死，惨不忍睹。

“敌人来后，见人就杀，见房就烧，很长的日子里，我们和红军的部分伤员一直住在山林里，出村外的小路，根本无人行走，新长的茅草不久就覆盖了小路，敌人走后，大家下山连出去的路都难以识别。就在我们家不远处，一个叫徐宝林的，带上三个儿子参加了革命，大儿子叫富林，二儿子叫贵宝，三儿子叫云贵，他们在反击敌人的战斗中相继牺牲，全家都死了，太惨了。

“有一天下午，我还看到四个拿枪、背着大刀的人带了一个人来到保卫局，那人个子不高，披件皮袄，面庞黑瘦。在我家门口小路上与人嘀咕一会儿，其中一个人说，你还是去找下当头的人，说说具体情况，先保住命再说，那人听到路下方的不远处有人在不断催促，便摇摇头说，还是算了吧，随即与四名战士沿路走下去了。第二天，才得知冷水坪那边改组派于昨晚杀害了一个大官，叫叶金波，让这里的军民感到十分吃惊，很长时间大家心里特别惶恐不安。”

“听我奶奶在世的时候讲，改组派来后，就在我家那边的一块空地上挖好一个大坑，将十几个革命同志捆绑后拉到坑边，用大刀一个一个地砍头，老百姓能远远地听到他们在喊‘共产党万岁！共产党万岁’的口号，然后全部英勇就义。”老人的儿子接过话茬说道。

“是啊，唯愿中国共产党万岁！没有共产党，哪有新中国，没有共产党，哪有我们的今天，现在，我们起码不愁住，不愁吃穿，不用天天担惊受怕，没有人压迫欺诈我们，日子舒心啊，这些都是革命先烈给我们留下来的好日子，共产党现在处处为我们着想，想方设法地将我们朝富裕的路上带，我们要知足，更应该珍惜今天这来之不易的日子。只要全国上下齐心协力，像当年革命那样，忠于党、忠于人民，我们国家一定会强大起来，我们的日子一定会超越任何国家，更不会受任何人欺负，如果我们不相信中国共产党，忘记了为人民着想的最初愿望，我们就要回到从前的苦日子里去。”吉早生老人如是说。

末了，老人想起了小时候去冷水坪看戏，说是唱戏，其实是红军战士自排自演的革命色彩的节目，老人最难忘记一位领导上台讲的一句话：“我们为什么要革命？就是要为人民谋幸福而战斗！”

“对！”我们不约而同地为吉早生老人的肺腑之言鼓掌喝彩。

采访结束的时候，在冷水坪烈士纪念碑前，我们祈祷烈士英灵在这里安息。俯瞰村庄，夏日如画，村庄安宁，一条清澈的小河在静静地流淌，像在诉说这里的历史皆已过往，两岸青山默默地注视着这里曾经或将来发生的一切，好像是对烈士英灵的颔首肃立，又好像在耐心地期待这里产生新的传奇。冷水坪，这里现在还不富裕，甚至还十分贫穷，要做的事情还很多很多，将来会是一个怎样的美丽传说？仍然是一个猜不透的谜题。但是，这里的革命精神永驻，一定会激励着人们走在康庄大道上。

带着这个谜题，在村口，我们看到矗立着的一块牌子，上有八个红色醒目大字，“不忘初心，牢记使命”，似乎是在深情地凝视着来来往往的人们。

我们找到了答案。

闯王之镇

闯王镇，曾名宝石乡，原高湖、宝石两乡撤并后叫闯王镇。我曾来游玩过几回，一般选择在夏天去，主要是去一饱山清水秀之美，且享涧水林间之夏凉，此时景意十分适宜。这次随县作协团选择在春暖花开的时节去闯王镇下的仙岩村采风还是第一次，加上小雨刚停，白云缠绵山腰，难舍分离，闯王镇如披上了神秘的面纱，让人多了一些想象和向往，此时，说山说景说人说情应正相宜。

单就闯王镇而言，占地不大，人口不过两万，不及大城市的街市口，田地也不多，区区五万亩，不及房产商大佬跑马圈地。其实，闯王镇名气很大，在 253 平方公里的地盘上，在上下几千年历史里，这里却有两位人物与皇帝有关；其一，明代皇帝的老师舒弘绪先生；其二，推翻明代皇帝当了几十天皇上的李自成。所以，闯王镇从历史上具有两位巨星的荣耀，有蜚声神州、名传寰宇之说。两位先生一文一武，都是男子汉大丈夫，叱咤历史的风云人物，而命运归宿却截然不同。先说舒先生陪太子读书，皇上坐了江山而不忘师恩，俸禄师父不惜银两，赐得舒先生以高名又立牌坊。在宝石村，先生的古民居至今犹在，遗址保留尚存，舒老师不在家的年代里，因师出有名，这里商贾云集，好不热闹。村庄的人们受师风之教诲，自然成就了文明诚信之风气。加之这里的乡贤又都与先生沾亲带故，因书香墨气之浸透且个个儿都涉及皇亲国戚，生意当然好做。名气大了，什么事都一气呵成，当年堪称有“小汉口”地位的佳话，造就一段时期的风水大作。大有流芳千古之位也就自不必说，今还有民居牌坊及老师居所可观可摸，引世人络绎不绝而来追古思今，沾沾风水和贵气，生发出一方水土养一方人的探访与悟释，让人有所为有所不为的态度去思考人生。再说李自成，带领农民兄弟们揭竿而起，一路凯歌，风风火火进京升官发财致富，终于梦想成真，推翻了明朝当了皇帝。可惜，草根人的小农意识未改，照着梁山好汉的样子，大碗吃肉，大碗喝酒，照着你有我有全都有的江湖习气而谈天下，这是过了头的自高自满。且又不懂珍惜天下民情，属下权贵们又不思进取，没过几天好日子却招惹事端，恨好日子不长，终是丢城弃甲，落荒而逃于此镇域南部牛迹岭小月山。虽势单力薄却尚存英雄气概，嗷嗷叫还有胆量，因与当地农民程九伯打架斗殴，打不过人家，遗恨自作古，惨死于千年风尘之中。谓之英雄气短，硬要扮演成赌徒一般的人生，哀叹其有力气推翻了王朝赢得“金顶”，却无力于一时“放冲”让村夫程九伯赢了“屁胡”，令人啼笑皆非。他的死被后人警醒，成就了一部反面典型的廉政好教材，如今，在李自成墓地的正对面建成一个硕大的李自成廉政教育馆，内面有一口大钟，名警钟长鸣，每敲一下，对面墓主人听得羞愧，现时站立的贪官污吏脸红，平民百姓也愦耳，会一一暗自思量：“我们决不当李自成。”这话实在又坚定，有利于后人做人做事讲规矩，以免落下人仰马翻之忧。

沿闯王镇下去，约 20 公里后就是叫高湖的地方，其实这里本没有高高的湖，但有低低的而又清澈透亮的河水。河水将欢忧给了捶衣女，将起伏给了山野，蕴含了几地风土人情，喂饱了口渴的田地。然后，几经山峦缠绕，终是俯首低鸣诺诺地拂袖而去。这里的河谷回荡着山歌恋唱，牧童箫笛，让山水间显得柔情万种，乡村炊烟袅袅，腊肉香味弥漫。然而，空气照样纯净得装不下心田，若闯王不死，必会幡然醒悟将功名利禄全抛下，择地安居一处，乐得“采菊东篱下，悠然见南山”的平凡日子，也何尝不是逍遥于人间的仙景中，乐得修身养性的美好结局。但他选择了如同这高山流水般的趋势，随波逐流而一去不复返。而今，这里确实有了湖，不说仙岩小水电站里的湖水，来讲讲“高湖——龚尚行”生态农业观光园，由当地有志之士投巨资引水筑渠、拦坝起湖，首期项目是珍稀名贵鱼类养殖的百亩基地，现已初具规模，一个偌大的像方格稿纸般的银色湖面，五颜六色、数不清的大大小小的鱼游弋在清清的山泉水中，令人有了捞一只炖了下酒的食欲与兴趣。以前我没听说也没见过有近两米长的中华鲟鱼种，却在这里目睹了奇迹。随行的人说：“这里的中华鲟最大的可养至近 300 斤，比肥猪还重！卖价都比猪肉贵几倍，市价在每斤 80 元左右。”令人难以置信。其贵重近如人参，中华鲟生命周期较长，最长寿命可达 40 龄，长不过 40 厘米。曾一度标榜为中国一级重点保护野生动物，也是鱼类进程中的活化石，有“水中大熊猫”之称，具有很高的科研、药用和观赏价值。现在人们引泉养宝，挽水繁衍，依靠科学技术在这得天独厚之地以人工养殖中华鲟实现了黄金之道，其产生的价值意义又远远不止这些。从二三期项目中还了解到，今后，这里会建拍摄基地和风情小屋，美丽童话中的故事会，将在这里演绎现实中的一幕幕浪漫经典，当我走进这如方格信笺式的基地，随鱼儿悠闲欢娱地摇曳，便有了憩静下来的心情，却又不知从何处去着笔描写。不知不觉中走进湖旁一栋精致的厂房，这里建有一座先进的全自动化饮用山泉水生产基地。摸着这些新设备和摆放有序的桶装及袋装山泉水的产品，勾起我当年在深圳时利用自来水生产纯净水创办公司那段艰难时期的回忆。我伸出自己用 8 年时间磨掉了掌纹、曾以失败告终的双手，抚摸这些产品，顿悟又哑然失笑，在有偿的产品中再去深加工新产品获取的价值是微薄的、是得不偿失的。当年，怎么就没想到在自然中寻找免费赐给我们因地制宜的资源，在水到渠成的顺势中经营自己呢？面前的均等机会，我却在流逝的岁月中与之擦肩而过，怎么就没想到从身边可利用的自然资源中去挖掘而推陈出新呢？我为何兵败深圳商场，似乎在这里找到了较佳的答案。

闯王镇的仙崖村没有神仙，却有诸多如神仙谱里的故事传说，如这里流传有仙人台、仙崖望路、仙人翻书等景观之说，为什么这些总与“仙”字有关而又这么巧合呢？我呆立在建于清初年间程氏古祠堂里，在这沉淀下来的历史长卷中，百思不得其解。且不说闯王镇大崖头瀑布气势恢宏、莲花洞的神秘与灵奇、楠竹风来势于海浪翻涌、沙犁轻咬甜于蜜，单说就位于仙崖与高湖两村一山之隔的山顶上，矗立着的一块奇观石头，这里人称为“仙人翻书”。此石犹如贵州铜仁梵净山上石头的形状，但形态又不一样，像是对梵净山各种形态层岩风化石的补充，又像是从梵净山上飘落到这里的一个遗留纪念。从远处看，就是一整体巨石，比梵净山任意一块石头都要雄壮；近看，却又不是，一块巨石一分为二，中间宽不到两米、深有数丈的沟壕，又相隔开来。两边石壁平整而笔削，无人敢下去看究竟。站在石头上放眼看左右两边的村庄，山脚下的高湖仙崖村，溪深谷幽、流泉飞瀑、田园风光正以步步高的态势向上扑面而来，鳞次栉比。村庄正被深黄色的油菜花海所包围，犹如一幅美轮美奂的山村田园风光画卷，正慢慢舒展开来，尽收于眼底，那么赏心悦目。此时，我看到一台台挖土机、推土机从那条山边公路上向这里驶来，惊醒山林中的飞鸟向山谷中纵然飞翔。如果说这崖石是仙人翻书也未尝不可，但也可想象这石头应是当年闯王挥泪一剑怒劈了巨石，让后人反思闯王的遗恨也说得过去。不如说，现在的人们在新时代里刚刚醒来的时候，如孙大圣一样，在几亿年饱经风霜的石头中“嘣”的一声，石破天惊，脱胎问世，现在的人们，个个儿如八仙过海般各显神通，各自有了不惧坎坷、勇往直前的本事和信念，那么，叫它新生石、大圣石或是惊天石也恰如其分。

闯王镇过去叫宝石镇，有没有宝石是一个谜，泰山石敢当，闯王之石敢当吗？这个疑问在采风中得到释然，这里开采的石头享有“中国石英石之乡”的美誉。这里的河床满是各形各样的鹅卵石，在园林绿化、市政工程、艺术经济等建设中，为设计师提供了灵感，成为商家选取艺术石的首选之地，漫山遍野的各色断层崖石在系列文化石中具有缤纷夺目的独特亮点，为点缀美丽的中国带去它独有的热情与灵秀。

近年来，闯王镇的石头吸引了不少投资者的关注与莫大的兴趣，纷纷踏足前来闯王镇为石头取经、开发、寻宝。如果说泰山石敢当，仅是竖于房屋一角或路一旁为了避邪一说，那么闯王镇的石敢当，恰恰是富有眼光的人们不信邪，依靠勤劳双手搬开、凿开、再加工，利用石头而闯出的一条点石成金的幸福之路。

闯王镇就是一颗宝石，镶嵌在巍巍的幕阜山脉之中，似一颗明珠，熠熠生辉，闪闪发光。

笔走八仙塅

若不匪气，去不了八仙塅。

通山境内名山众多，以仙取名的要数八仙塅。八仙塅位于杨芳林的八仙崖上，是传说中八仙东游过海在此歇息的地方。若去八仙塅，须过崖壁，走天险，山高路陡，回肠九转，无胆量之士不涉足攀登。古往今来，引多少英雄望崖止步，所以，山上即有神仙也无人去朝圣膜拜。八仙塅鲜有人知，至今不闻名于世。

通山作协一群文弱书生似吃了豹子胆，笔锋指定八仙塅。文人墨客，总是坚信无限风光在险峰，执意仗笔与八仙论道，乃文人的意气风发。虽知天高地厚，却徒增文人英雄之气概，谓是由雅兴变匪气，竟邀约 30 余文人斗胆一同前往采风，大有高山论剑之气势。文友袁玉开不甘示弱，吆喝壮胆前行，可怜一介弱女子，哪能经受得了悬崖峭壁之险峻，腿脚抽筋不听使唤，又哪知峰回路转，在迷途中失之方位，晕头转向不知路在何方。掉队后号啕大哭，泣其不幸，怨八仙不佑，失魂落迫于崖峭壁处，捶胸顿足于半路，进退两难，幸有山主路过，前来半路扶其前行方能上得山来，大有甘愿山寨押夫人之剧情的精彩片段再现。

若无文人，识不了八仙塅。

如今，找热闹的出处容易，寻清静的地方难，接纳现实的东西容易，悟释抽象的意境难。唯有文人敢在现实中去抽象，在抽象中去释然现实。去八仙塅非得经千难万险之后才能觅见幽静之地，在险峰顶端的平地处才能晤面八仙塅的场景，虽是一境地，却景罗万象，藏于一片竹海之内，默守荒山岭上数千年，景中磷石堪称奇迹，其姿各异、线条清晰的怪状石头，令人叹为观止。此时，驻足沉静下来，去与石头的各种神态对话，也就是穿过千万年隧道与八仙聚会，惊喜若狂或疑惑浅薄或卑微自拍，难以一一抒怀，后来，本地知名女作家倪霞有这样描写：“天上一日，人间千年。几盘棋下过，沧海桑田，大山耸立，八仙们的仙踪，化作眼前怪石嶙峋的石棋盘、石凳子、石柱、石锅、石台、石马、石悬崖……化作铁拐李的拐杖和宝葫芦、蓝采和的花篮、韩湘子的横笛、张果老的渔鼓、曹国舅的笏板、何仙姑的荷花、吕洞宾的宝剑、汉钟离的芭蕉扇……形态各样的石林，林立在那里，你想它是什么，它便神似在眼前……”又有通山作协主席廖双河先生的赋为兴：“今成百态，神姿朗朗。石兔石牛石和尚，石碗石桥石月亮。或立或爬或飞翔，或蹲或躺或张望。如观音打坐，如骆驼骑像；如孙猴腾云，如嫦娥梳妆；如少女起舞，如老农牧羊。星星点点，密密麻麻；步步入镜，处处成像。身在山上游，云在脚底荡；心中有桃源，眼中是天堂。”又有诗人方建新即兴抒怀的七律《游八仙垴》诗为感：

绵延起伏接天边，
峭壁盘旋古栈连。
蜂采格桑香径外，
日烘山果醉云巅。
奇峰突兀雄关峻，
怪石嶙峋姿态妍。
更喜高梧今引凤，
风亲月近访神仙。

文人到了八仙垴，就活灵活现地道出八仙垴的真情实景，只可惜，这里是神灵之地，古来却无香火缭绕的供奉，没有晨钟暮鼓木鱼诵经的福泽，所以寺庙痕迹无从考证，八仙垴故事传承也就无从谈起。这次有缘与前来云游的玄烨法师等信徒在此相逢，说经诵书，谈佛释悟，也都难以统一认识到八仙垴神灵的价值所在，“山不在高，有仙则灵”，无奈山高路远，险象环生，堪比蜀道难上青天。法师在这里现场诵经放龟入池，也许是指八仙垴为“仙龟指路”吧？

若无能人，成就不了八仙垴。

山下有孔姓几人，在外经商小有成就，可不忘家乡山水养育之情，积聚资金舍弃喧闹，手拿投资项目，坚决回报寂寞的八仙垴，开山辟路，安营扎寨，打造景观，发展种养殖业，带动扶贫攻坚，他们甘于清静，克服困难，埋头苦干，与天地斗苦作乐。如今，在这里初具规模的庄园式高山上，通过人必胜天的理念与精神，不断展现了新的成果，衬托出了八仙垴的风光美丽无限，我们可以目睹：羞红的仙桃硕果累累，诱涎的柴火饭香飘山外，火红的格桑花笑靥频频，漫展的楠竹随风摇曳，五彩的土鸡欢歌笑语，山顶上的信号站让你手机轻松联系山里山外，特别是当你站在这高山上，环顾四周极目远眺，顿悟杜甫“会当凌绝顶，一览众山小”的感叹，也有了毛泽东先生“不管风吹浪打，胜似闲庭信步，今日得宽余”的豪迈情怀。没有这群愚公移山精神的能人，没有这群对八仙垴有真正情结而奋斗的勇士，是创造不了八仙垴在人间真正价值的。

我随文人下山，忘记了险象环生，忘记了险后余生，却不忘特地停车在山脚下的水库旁，文人们一一深情回首，以虔诚崇拜的心情，仰望高耸云端的八仙垴，拭笔作揖，八仙过海各显神通，皆为神话矣，而现实的神通，还要看今朝！孔家那几个人，算是八仙垴真正的神通人，成了另一道亮丽的风景线。

桃花冲印象

以前，朋友来通山，除喝酒吃饭唠嗑外，若想看山，我一般会说去九宫山吧，若想赏水，我会说去富水湖吧，朋友提出有什么猎奇地方可玩的话，我会说去隐水洞吧！如今，我改变了主意，我会不由分说拉上朋友，走，去七里桃花冲看看吧！

一行人撩开山的面纱

七里桃花冲是去九宫山的必经之地，位于九宫山脚下船埠村的东南侧，遇村里人一问，村里人都会顺手一指，热心地说那你来对了地方，确实是一个沉寂多年又有着许多故事的好地方。

9 月，一个秋雨绵绵的日子，我与县作家孔帆升、倪霞、阮长兴、沈元英一行五人，相约桃花冲一探究竟。

倘若把七里桃花冲喻为一条扭动的巨龙，那么船埠就是龙口的“戏珠”。

船埠村虽不大，但俨然有一般乡镇 20 世纪 90 年代的繁华，在连接九宫门票站近一里的路上渐成一条热闹小街。农家院星罗棋布，商店应有尽有，旅馆尽显规模。这里的农户人家屋对屋，窗对窗，但大门都不相对。深谙风水的人知道，这是村里人一直以来的居家老规矩。屋前屋后尽是悠闲的土鸡，若是在农庄做客，来只土鸡，那鸡汤油黄油亮的，对孕妇或虚弱者补身是难得的佳肴补品。村里狗多，大多温驯悠然，白天见人便摇头摆尾，在一边或蹲或坐或让道。我深知，倘若是深夜闻人来，一定会引其怒目相视，一犬吠引群狗吼，响彻整个山村。所以，村狗迎客不迎贼，幸好，我是白天来客，若是晚上来会被误当成贼。

原先我对这个村略知一二，经常路过此地，从这里起步上九宫山名胜风景区，一路便是攀登回肠九转的盘山公路了。船埠是名副其实的九宫山“鞋垫”村，也是上九宫山打前站的采购村。如今，“中国钢笔画第一人”旅美华人毛才奇老师相中了这里风景如画、民风淳朴，几年来，每年用大量的时间蛰伏在这里闭关潜心创作，其作品誉享天下，也深得当地村民的喜爱和敬重。我多次来看望毛老师，便做客“九宫一家人”的农家院喝酒吃饭，这里常聚有山民自己组建的文艺团队，山民们会用本地话唱山歌、对情歌，那唱腔、那曲调常会让人情不自禁鼓掌叫好，引满堂喝彩。

可我一直没想到距这里不远处，还有个叫七里桃花冲的地方，还隶属船埠村管辖范围。每次来静观毛老师作画，聆听村民们山歌吟唱，我会兴奋于忘乎所以，不作他问。没想到这次采风，它就在离船埠东南方向不远处，可谓村外之廓。

桃花冲横亘在重重山岭与蜿蜒曲折的数公里山沟之中，大凡群山造势、山脉造向、生水造人，是有其规律的。在通山统统是山的地方，像这样的村落、沟壑、溪流、山脉到处皆是，看山观水，赏花察石对于山里人来说，是可以从容淡定的。对于城里人来说，若没有与众不同之处，也会了无兴趣。桃花冲仅是一条山沟而已，北面山与南面山上的水汇聚下来，便有了顺着山脉平行而奔流的沟溪小河流，小河义无反顾向北流去，汇入长江，不复回。沿河流南面有一条村级公路，再沿这条公路一路向南约有七里路的通道就叫七里桃花冲，途中散落一些人家，目测也只不过 30 来户。

初入桃花冲的印象有点哑然而笑，虽是初秋，桃花凋谢也罢了，但未见一棵桃树。这条路望不见头，也没有路牌，细雨中闲散地走路，着实无聊与费力，一路若无惊喜风景来打岔的话，即是一里山路也索然无味。我就纳闷了，七里桃花冲的花又缘从何来？亮点又在哪里？顿时，令我那从远道而来之初始的期望心情趋于平静！然而，事情远远不是我想的那么简单，我们到各处仔细观看，亮点纷彩呈现，情绪越来越兴奋，脚力越来越劲道。

因为雨天，林深恐身湿，虽许多地方没去，我们仅仅只是走马观花式领略几处，但这也大大地使我们心情得以满足。

我们将这层面纱轻轻撩起，带给山外新奇的信息。

七里河四座古桥

溯溪而上，在这条羊肠小河里，横跨着四座古老的小石桥，村里人叫祖爷桥、太君桥、红军桥、彩虹桥。

这条七里水流，说是河，却比通山任何一条河窄；说是溪，又比通山任何一条溪流宽，春夏山洪暴发时，各路山溪水汇聚在这条溪河中瞬间变成气势恢宏、恶浪滔天的滚滚河流，可谓是一条大河。这次来，虽然下着小雨，这条溪流水静静地欢畅流淌、清澈见底，不见半点混沌，一溪清流淌过山间，淌过桥洞，弯弯向南而去。曾经有人在这里拦坝起湖设立小水电站，却早已荒废，估计是因水量长期不足而无洪荒之力难成效益，可能是小溪不屈服阻挡溢坝而流，坝也似桥，只接受水的抚拥。这条七里溪流中有四座远古石拱桥，如今，这里虽然仅几十户人家，却有这么多桥，令人感觉到颇为不解又极其浪费，四座桥的利用价值在今天看来似无从谈起。桥的奢侈，让人联想到这里曾经流逝过的繁华与熙熙攘攘。

进七里桃花冲沿河沟中，就见到第一座桥——太君桥。据说走完七里桃花冲后的山腰处，即位于九宫山的膝盖位处有个叫朱家舍的地方，在清朝道光年间出了一个五品大官，名为朱肃庵，又叫朱立安，在广州番禺坐头把交椅。当年，为其夫人回乡探亲所建示以留念，这座桥的来由是无可置疑的，一个五品官员，势大财大气粗，为讨夫人欢心、在返乡过年看望乡亲时为博得荣耀、便于轿夫行走，修建这座桥也是情理之中，故名太君桥。可以想象当年小桥初修成，曾经为迎接衣锦返乡的官夫人，鸣锣开道，一队人马过得桥来，官夫人坐在八人大轿上，路过此桥时，轻启轿窗，荣归故里是何等娇贵的欢喜心情。

第二座桥——红军桥，绝不会是红军所修，而是红军从这里走过，当地人不忘红军情，为纪念当年彭德怀将军所属队伍经过此地、路过此桥而得名。当年，七里桃花冲属红色政权控制的“红区”，翻过朱家舍那边属于国民党反动派控制的“白区”。相争冲突不断，红军从这里攻击“白区”，经历了许多次大小战斗，牺牲的将士就埋葬在七里桃花冲，至今仍保留有红军墓。这座桥何年何月何人何故修建无从得知，但取名红军桥必有缘故。当年红军队伍从此路过，是一个连、一个团、一个师，还是一个军？去了哪里？又有多少人回来？当地老百姓将此桥唤作红军桥，可以想象当年百姓含泪挥手《十送红军》那般情深，红军情别此桥，又是一个怎样的悲壮场景？我站在细雨蒙蒙的桥上，收起雨伞，浮想联翩，眼前朦胧中，就在不远处好像有一大队披蓑衣、戴斗笠、穿草鞋的红军人马正向桥这边走来，我下意识伫立一旁，以一个退伍兵的名义举起右手……

第三座桥叫祖爷桥，相传南宋时期，九宫山开山祖师爷张道清下山化缘，经过此地恰逢暴雨，河水湍急，不能过河，他下决心先募捐化缘，在此地积善修建一座桥方便众生。祖爷桥距今已越千年，是四座桥中最古老的桥之一，修的是善心桥，也折射出当地人心向善，为人忠良。

四座桥在讲述四个不同的历史故事，而上游的彩虹桥，虽不及湘西凤凰古城的彩虹桥宏伟、气派，也不及它的冰山一角，但在这几乎与世隔绝的山谷中，在桥面上修有避风遮雨的凉亭歇息也实属不易，但为什么要修凉亭呢？是不是朱太君过了太君桥，过了这桥再作梳妆打扮之后，再上山回到老家与亲人团聚，姑且为在此歇息停留而建？又是否当年红军在此要展开战斗时搭建的临时指挥所？又是否张道清道人在此诵经打坐而建？这恰恰是赋予了四座桥的各种联想或各种说法揣测，又刚好让我们旅者有了莫大的探究兴趣。

如今，这四座桥无人再走，淹没在杂草茅林中，虽然没有垮塌，但也残缺不全。若不是有这四道桥，谁又能拈起这里的一段离奇历史，回首远逝岁月，让灵魂在穿越中宁静地思索呢？

一门七烈士的传奇

作家阿木先生所著中篇小说《烈士事略》，是以七里桃花冲朱家舍革命一家七口烈士为题材而创作，多年前曾有多家媒体发表或转发。当他得知我们采风七里桃花冲，连夜将作品提供给我当写作资料参考。

有了阿木兄《烈士事略》，读罢掩卷，意犹未尽，木兄说的事略只是一门七烈士的其中一个典型，若要全面了解那段革命历史的传奇故事，还要期待阿木兄再下大力气去完整地续写，也可信心十足地说这是一部历史教育意义题材的大剧本，必将成就通山革命史上真实而精彩的传奇版本，若拍电影，必是票房飙升。我现在再作赘述，感觉到似吃刚起锅的通山糍粑，一时还无从下口。

翻开通山人民波澜壮阔的革命史以及鲜红的通山英烈传，不难发现朱家舍人朱正时一家人投身革命的历史记载。朱正时当年是年将半百的老贫农，受镇南党支部共产党员陈兆秀的影响，感受到了共产主义思想光明及民众对美好前途的向往。一天深夜，他先后召集自己的弟弟朱正发、长子朱应录、次子朱应乾、小儿朱应坤、长女朱爱玉、次女儿朱桂娣、女婿程怡坤围坐在火炉旁解说共产主义思想，并将自己的亲人发展为首批共产党员，建立了党小组，朱正时任党小组组长。在通山的农民运动中，朱正时积极领导农民打土豪劣绅，实行减租减息、禁烟枪，破除迷信，为穷苦人翻身解放作万死不辞的抗争，领导贫下中农不屈不挠奋战在基层一线。在第二次被捕中，被敌人杀害于横石桥头，不久，其弟被捕后英勇就义。随后，其大女儿朱爱玉被捕后不甘于匪军欺凌，含愤自杀。长子朱应录含悲忍痛，并没有被反动势力所吓倒，一如既往带领船埠农民自卫队加入党领导的武装斗争行列，在攻打咸宁的一次战斗中英勇牺牲，年仅 25 岁。

鄂南秋收暴动失败后，21 岁的共产党员朱应坤时任乡苏维埃政府主席、区游击队长、区委书记，领导农军配合红三师消灭地方武装敌人，粉碎了敌人一、二、三次“围剿”，使横石苏区红色政权迅速扩大，成为红三师与通山独立营的可靠大后方，为配合大革命做了大量工作，历经了枪林弹雨的洗礼。后来，朱应坤所部编入红三师，他在政治部做青年工作，1934 年 3 月，朱应乾在江西、黄沙、马壧一带活动，在一次恶仗战斗中壮烈牺牲。

再说朱应乾，阿木的《烈士事略》就以此人为题材而作。应补叙的是朱应乾被捕杀害前，他受尽酷刑，宁死不屈，决不供出党的秘密。敌人为了引诱、要挟朱应乾投降，抓走了朱应乾母亲以利诱说：“只要朱应乾投降，交出共产党员名单，可保其全家性命，还可得一百块大洋赏金。”然而，敌人阴谋始终未得逞，恼羞成怒，残忍地杀害了朱应乾 52 岁的母亲焦宝珠，丧心病狂地挖出朱应乾的心脏让匪兵分食。更需补叙的是，其妹夫程怡坤在江西铜鼓战斗中壮烈牺牲，其妹朱桂娣在后方医院工作，1936 年医院遭到敌人袭击，朱桂娣被俘，度过十三年地狱般的牢笼生活，直到全国解放，才重见光明。

朱正时、朱正发、焦宝珠、朱应录、朱应乾、朱应坤、朱爱玉（不含女婿程怡坤）七烈士的英雄事迹一直在当地人们口中传诵，被载入通山史册，被称为“碧血鄂南一门英烈”。其忠于党旗不忘初心、英勇抗争不负信仰、惨烈就义不愧后人的革命精神故事激励着后人，而她仅是中国革命史上千千万万革命先驱者的小小缩影，为七里桃花冲这块弹丸之地抒写了壮丽的大篇章，他们以自己一家七口和无数红军烈士的鲜血染红了如今这块安宁的土地，“一门七英烈”的事迹，造就了七里桃花冲这块红色的神圣土地，令人肃然起敬！

江山待后辈，英雄有来人！虽然七里桃花冲如今不见桃花朵朵，但是七里桃花冲的一门七英烈根植在这块土地上，在人们心中胜似一夜桃花开，人间满是春。

“古树古墓古村落”遗址

朱家舍，坐落在七里桃花冲山那头的北山坡上，是一个有着几百年历史又即将被遗弃的古村落，古老的石板路、稀少的土筑墙、明清时期的老屋、精巧的木雕还尚存，却亟待保护，由于山高路远，偏僻少田，人们已不习惯这里的生活环境，近年，村民陆续将居所搬至山下的七里桃花冲，另择地建新房居住，那里现仅有一户人家。

我们决定采访这一户独守深山的人家。

秋雨中的山坡有新修建的盘山公路，被忽隐忽现的浓雾笼罩着，一条路翻来覆去，如一条在云雾中游动的巨龙。山高路险着实令人生畏，为了了解朱家舍里的古墓古树古村及与独守人家的情结，我们决定驱车前行，着实冒了很大的风险。

车子在湿漉漉的山路中悠悠忽忽，像只蜗牛一样扭来扭去，令人提心吊胆，生怕车子熄火后滑。尤其在急转弯处，生怕车子方向盘一时拗不过路面，跌下陡坡而不堪设想。又偶遇放牧羊成群结队地拥挤着，占据了整个路面，不时有领头羊令羊群全体稍息，“咩咩”呼喊着等候一只受伤的小羊归队。我也不敢鸣笛去劝其自觉分列路两旁，去享受欢迎贵宾到来的礼遇，更是生怕一声喇叭响，恐其受惊吓于山外不速打扰的蛮客而临阵大乱滚下山崖酿成悲剧。只得慢慢地驱车在羊群后头谨慎前行，羊群簇拥着、“咩咩”欢呼着，款款而行，像为到来的客人带路哩。山坡上春夏秋冬常开有白藤花、茅藤花、石头花、苦菜花，也是这里的四大特色花种，这引起爱栽花、培花、赏花的女作家倪霞的莫大兴趣，不时瞅见山坡上不知名的花儿惊喜出声，在险路上行车听花看花也缓解了驾车的紧张心情。

倏乎间，车在临近朱家舍古村落的地方已是中饭时间，大家耗些体力后饥渴难耐，为了争取时间，我们决定先看离村不远处的淹没在密林中的古墓。

秋天的深山老林里是丰富的，漫山的板栗、竹林、槐松、苦株、杨树、铁桂等。随处可见古树胸径在 1 米至 3 米、高度在 10 米甚至 15 米之上，蓬径枝叶相连，遮掩了天空，树龄均超百年，是如今通山森林保护里少见的古树群。许多年了，我不曾见到这么多数不胜数、古老而硕大的栗子树了，地面上撒满了形如鸡蛋大小、外部如刺猬、内藏甜粒的板栗，沿路唾手可得，面对这些老古树，我曾写过《佛神树》一文，而这里的树与我所写的村头老树年纪不分上下，都有百年或几百年树龄，仿佛是我村里的树与生俱来就在这里。有树必有果，那些不知名的果实，或成束或分居或散珠般悬挂在枝头，就在头顶半空中摇荡，心生望而垂涎三尺而伸手不可及的懊恼，穿过窄窄的小山路处有一泉水处，腾着雾气，洁净的泉水从一崖石眼孔中潺潺而出，信手掬一口，甜甜的味道沁人心脾，充饥有余。

就在这叫泉口山孩儿垴山腰处的老林子里，埋葬有清朝道光年间（1821 年）大学士朱肃庵夫妇合葬的古墓。墓地由祭台与坟圈组成，占地面积近百平方米，采用当地上好的麻骨青石料垒砌而成。坟茔为异型石料呈现圆状拱形，祭台呈弧平面现八形状，坟茔正中似圆形头盔，貌似当年朝廷官员的官帽，四周的石块砌成梯次向墓牌逐次渐高向墓碑合龙，墓碑由六扇长形石板材叠排而成，高三米有余，两边对称分别雕有十幅手工雕刻的精细石案图像。我们猜疑是八仙过海图，但又不似，八仙图又怎么有十帧呢，墓碑高处字迹仰望难以辨识，墓铭字幽幽暗暗的字迹随着岁月风雨的侵蚀渐已模糊，难以读完整，擦拭去尘土也不足以详尽的文字，但从大致的意思中念之想之解之，又有多少意思不能悟出？一时无语，正如在岁月的长河中，又有多少无法用文字表达的情感，宁可让它凝固在某一历史时刻去定格，由后人瞻仰。古墓大体保存完好，无天灾人祸损坏，古墓的宏大规模、工艺精致，其威严的气势在通山境内非一般墓冢可比，这足以可见古墓主人的身份在当地是非同一般平民百姓。

在这古墓的附近，伴有密不透风的大小不一不知名的古树，都有几百年的生长历史，其胸径最大的有四米之粗，最小的也一米有余，如此古树幸存下来，不被砍伐，甚是不易，为了保护这些古树，以及生长中的将近百年的古树，几代人效仿先人传承下来防盗伐的老方法，用一种叫“铁犁头”的扎铁钉子嵌入树内，致使盗伐贼的斧头或铁锯动其身必自伤工具而不敢乱为，与其说“铁犁头”保护了古树生长，不如说是山里人的聪明智慧、生态意识、不毁祖业的精神意志，才让古树留住了下来。

林归顿觉饥，山上有人家。我们就在朱家舍一户人家吃中饭，老人家早知有城里客要来到破落的村里采风，剥好了栗子、采得山珍、列有菜谱，忙活了大半天。吃饭时，两老人以不会喝酒和身体不好为由，搪塞而谦让不肯上桌，还特意请来山下两位长者侍陪，虽然样样菜肴远不及山珍海味贵重，但显示了主人十分好客的良苦用心，红薯板栗粥齿颊留香，腊肉爽口过舌胃开。在此期间，我们查看了始于明清期间修建，至今保存较全的一进二重大户民居，如今也是该村朱姓的祖宗堂，供奉有先人灵位及清朝时期牌匾以及皇帝所赐匾书，这里有朱肃庵所书的破损石碑，字迹难以辨认。据资料记载，碑文为《尽人回天》，文道：“人生在世，不过百年，饮食日用，海阔天边。富有恒产，囊不空钱，贫无所恃，徒怨罄悬。世情百变，冷庆起烟，里仁古美，孟母十迁。余愧不消，虚名挂牵，诗书虽习，未克恢先。粤贼烽起，是非倒颠，踌踏顾虑，入山之巅。于兹筑室，颇费周旋，前后左右，取方成圆，维山有木，具布周全，灌园寄意，暂且随缘。”从文中不难看出朱肃庵在官场上积攒了丰衣足食而无忧的资本，但因地方捻军叛乱，朝位不保而回乡安居的落魄情景，其后人女婿李君锡诗曰：“捻军气势不可当，县公前程已渺茫；左思右忖无妙计，唯有归作田舍郎。”

两位老人坚守在这里为老屋宗祠打理，照料香火，极少下山。把朱家舍人的聚气和精气留守在这里。青山唤归人，根脉秉相连，大山的老人成了这里独特的风景！浓浓的乡关又在何处呢？

数处风景几分秋色

二十四戏子殉难处、桃花冲石帘洞、双龙瀑布、泉口寺遗址、神龟戏蚌女、仙翁打坐、狮子滚绣球等，这是村里热心人朱秋林先生在七里桃花冲娓娓道来的景观与故事，在这目不暇接的一路上更多的是了解这些景观里的传奇故事。

在桃花冲石帘洞，洞藏有人间传奇故事，这个可容纳百余人的洞，曾有清代人程行瑛写过：“纯洞皆石，施设非人为，旧有仙人名，口高阔，高约丈，容人百余，顶垂石笋，参差不齐，顶壁有两鲤，一纵飞带斜，一直冲向上，跃飞如活，画所不能描，似菩萨诸像现壁上，难悉数一，洞后有洞，愈进心愈奇……”几千年来这洞里的故事诉说着人间悲欢离合。近代史上有个谜一样的传说流传至今，从前，有一个戏班子，共二十四人，因演戏剧情讥讽了官府引发官怒而遭追杀，曾躲难于此洞，无一幸免全部殉难于此。后来，一说是遭官兵杀戮，二说是遭遇强盗所劫，反正全戏班子惨遭了覆灭的厄运，不管是怎样的祸害手段，是如何残忍或是社会影响极其恶劣，朱家舍人仍然怀仁慈人道之心，面对惨绝人寰的死难者，悄悄地将遇害戏子掩埋合葬于此。因为是戏子，算是艺术人，他们的死不足以称英雄豪杰，至今无人知晓其名字，更无人考量其出处，他们只是演绎着净、旦、生、末、丑的艺人，只有巍巍青山知道他们的人生本身就是一部戏，一部共赴死难自导自演的悲剧。

沿着这道山谷来到山脚，在彩虹桥的上方河床顿然开阔起来，就在不远处有一块平坦之地旁依有半个足球场的大沙滩场，我顿感到这里是呼朋唤友搞野营野炊的天生好地方。山地退耕还林后，被茂密的楠竹及各种林木占据，就如一个亮丽多彩千姿百态的大舞台，你若站在这里河床沙滩的任一处，只要你一声呐喊，就会被四周环绕着不依不饶的同音和声回应，响彻山谷。

如今，这里一直传承有打山鼓唱山歌的传统，打山鼓讲究早晨鼓、望饭鼓、下午鼓、收工鼓，击鼓伴山歌。如收工鼓唱道："一只斑鸠飞过江，一飞飞到江中央，打湿绒毛飞不动，收拾鼓板转回乡。谢东君，祝贺东君好收成，苕芦豆谷收成好，前仓满来后仓盈，前仓拿来耀出去，后仓拿来保家门。"近年，在毛才奇老师的指导下，当地人将山歌韵律延伸释放出来，形成了独具特色的船埠小调，词中充满了对美好生活的向往，大都表达劳动欢乐和爱情衷肠，表现形式为一人开腔众人和的欢乐氛围。若是客人来了，大家喝酒唱歌，村里人用慢热的表现手法，所表达的歌词韵味形成了独特的文学底蕴，即使不是文人也有几分高雅，不具歌唱天赋也会哼唱几句，如果你有副好嗓子，把握他的调韵识得他的谱很快就能学会。若你一人在星光点点的夜晚，独自走进山谷，此时，在那飘飘浮浮忽明忽暗的山脊弧线里，静听泉水叮咚、户犬吠叫，就在这个适合你心灵歇息的空间，你不由自主地对山歌有些理解与冲动，唱起来，韵有了，腔正了，味也来了！

且不说泉口寺的遗址因毁于战乱，不谈香火尘埃的过去往昔，来讲现保存于七里桃花冲九宫山十大景之一——神龟戏蚌女。

神龟戏蚌女的诞生和发现有一段传奇故事：当年，当地一朱姓人家从山上朱家舍决意搬迁下山，在开采屋基动工破土过程中，屋基挖掘到此处时突然锄头冒金星，发现有大块石头碍基而无法动锄。抹土石出，发现石头形状如两只巨龟，石如蚌壳，纵然一跃于地上如神物般活灵活现来到人间。主人如获至宝，索性保护下来将屋基让位于神龟蚌壳就地安身，多年来引无数游客前往驻足膜拜，惊叹其灵怪活现。这也是主人引以为豪的镇宅之宝，曾经不少商人上门重金欲购，他都坚守不让。更为惊讶的是家门前的桂花树长相如佛陀状，他灵机一动取名幸福树，后有通山文化名人王致远老先生为此撰写《神龟戏蚌女》一文，被程先生抄写在墙壁上，增添了此景神奇的注释味道。这里本来就有泉口寺，至今传有"横深凸凉亭好凉风，泉口寺泉水好响钟，大富人家出好闺女，七度纺线好细工"的顺口溜，可寻觅泉口寺的影踪。

我想若现在能在此建一座寺庙，必定是香火不断，赛过当年泉口寺的鼎盛。因为，此景自然而然的形体共神情，天生具有千年的仙气与灵气，其神态逼真的龟神是镇寺之宝，也是九宫山众多景观中独具魅力的奇葩。

看七里桃花冲不单是这里的许多人文景致，再看这里地貌风情，走在两边山脉蔓延的山凹中，若不细看，山是平常的；若是留意长久地去看，才突然觉得山是有名堂的，会看出鲜活而生动的内容。那天看山，雨如细线，就如在丝帘里观山色，山显得矫情，近的清，远的幽。在那山腰处飘逸的云雾转眼倏忽去，隐隐显轮廓，来不及端详，陡然间又被白纱般的云雾轻绕覆盖，全然淡去，如梦一般似是忆起却不能完整连接。若是雨再大些，就能看到两条数十丈高瀑布从山峦中倾泻而下，颇为壮观，有今人朱景恢所作《船埠桃花冲双瀑》一诗："幽谷潺潺去摇源，蓦然翘首见奇观；双流如链悬绝壁，疑是天书一对联。"

山脉中的山峁、山崖、山峰是无规律的，正因无规律的变幻和毫不相干，你起伏我俯首、你跳跃我耸立，才显示虽相连却又不同的美景。山峦彼此依存或立或蹲或倚或卧的各形各像各貌，向远方奔腾又似浩瀚无垠将你簇拥着，如"仙人抱蛋""仙翁打坐""龙口戏珠""击鼓传花"，山形轮廓还真是那个形象。当然，也可以不叫这些名字，以各人情绪去静观或窥视，你说像什么就像什么，如此恰好，但能几分说得出又有几分意会则不可去说，这样正迎合来去不同意味的心境。

七里桃花冲畅想

待字闺中呼之欲出，缘等红线牵手来。七里桃花冲的旅游资源吸引投资开发成景区，打造第二个九宫山景区是可圈可点可赞可行的。

深秋来临，漫山遍野的繁花异草尽皆带彩退场，正是黑李、核桃、板栗、野阳桃悉数充实登场的时候。在这里你可以捞一瓢清泉水在桃帘洞煮茶，呷一口空中云雾茶或桂花茶或川芎茶或女矮脚茶，然后，闲看群山颜妆姿色、用心听山鼓擂动，悠然地伴山歌起舞。去与桂花豚、竹林鸡、茅山牛、青山羊对语，也可站在石块墙跟头或石板路上，或是去那古桥上走一走，听河水呢喃，思故人远去。当夜晚来临的时候，就去那片竹林深处，搭个帐篷，点一盏烛光，守着星光擦亮天际。或是思念大山里的另一头，挑起月亮旋转，聆听秋风潇潇，瀑布低鸣，一更过去，二更已倦，三更和着森林气息绵柔安然睡去。

期待冬天来场雪，雪花在七里桃花冲的上空漫天飞舞，散落在这静默而深沉的大山里，群山如同披上了一件洁白的婚纱，又如随风飞扬的和平鸽，停留在“一门七英烈”和“二十四戏子”坟头上片刻，又伴随雪花无声地飞向远方。夜晚，雪停了，天上月亮分外明，照得满山满谷的光辉皓亮皓亮的。

一切都是安宁的。

想象冬天的七里桃花村银装素裹，分外妖娆，山谷洁白无瑕，村庄炊烟盈雪，就在那雪地上有一串串脚印痕迹延伸向那片稻场上，堆起雪人，孩子们“扑通扑通”卧倒在雪地上，哈着气，揉搓着雪球，眯着眼，抛开膀子，似投手榴弹般，成弧线瞄准远处炸开……

好在有一场雪，好叫七里桃花更柔美，七里桃花冲冬天也不会寒冷。

春天终究要来了，企望一轮嫩嫩的太阳在十里桃花冲冉冉升起。在新开垦的山地上，种满了桃树，在金色阳光下摇曳，桃花争相怒放，映红了人们的笑靥，飘落的花瓣染红了整个村庄，铺满了青绿色的岩石台阶。古树逢春又发新芽，竹笋破土争相攀高，听神龟寺庙晨钟暮鼓依旧，村民安居乐业，在浪漫的古镇里欢声笑语，山里山外的人们拉起手唱起山歌跳起舞，山鼓点点，桃花朵朵。

就在漫山花红果实的桃林小道里、在冰雪消融的小河古桥上、在这条充满神奇与神秘的古驿道上，村民们正向来客笑面相迎而来。

大幕山上花为媒

杜鹃花开在贵州，人人都知道，杜鹃花是贵州省省花，也叫映山红。贵州毕节百里杜鹃景区的映山红谓是风景壮观，可与贵州铜仁的梵净山相媲美，名扬天下。

每到大地回春的季节，是百里杜鹃与梵净山在旅游旺季搭台的叫板戏，你方唱罢我登场。满山映山红随着温热的风儿翩翩起舞，摇摆风姿，火红闪烁！爱慕者蜂拥而至却是为了一睹红颜。我在这里的山脚下附近谋事，正值春意催开杜鹃漫山红透的时候。我静驻窗前，不禁思念千里之外的家乡通山，那里的大幕山上的杜鹃花也会映山红遍、争相斗艳吗？

在百度上搜索大幕山不难找到她的出处，她属湖北咸宁的幕阜山脉支脉，距通山县城仅 40 余公里，离咸宁市也不到 50 公里。主峰海拔有九百余米，日照充足，四季如春，与国家风景名胜区九宫山遥遥相望，像一对分居两地而日夜思念的恋人。如果把九宫山喻为阳刚大气的男人，那么把大幕山喻为怀春含羞的少女最为恰当。大幕山虽小女初长成，一身美丽却还待字闺中，虽出茅庐却需明媒正娶而谋定落有名分。大幕山虽暗恋九宫山，也是个宁可在宝马里哭不愿坐在单车里笑的势利女孩，虽远近不闻名，也是一家有女百家求，不乏踏破门槛，大都是恋她美丽质朴、爱她红粉素颜，但无奈因出身寒门、家运不济，为草根包装，往往在《非诚勿扰》的台上被灭了灯！名无实归，叫人情何以堪。从这视角来说，她若只是对九宫山情有独钟也不无道理，九宫山如今春风得意，风光又有了体面，令人倾慕，那么大幕山对九宫山的痴情怎么办？叫人疼爱，让人怜香惜玉，叹其痴心不改。

我与大幕山是至亲至近的邻居，对她成长的性格还算知根知底。若说深山老林是她的骨肉、楠竹飘逸是她的衣裙、千种植物是她的头发、溪流瀑布是她的腰带、湖光山色是她的粉盒、峰峦起伏是她的乳房与身段、百鸟争鸣是她嗓音的话，那么杜鹃花即是她戴在头上的美丽花环。如果将右边邻近山头上培栽的樱花园放在一起说，杜鹃花和樱花又可以说是大幕山的双眸，两眼含情脉脉最为楚楚动人，让人有怜香惜玉之心！眼睛应是心灵的窗户，从这个深邃的意义上来说，想要了解她的内心或是走进她的情感，光靠破万卷书或行万里路去做领悟，靠对山歌式的男女对答，无论情商还是智商是远远不够的，有必要去静下心来，梳理下情绪，面对面、一加一式地交流沟通，去深切探访她们，才会略知一二。

她暗恋九宫山是有理由的，九宫山以道佛两教文化饱览历史而博达天下，以闯王李自成归宿而注脚了历史上一代骄子的尘埃落定，以名人墨客常光顾留足而功成名就，以其春夏秋冬练就了肌肉的体魄来展示自己的风采。她自叹女人个子虽不如男；况且她的成长年龄、怀情时间又稍晚些，但她自信与九宫山门当户对，九宫山虽出身名门豪庭，绰阔有余，但她自信也是黄沙近代革命历史铸就的血肉凝成，出身红门英烈后代，令世人敬仰！绿叶应配红花，呼应了理所当然的完美，戴在头上的杜鹃花环不正是在幕阜山脉万绿丛中一点红吗？

若用怀疑闯王最终归宿的态度去争议大幕山，那是对红色、对少女的凌辱，是会得罪人的。

中国的近代革命史、党史、军史没有忘记大幕山的父亲——通山，通山儿女无数仁人志士在抗日战争、解放战争、抗美援朝、对越自卫反击战的斗争中，以血染的风采为大幕山杜鹃添色。有人说清明之后正是大幕山杜鹃漫山遍野怒放之时，鲜红的杜鹃花像鲜血一样尽染山头，映山红遍，朵朵争开，火红花瓣簇拥着金黄花蕊而傲立山头，像那无数烈士用鲜血守护着金黄的麦穗，守望着收获。今年喜闻家乡将烈士陵园迁到大幕山的脚下，颇为壮观，不同以往的是建立了烈士英名纪念墙，让后人铭记英烈；我想，今年的大幕山杜鹃花会更艳、更浓，会来得更热烈、更广阔些……

我先后去过大幕山五六次，在县城念书的时候校里组织春游去过两次，那时没听说山顶有杜鹃花。即使有，也没有一条大路上得去，只是说大幕山是一块踏青的好地方。那里古树参天、溪流欢娱、竹海摇曳、空气清新、白雾缭绕，一般到了山腰的国有林场管理处就算到此一游，满足了春天到来的享乐极致。后来，一个地委老书记退休后，义无反顾地搬进了大幕山并扎下根来，无私无畏地去修路、去植树造林，直到死而后已，长眠此地，守望一方，成了后人德育示范观光林。有了他修的路，方便了更多的人上得了山头，才发现杜鹃开得半边映山红，风景这边独好。一传十、十传百，成千上万的人们路过老书记的树林地，一睹杜鹃花开红遍半边山的壮观美景。近两年，政府也按村级标准修了水泥路，方便了慕红者，现在也算是大幕山少女情窦初开的时候，吸引了大江南北的游人前来光顾。在杜鹃盛开的时节，近几年，我或是结伙去或是陪来客或是在时间节点上心血来潮，年年都会去一睹她的容颜，乐意去跟人拥挤着，随意去农家乐，惬意去山头花丛中漫步，心意就会融入花海，漫无边际地去遐想，与她相拥并自恋地拍照，发至微信朋友圈，去赢得点赞！

她，楚楚动人、处处动心，百花之美貌若西施。人们不远万里，争相示爱，而她含而不表、笑而不答。当人们拜访九宫山，知其然而不知其所以然，穿过幽幽暗暗的十里长廊隐水洞，再来叩问大幕山少女的情思时，少女也早已是备好了体面而缤纷多彩的嫁妆，如竹楼幽谷、双峰神跳、泛墨池、读书堂、长春洞、大母拜堂，琳琅满目，不一而足。有了这神、奇、秀、美的礼品，只待杜鹃、樱花来做媒，只要政府牵线搭桥，再招手名企备好花桥，邀隐水洞做伴娘，再约富水河的风光做亲家，各大媒体及有关部门备好锣鼓、号子，嫁给九宫山真是一桩不错的美满姻缘，若成就了一家人，共同起步、相互依靠、并肩奋斗、举案齐眉！日子就会更加红火，感情会更加牢固，生活会更加完美，只待到良辰吉道日，好茶好饭好酒待亲朋是多大的乐事、喜事。

有情人终成眷属，那时，我会在醉美贵州等你的请柬！我为你祝福，少女大幕山！

毛詹尖的传说

村子，位于鄂东南通山县富水湖的湖山湾，在国家湿地公园富水湖湖畔的东南角一处，是我的老家。

村后，有座山很奇特，虽不是什么名山，却如一座笔架，也犹如一块如“山”字形的银锭子，村里人一般会贴切地说，像一座高矗入云的巨大佛像，两支绵延的小山脉像两只佛手延伸着直到富水湖畔，两只手环抱之间的就是我们的村庄。

春天里，在村口。

一位“90后”客人来到村庄，村里人都不认识他，也没人去搭理他。他背着一个偌大的行囊，独自徘徊在正建设新农村热火朝天的氛围里，走走停停，四处张望，大家以为他只是一个旅者，或是一个来农村考察的学者。他步履踉跄，走在湖边的那块田埂上，见一个老农在犁田，便放下行囊，赤脚下田，显得很开心，说什么也要试一试耕耘的滋味，并与老农谈起过往岁月。老农得知，他其实本是这村里的血脉，懂得村里的故事，寻思他祖辈的祖辈在这里行走，出门后，就再没有回来过。这次寻根，找到了毛詹顶下的村庄，却找不到祖辈传说中的村庄影子，更没见传说中的明清建筑的老房子。客人从老农的口中了解到，老房子是在明清时期建起来的房子，原祖先就在这里生活，现在除了湖面的船还有湖里的鱼虾，还有许许多多的野鸭四处飞跃，现在的村落在20世纪60年代修水库时整体后移到毛詹尖脚下，家乡在这里，成了后来的家乡，依然是他的老家。

水涨山矮，人在湖上漂，村在岸上留。湖面上浮，村庄矮小，湖面，成了镜面，演变历史。来客翻开家谱，根本就没有他的名字，只能从家谱的演变和推算中，清朝时期有过征兵，家谱有记载，一说去了陕西，一说去了山西。

毛詹尖，村里最初的人们就住在山顶上繁衍生息，那时原湖址的人们并不安宁，历代战乱不停、民不落窠臼，居山顶栖息，四周临崖峭壁，有一夫当关、万夫莫开之利。当初的山大王唐朝，力大无穷、功夫了得，为保一方平安，让村民不受战乱之苦，竭尽全力保一方水土避免战火涂炭，就带领村民们搬到这山顶上，免受了战乱之扰。后人为了纪念他的丰功伟绩，当天下太平时，在山底下为他立了唐朝庙，侍奉为神灵，几经修缮和重建，几百年来，香火不断，佑及生灵，村人敬重，供奉至今。

唐朝庙的山脚下有一棵三百多年历史的老樟树，受村里人敬仰，树下有神灵，算得与唐神庙相得益彰，从古至今，这两位神仙从来没有挪过位置，无论水淹还是火烧，纹丝不动，见证着村里的人事变迁，老樟树脚下的佛神，没有人敢动他一根指头。近年，政府又在树上挂了一块保护的牌子，更没有人敢动老樟树一根毫毛。

有些事情你根本没有想到，1949 年以前，细公读书至秀才级，在远处小镇教私塾，民国战乱，他放弃教书，避战乱回到毛詹尖，就不走了，过着无忧无虑的憩园日子，养儿育女，无所追求，一辈子平平淡淡。现在，孙子们在外工作或经商，其中小孙子细喜进了北京城，书至研究生，进了中科院搞研究，娶了外地媳妇还买了大房，工作忙，一年里难得回来看下老娘，小住两天走了。有时接他娘去大城市小住，娘不习惯，意思意思地小住几天，就回来了。

像他一样的村里人，年少时，有的是随父母出门的，有的是独闯江湖漂泊在哪儿就是哪儿，有的书读着读着就远走高飞了，离开了村庄的人没有办法顾念这里。还有的是为了讨生活外出打工过着背井离乡的日子，在外娶了女人买房结婚生子。村里人向往城市的生活，住更大的房子，羡慕更好的生活，选择了宜居的城市，过着向往的美好生活。现在，空留着安逸的老人，在毛詹尖底下的村落里独守空巢。做父母的，在外的儿孙们常会回来看一看，享受短暂的天伦之乐，有放心不下父母的，会回来多些，看看父母或将父母接到城里住上一段日子。没有父母的，干脆拖儿带女就在城里繁衍生息。在村里，再难得见到几回旧人了，就这样，岁月中的人与村庄渐行渐远。若干年之后，村庄不识自家客，还认为人家游山玩水来了，这也正常。

其实，我也一样，离开家乡住在县城里几十年了，祖父母在世的时候，一年之中，我经常回去探望，祖父母走后，回去的次数越来越少了。即使回去，村里的小孩大都对我不认识，我也叫不上他们的名字，只能问及他们的父母或更年长的一代人，何况，我的一对儿女对家乡的同一代人，因基本上不在一块地方居住，即使相见也不相识，谈不上亲情，这点让我很伤感。

有人说：父母在，不远游。如今，恐怕大多数人做不到，该游得游，该走得走，为了生活，也为了向往，一如我这样的人。

城里大开发，房子暴涨，街道越来越多，显得拥挤，我深感到城里的出入不方便，生活压力大，身体吃不消。在城里，面对来来往往的人们必是处处设防、步步惊心。城里的农村人也到村里置地建房，空闲之余，会去村里过着悠然的田园生活。

人人都说养儿防老，积谷防饥，在农村建房成了城里人养老的新时尚。显然，大家在城里住久了，放不下家乡的情结。父老乡亲的亲切、平实、长情、乡音，只有回归才是永久和安逸，当你归顺了安静的自然生活，就会感觉身心疲惫的放松。还有的人，在家乡只置地不建房，留待到一定年纪的时候就回来建房，享受落叶归根终回故里的自然规律情怀。

尽管有了这些，我久居城堡，着实厌烦了城里生活，想早点回毛詹尖，回归自然，回归乡情，回到孩提时的原始部落。但是，我的孩子们不想回去，孩子根本还没有这个打算。因为，这里依然是一块贫瘠的土地，诸多生活条件不好也是事实，年轻人停留久了，还是习惯于城里的生活，这是在城里生存的需要，也为下一代人图个转变方式，不再做回乡下生活的刻意打算，且积蓄一些力量，做长远计划。

老子曰："大曰逝，逝曰远，远曰反。"意思是世间万物运行规则，包括生命历程，其实都在循环往复之中，一个有灵性的人，知道适可而止，归途所在，那就是回归原始，回归自然，回归自我。

我的父母退休后就从城里回去了，根本没想到的是，父母离开家几十年，回去依然住得惯，城里的房空留着，上次单位分福利房也不要，一心住在村里，一天天安然地过。而我们兄弟仨，大都在城里买房，老三在贵阳、武汉都有房，蜻蜓点水般往返，也没一个定数。而父母却不习惯城里的生活，即使来城里，只不过购物、看病、取工资，看看孙子孙女，当天得回去，一刻住不惯。我们在城里回去住两晚，孩子却不习惯农村生活，感觉诸多不方便，就想速回城，有所安逸，孩子们回去流于形式，甚至当晚吵着要回家。

父母和大多数的城里人终是回到了毛詹尖下的村庄，村里的人，不断到城里买房，毛詹尖虽美，宜赏不宜居。

毛詹尖成了一个传说，如今，富水湖风景在大开发，人们有了许多梦想，有了愿景，有了猜想。

唐朝庙、佛神树，一直在默默守望着村里的人来来往往，在毛詹尖的正中间，还坐落着气势恢宏、庄严肃穆的宗祠，保佑着子子孙孙出入平安，风调雨顺，不计较每一个子子孙孙的心思若有若失，来来去去。

站在毛詹尖的顶峰，应是一个什么样子，村里大多数人没有攀登过，我也没上去过，再不去，年纪大了，恐怕就难了。假如有一天我老了无所去，无所依，假如我真的再一无所有，就去毛詹尖的脚下，住在老房里，读书写字，慢慢老去。

孟冬的时候，下了一场雪，毛詹尖上一遍白色，乡关，是愁白了头吗？

身边故事

日，是太阳，是光芒，是时间，是生命的起止；月，是明灯，是情思，是洁白，是时光的轮回、复始；明，是日月的结合，相互照应，是追求，是人生的目标、航向。

大竹大富

傍晚，徐大富插完秧回家，一眼瞧见家门口还真挂上了“精准扶贫户”的牌子，顿时火冒三丈，搬条凳子，踮起脚，将牌子摘下，直奔大竹村委会。徐大富将牌子“咔嚓”一声扔在村主任老徐的办公桌上，二话不说，反背着手，拐着脚，掉头回家了。回到屋门口，瞅见老伴秋香一脸漆黑，坐在门口右边的石墩上。

她在流泪。大富懒得劝，也一屁股坐在门口左边的石墩上，在石墩上直喘气。

锅清灶冷，村静岭寂，俩人相持静默。大富跷着左脚不作声，秋香流泪不作语，俩人像春节时贴在大门上的一对寂寞守门神。然后，整个村似乎都能听到他俩的心事此起彼伏。大富“吧嗒吧嗒”“咕噜咕噜”地吸着旱烟。

半晌，大富终于爆发了，发泄般对秋香怒吼道：“还不去做饭去，你不饿，老子饿死了。”

也半晌，秋香抹了脸庞汩汩的泪水，随手抛一把鼻涕，撇嘴“呸”一口痰。说：“人家争着抢，图点照顾，你却不要，这等好事，哪个人都巴不得挂上牌，你今后就吃泥巴，啃狗屎。”说完，怏怏起身，慢腾腾地钻进靠在西边的厨房。

日沉西山，炊烟袅袅。

为什么硬要把贫困帽扣在我的头上呢？大富想。

十天前，村委会召开扶贫会议，一致同意将大富纳入精准扶贫对象。

大富在场，连连摆手，拱位相让别人，见村里人不同意，大富怒吼道：“大家不要看我腿跛，我有手，我不差别人一大截，我是贫困户？别瞎说！这让我那些出生入死的战友怎么看待我？今后，我怎么见人！”

几天前，市纪委驻村扶贫组组长、村委第一书记邹书记说：“你是老革命，对越自卫反击战的伤残军人，儿子在外打工，孙子正上大学，老伴常年吃药，村里已核实你的真实经济情况，经再三复核确定，你是名副其实的特困户，属扶贫对象。”

大富见不得有人说他是“特困户”等字眼，就像大家说他是逃兵一样，刺耳揪心。他说：“邹书记，战场上，那么艰难，那么恶劣，那么可怕，我都不会眨眼，打击敌人，争取胜利，贫困又算啥？在村里，看一看，比一比，咱也是特别能吃苦、特别能战斗的人，论力气，虽说快花甲了，但也不比年轻的汉子差。”

邹书记说：“老徐啊，村里知道你的脾气。但是，你确属贫困户，我们不能虚报一个，也不能漏报一个，是不？”

大富说：“我不管你们虚报漏报，反正我不当贫困户。”

村干部还要做他的工作，他懒得听，抬屁股走人，他还要去插秧呢。

扶贫工作组进村入户时，对每家每户年收入状况调查登记，大富掰着指头也算过自己的家当：有一座砖混房子，花了二十多万；一辆摩托车，算五千；牛，算八千；一头猪、五十只鸡、二十担陈谷和五十担红薯，彩电、冰箱家什等合计起来至少有好几万，还有三斗田、四分地、五亩山林，每月有伤残军人抚恤金。

算来算去，至少也有三十几万元家底，这放在旧社会，地主也不见得比自己现在的生活好。

自己是贫困户吗？

可是，村里偏偏就给自己戴上贫困户的帽子。在他眼里，“贫困户”三个字，犹如贞节牌坊那般刺眼。

在他出去插秧的空当上，老婆秋香还欢天喜地地让村干部把“精准扶贫户”的牌子挂在了大门顶上。

看到牌子，对于大富来说，简直是身上钉了一块耻辱牌，莫大讽刺，天大侮辱。

当然，村里的人都清楚，村里就数他家最穷最苦，不说他是残疾人，老婆瞎了一只眼，他家还欠了五十万元的债。哪怕把家当卖光，也资不抵债。就是不吃不喝，照现在的持久战，他还要再干一个花甲才能还清债务。

村里的邹书记是个认真负责的好领导，又拿着牌子上门做工作。听他一阵说，大富心口一阵绞痛，呼吸急促，手捂着胸口慢慢弯下腰，好像一只斗败缩了脖子的公鸡，又好像一颗子弹飞来，正射中了他的心口，鲜血直涌，摇摇欲坠。

四十年前，大富在云南老山，一次战斗中，一颗弹片穿过左大腿，弹片划破主神经，从此成了跛子。退伍后，组织上照顾他，安排他在县造纸厂看守大门，每月有固定工资。那时，他比村里人强，更比牺牲的战友幸运。工作不久，在本厂讨了一个算不上漂亮，但也看着顺眼的秋香做了老婆。

秋香公开说，她相中的是战斗英雄，而不是门卫和那条跛腿。这令他很自豪、很感动。当然，丈母娘当时很不满意，说："生了个虎女子，找个残疾人，真是瞎了一只眼，嫁给一个拐脚崽。"

后来，秋香真的瞎了一只眼，不是娘咒的，是意外事故，瞎了左眼。那年，企业改制，纸厂倒闭，大富带着秋香就像是战场撤离，毅然决然回到老家大竹。

秋香不想回当时穷得要死的大竹，大富劝秋香说："回去，一是要奉养老娘，二是儿子在城里读初中，学费交不起。城里什么东西都要买，我们住不起。"又说，"城里绝大部分企业改制，成千上万的人找不到工作，做生意又没本钱，快四十岁的人，与其在城里挤着寻粮吃，不如回大竹去，至少还有一点山地，还可以在富水河捞些鱼虾，养点猪鸡家禽，过日子没问题，比穷赖在城里等死强。俗语说得好，宁当鸡头不当凤尾。"

秋香不这么看，她说："回去作死啊，大竹离县城远，隔山渡水的，又不通公路又不通电，别人往外奔，你却往回走。"又说，"大竹离娘家远，离亲别故的，又挂牵娘来又牵亲人，想回趟娘家不易，今后亲人会远离咱们的。"

大富当过兵，是头倔脾气的牛，认定的事很难拉回头，仅仅做出了儿子在城里寄读初中的让步，带上秋香就回了大竹，住进了土巴房。第二年，秋香上山扯猪草，在山上滚落下来，左眼碰到石头上，眼珠破裂，瞎了。当时，大富爬山撑船又坐车，跑了一整天把秋香背到城关医院，医生却摇头，说太晚了，早来半天还有可能救治。

大富心疼秋香，像孩子一般哭了，蹲在地上不断捶打自己的头。他不光是哭秋香，自己白手起家，果树刚种苗，山地刚种籽，母猪刚生仔，鸡婆刚下蛋，立足不稳就遭遇不测，怎么不让人伤心流泪?

大富是个宁站着死，不愿跪着生的人。为了医治秋香的眼睛，大富只差没给亲人朋友跪下求借医治费了。幸好，他有 300 多个战友，战友闻讯后，发起为他救助的募捐活动。你几十，他百八，解决了大富的燃眉之急。

尽管如此，秋香的眼睛还是瞎了，而且还欠下了第一笔三万多元的医疗债务。

一个月后，秋香心疼钱，不治了，拉着大富说："命归如此，不要紧，还有一只好眼，看得清路，做得了事，回大竹去，不能让老娘一个人在家里。"大富说："还是治吧！城里医疗条件好，说不定治得好呢？治疗费你不用管，我想办法。当初不是我硬要回去，你的眼睛也瞎不了，我再也不能对不起你了。"

秋香不听大富的话，趁大富出去借钱，自己先回了大竹村。

秋香是个勤劳女子，虽然瞎了一只眼，却令大竹村人刮目相看。秋香养的一只猪婆好争气，每年三窝猪崽，一窝七八只，有时一窝十来只。她和大富在山坡开荒种地，种出的红薯、玉米，收成好自养五只，收成不好养两只，其余的猪崽卖给四邻八乡，她的猪苗肥硕，肯长肉，瘦肉多，而且价格比城里便宜，也能卖出一个好价钱。秋香会养猪，养一年能长到三百斤。

大富有这样一个好老婆很骄傲，常跟人吹牛皮，说："怎么样啰，莫看我是个拐脚崽，哪个的老婆有秋香这般好？"

这也是真的，在大竹村，像他这样四十岁左右的人，光棍有七八十个，六十多岁没讨到老婆、没尝过女人味的男人大有人在。大富每每想到这点，会开心地笑，会幸福地拼命干活，一天到晚劲抖了，有使不完的劲。

白天，天一亮进林劳作，不到天黑不归屋。

过去，大竹村实在是太穷了。偏僻不说，缺田少地不说，通向外面一条小路都没有，出山外，要划上几个小时小船，才能到乡里见到公路。翻山越岭走几个小时山路，才能到邻镇坐上车。村里人均不到三分地，不到一亩荒山，就是有打鱼、养殖、卖树的活路可走，来回辗转路费，也是亏本买卖。自古以来，在大竹村，能填饱肚子就很不错了，知足了，何来致富路？何来一点求财门道？何来女人？即使男人有艳福，抱得美人归，女人的娘家人也会老死不相往来，不踏进大竹村半步。

大富的儿子在广东打工，快到了讨老婆的年龄，大富借钱盖起了三间新房，说是不能让儿子带老婆回来住破屋，不能害了儿子的终身大事，又成光棍一条。

也许房子起了作用，风水大作，儿子还真的从外面带回来一个漂亮媳妇，媳妇还带回一个一岁多的孙子。大富俩婆佬喜死，嘴上乐开了花。

大富杀了一头肥猪，在新房里连摆三天宴席，凡是请来的，非请即来的，肉管吃，酒管喝，闹得翻天覆地。

然而，好景不长，天公不作美。媳妇崽嫌弃大竹太偏僻，没有好路走，走路是蹦跶跶的，穿高跟鞋会扭脚。满村都是猪粪味，出门一眼就见坟堆，父母还是残疾人，看着不舒服，就别扭。媳妇把老孙崽留给大富老两口，一回广东就跟儿子闹离婚，儿子不同意，就跟别人跑了，还卷走了儿子的所有积蓄。

屋漏偏逢连阴雨，三年后，儿子的工厂老板一直拖欠工资，半年后，老板跑去台湾杳无音信。更为严重的事，儿子在找工作的途中被车撞飞，伤了脑壳，断了骨头。

正在抢救时，肇事司机说是去弄钱却趁机溜了。

为了救儿子，大富借遍了战友，借遍了亲友，借遍了大竹村，甚至只有一面之交的人，无利息的，低利息的，高利息的，只要能救命的钱，能借一分是一分，能讨一角是一角。他借尽了村里村外的山山水水，只求留下儿子的命。

儿子捡回一条命，他却背了一身债，穷得一塌糊涂。儿子伤好后，大富要他回到大竹村，儿子说在哪里跌倒就从哪爬起来，说如果回大竹村也是死路一条，不如去打工还能还点债。

知子莫若父，大富知道儿子像他一样倔强。

大富在大竹没日没夜地开荒种地，一碗角大的地方都挖来种薯、种玉米，为的是养上更多的猪，生更多猪崽，尽快还清债务。十年过去，勤扒苦做，加上儿子省吃俭用寄回来的一点钱，也只能还点利息，借的本金仍原封未动。

大富每每想到这里，心口就痛。秋香每每想到这里，眼睛就流泪。

大富就是这个情况。

即使再穷，大富就是不要国家的扶贫款，不肯戴“精准扶贫户”的大帽子。

在国家脱贫攻坚战打响后，现在大竹村变了。

高速公路在村旁擦肩而过，一条崭新的二级柏油公路贯穿全村，村对面的两座跨湖大桥陆续建成，使大竹村山连山，山通山，岸接岸。泥巴路成了水泥路，汽车通到各家各户，自来水接到灶台旁，有通信网络，有光伏发电。村里引进了大型养殖梅花鹿企业，招来不少的外来女工，光棍儿们暗喜死，争相去报名打工，不仅是去打工赚钱，目的还想娶老婆。村里相继建成了幼儿园、九年制学校，完工了安置户建筑工程、文化广场、卫生诊所等，出村的打工仔纷纷打道回府，趁机发展，兴办项目。有的搞运输业，有的搞农家乐，有的搞垂钓乐，有的搞种养殖业，忙得不可开交。

大竹村突如其来的变化，令大富始料不及。

他看到了希望，增加了还债的信心。但是，大富现在感觉心有余而力不足，感觉自己老了。大富甚为心焦着急。

村里有个光棍儿在村口开了一农家菜饭馆，每天有七八桌客，差的时候也有三四桌。饭馆每天挣的钱，顶得上他养半年卖一只肥猪的利润，不出几年就还清了欠债，讨了老婆崽，还盖了小洋楼。

大富想：“自家什么时候能富啊？”

大富坐在门口低头瞎想的时候，听到了脚步声。

抬头望去，工作组的邹书记、村支书、村长三个人正朝他家走来。他慌忙从石墩上站起来，想转身去躲，他怕他们又给他挂“精准扶贫户”的牌子。

邹书记见大富要走，几脚赶过来，说："老徐，老英雄啊，我知道你还在生我们的气，还是想不通，不想挂牌就不挂了，这个没关系。"

大富一听这话，才转过身来请他们进屋。

邹书记说："老徐啊，我们搞精准扶贫，并不是钉个牌做做形式就不管了，要做到真扶贫，扶真贫，扶贫精确到位才行。针对您的情况，我们专门研究了，今日来是要告诉你一个好消息，为你量身定做了一个好项目，保证你几年工夫就脱贫。"

大富一听，眼睛一亮，忙问："什么好项目？"

邹书记说："村里准备在村后山垄里建一座可养一千头黑山香猪的养殖基地。养黑山香猪，虽然比你现在养的猪种周期长些，但喂养食量小，一年可出栏两批，营养价值高，口味醇正，深受消费者喜爱。目前，大城市的市场供不应求，价格是现有一般猪种的三倍，利润是一般生猪的两倍。猪喂食量成本不足现有猪种的四分之一。黑山香猪不偏食，最爱生食南瓜、生薯和薯根叶等各种植物，这些我们大竹村到处都能种，村里的荒山野岭、树林果园都可以种上南瓜，产量高，劳动量少，易管理，南瓜又易储存，足可以解决一千头的黑山香猪的食用问题。更牢靠的是，江西一家养殖大型企业免费提供猪苗，按合同基价在供应数量上随量上浮回收，销售有保证。村里决定按特困户的具体情况和相应的各自特长，分配给有养猪经验，又能吃苦耐劳的贫困户来养，你看怎么样？"

大富傻呆呆地看着邹书记说话。

邹书记又说："你先看一下，这是黑山香猪代养殖的合同。你想想，这比你现在养猪方式强多了，除了向村里交点租金，每年少说可挣三四十万元，是不是很快就能脱贫呢？是不是很快还清你的债务呢？"

大富听了心里像火烧，想都没想，忙对邹书记说："干，干，我干，合……合同，我签，签！"

说完，对躲在门后偷听的秋香大喝一声："虎老婆，还不快去烧火做饭，炒几个菜，干部轮流到我们家，今晚就在我们屋里吃贫困户的连心饭了。"

说完，又觉得话说得不对，扣着双手搓捏着，憨憨地瞪干部们一眼，满脸涨红，低下头。干部们一愣，又互相对视片刻，指着大富说："呃，贫困户。"接着，大伙都哈哈大笑起来，大富自己也笑得直不起腰来，然后双脚并拢，立正抬手敬了个标准的军礼。

稻谷金黄，大地秋收。大竹村黑山香猪养殖基地正式挂牌成立，千头黑山香猪苗嗷嗷地引进了圈养棚，大富夫妇忙碌着。在村头的公路上，他的儿子从广东风尘仆仆正向大竹村赶回来。

关于大竹的故事是讲不完的。站在跨湖大桥上，远远望去，大竹村的秀美乡村景色真美啊，就像镶嵌在湖边一颗闪闪发亮的宝石。

日出时分，这里响起大竹村扶贫工作宣传队演出的一段快板：

说大竹，唱大富，
英雄大富故事多。
白天能说几晒箕，
晚上能说几皮箩。
老婆瞎，自家拐，
身残志坚不趴窝。
战场冲锋又陷阵，
脱贫致富打响锣。
……

最后一课

“起立！”

“老师好！”

白玲老师像往常一样，迎着山村孩子们的甜甜问候声，极其疲惫而艰难地走上三尺讲台，午后的阳光透过那扇破旧的窗户映在她那苍白的脸上。白老师用她那惯有的一脸微笑及那双明净的双眼环顾她的孩子们，然后，深深地一鞠躬，用慈母般的语气：“孩子们，请坐下。”

孩子们安静地坐好，竖起耳朵聆听白老师讲课。“咳，咳！”白老师又是急促的咳嗽，侧身吐出一大口血痰，开讲了：

“孩子们，今天教大家认识日、月、明三个字，首先，请大家跟我读，然后学着写。”白老师边喘着气边用低沉却十分清晰的声音讲着。

“日，是太阳，是光芒，是时间，是生命的起止；月，是明灯，是情思，是洁白，是时光的轮回、复始；明，是日月的结合，相互照应，是追求，是人生的目标、航向。”白老师深入浅出的讲解，将孩子们带入一个深刻、宁静的感悟世界。

“人，在日、月、明三字面前，有人追求人类光明，披星戴月，珍时惜秒，将自己的光和热无私地献给人类，而有的人在光天化日之下竟敢露出丑恶的嘴脸或是趁着月黑风高的夜晚走入歧途，但也有人在黑暗里摸索着走向光明——”白老师沙哑的嗓子显得有些无力但抑扬顿挫的谈吐，深深地打动着孩子的灵魂。

“咳咳！”白老师在台上咳嗽不止，太阳穴旁暴出几根青筋，苍白的脸上显露出一丝血色，显得非常的痛苦，她又吐出了好几口鲜血，抬腕看一看表，只有五分钟就要放学了，她觉得是该跟孩子们说再见的时候了。

“孩子们，今天是我给你们上的最后一节课了。”说完又剧烈咳嗽起来，泪水也顺着脸庞流了下来。

“最后一节课！”顿时，孩子们一改教室里的安静，不可思议，满腹疑惑，“为什么？老师？为什么是最后一节课呢？”孩子们叽叽喳喳像麻雀泼了蛋一样炸开了。

“孩子们——”白玲老师顿了顿，好像有灰尘飞进了眼睛，揉着通红的眼睛说，“孩子们，我向校长请了假，我要暂时离开你们，老师走后，请同学们永远记着日、月、明三个字，从中感悟做人的道理，做人类光明的使者。”

“老师，别走。”有孩子忍不住哭喊起来，班里30多个娃不约而同哭着站起来纷纷奔向白玲老师，白玲老师张开双臂，流着泪拥抱着她每一个可爱的孩子。

“孩子们，白老师要去省城治病，以后会回来的。”这时久等在教室外的校长、老村长、教育组长等人陆续走进教室。

老村长拉过白老师的手，将一沓钱放在白老师的手里：“白老师，这是你十年来捐献给村里准备建造教学楼的钱和五个月来学校拖欠的工资，前天我在县医院了解到你的患病情况，你拿着到省城治病吧。”

“白老师，你患病的情况和多年从事教育事业的事迹已引起县委领导的高度重视，县长专门批示了关于民办教师的待遇问题，我们将尽最大努力治好你的病。”教育组长语重心长地说。

“白老师，你安心去治病吧，我和孩子们等你早日归来。”校长说。

“你们的心意我都领了，这点钱就留给村里为孩子建教学楼吧，愿孩子们早日告别这破旧的教室，我已经不需要钱了。”说着，白老师从上衣口袋里摸出一张过旧的纸。

那是一张肺癌晚期诊断书，医生断言，白老师像蜡烛一样的生命已经燃烧到了尽头。

白老师转身向孩子们深深一鞠躬，泪水夺眶而出：“下课了，孩子们，老师深深爱着你们，请记住老师这节课讲的话。”

白老师迎着落日的余晖渐渐远去，老村长及孩子们在村口的大树下哭喊着老师的名字，轻轻地挥手，挥手。

注：此文发表于1998年5月《浅水文艺》杂志上，文章灵感产生于时任通山县通羊教育组长的父亲，他向我深情地讲起他参加一个民办教师的精彩讲课案例。当时的民办教师待遇极差，生活都难以为继，难能可贵的是他们忠诚于山区的教育事业，热爱三尺讲台，用尽了毕生的心血和光热，谨以此文献给人类灵魂最光荣的雕刻者——教师。

愿教师的待遇是所有职业里最好的，愿天下所有曾有过、现在有着老师的人们尊重他们、关爱他们。

元仙的同学会

10月份的一天，天没亮，元仙起床了，今天，她要去念初中时的老母校，开同学会。

她一只手使劲揉开了睡意蒙眬的眼，另一只手连拍打呵欠的嘴，摸索着去火炉灶，生火煮一大锅猪食，待火膛亮开后，她也睡意全无，心头像煮开的猪食一样，吱吱作响。毕业30年了，同学时少年的面孔，在她心头一个一个不断随着火苗涌现，尤其，一想到那个曾让她情窦初开的男生，今日终于就要见面，心就怦怦乱跳。一只大花家猫忽地蹿上灶台，吓了她一大跳，她从那男生回忆中惊醒过来，下意识捂脸，有点烧红，她暗骂自己：老不正经！

这几天，她对同学会的到来像猫抓心一样难过，门店关几天无所谓，家事也无大事，难就难在这头肥猪无人喂食。三天猪食六餐用，她只好全倒在猪圈石槽里。她这样想的，同学会聚拢后要去别省景点旅游一个来回，她按猪食三天料量一次性配备好，全倒在猪盆里让猪慢慢享用，正好可以待她回来。

她坐在梳妆台前，慢慢地像白灰粉墙一样，修饰她的皱纹和那忽明忽灭像星星一样的斑点，刻意把啫喱香水将刚染不久的橘黄色头发不断喷满。然后，在镜前试换了五套衣裳，相中一身硬朗的粉红色薄皮草、搭配一条粉红丝巾后，感觉十分浪漫又不失身份，这种形象又让人去联想，然后，轻轻拧上门带上锁去赶路。此时，她才发现，天已敞亮，她穿过燕厦小镇老街，满街的空气尽带烤鱼的烟香味，两边熟悉的店铺，陆续有铝合金的卷闸门一如既往的哗哗啦啦开启声。在富水湖边燕厦老码头，她本想赶第一趟船，船老大还没到来，她一个人候船伫立码头，欣赏晨雾中忽隐忽现的缥缈湖面，一如她渴望见到老同学的心情一样，此时，她自感到，今日的她就成了富水河岸一道亮丽的风景！

这几年，元仙是享福人，两个儿女都已成人，刚出社会不久就参加了工作，在远方城市落了户。老公不愿待家里，一心去南国闯荡了，时常让她想到他是舍不得哪位小姐，就经常和他吵架。她一心在小镇上开个瓷砖店，时不时回老家孝敬公婆，每年在镇上养一头猪，捣弄着一亩半地，日子相当滋润而充实。唯有长夜里的孤独常袭上心头，又是公认的美中不足，有些不甘心，有点脾气时，就拿手机对老公发一通脾气，发泄完后就觉得舒缓些。今日的同学会，自从半年前通知下来后，她忐忑不安，被勾了魂似的等了大半年，如今，天南地北的同学们自三十年后重聚母校，绝大部分同学有 30 年不曾见面，她一直在想，还能认出多少个同学？又有多少个同学还能认得她来？

母校可大变样了，再也找不到过去印象中破落萧条的砖瓦房、臭气熏天的茅坑及尘土飞扬的操场，而今被高楼大厦和绿被彩坪所覆盖。

老同学们一见面，一个个相互指着脸蛋迟疑片刻大呼名字，有女同学拉着手跳蹦起来的，有男同学用劲地握手而久久不松开的，有潇洒依然的男生大大方方地趁机与女同学来个拥抱，叽叽喳喳热闹了整个校园。已是白发苍苍的老师们，看着这群久别重逢的大孩子笑得合不拢嘴，像是欣赏一棵棵正在灿放的桃花树。

元仙爱哭，哪能见到如此场面，一激动，泪水就淌下来，像两条喷涌的溪流，淌在脸庞上顺势冲刷而下，将沟沟壑壑星星点点一下子暴露无遗，常跑去厕所的镜前补妆。

在去长沙旅游路上，大巴停靠某加油站加油，上厕所，元仙最后一个被关在厕所里开不了门。他听见她在隔壁女厕所急得如陷深坑，一直在喊人，说厕所门打不开，他隔墙喊：“按下反扣锁旁的一个扣子就行。”

她弄半天还是打不开，焦急说：“没有扣子？打不开啦！你来帮我打开啊！”

他大喊：“你那是女厕，我可去不了！”

元仙终找到机关出来后，一车同学展开联想“扑哧扑哧”地哄笑！元仙自己跟着同学的想象力，也感觉不断有料而自行好笑！尤其，她注意到他笑得前仰后合。

元仙见到那个曾经让她害怕又让她心动的男生也老了，岁月的沧桑写满了脸庞，过去从不爱搭理女同学的他，而今扎在女人堆里也谈笑风生。元仙想凑上去，可总插不上话，感到一丝丝的失落惆怅，下意识发现他根本没注意到她，有点怪自己自作多情。

车宿长沙某宾馆，与她一同嫁到小镇的，今晚又同住的小翠累趴在床上呼噜呼噜就睡，她在床上翻来覆去，一晚上未眠。

次晨，她去找他，犹豫地说：“你们房里有电，我房没电，你们房里有被子盖，我房里就没有，城里同学就是喜欢欺负乡下人，故意分间差房给我，让蚊子咬我一夜。”

说完，泪水流了下来。

他一脸迷惑，陪她去看下究竟。原来，她不知道插取电卡，也没注意掀开垫盖在床上的被褥，他俩不禁相视哈哈大笑，元仙窘得只差没地缝钻进去，她想，跟他在一起真别扭，真是搞笑，涩涩的快乐，竟如此的一路尴尬。

导游为商购在吹嘘产品是如何如何的质优价廉。

元仙看中那能砍铁不卷刃的一套菜刀，认为带回去砍猪草那必是得心应手，她太喜欢这样的硬家伙了，但她又害怕外面人尖刁奸猾，来个偷梁换柱，回去买个后悔药那就亏大了，所以捏着钞票迟迟不肯出手。当她观察到他精筛细选后买了一套菜刀，立即喜上心头，悄悄靠近他说：“你那套菜刀多少钱？卖给我，你再去买一套！”

他一脸迷茫，欣然说：“那就送给你吧。”她慌忙摆手：“不要钱，那我不要！”他收了钱，转身又去买了一套一模一样的。车上，她不时瞅瞅他那套菜刀，又瞅瞅自己的这套菜刀，很安心，又很满足，十分得意。

元仙开完同学会回来，家就出大事了。

那头猪饿疯了，将三天猪食在一天内吃完，又猛睡一天，第三天不见喂食，飞出猪栏，奔向马路，被车撞死了。恰巧老公回家了，猴急火冒，火不打一处来，反手打了她一个巴掌：“开同学会，要疯三天？有人等你吗？你还记得回家啊？”

捂着火辣辣的脸，元仙没掉一滴泪水，将新购买的菜刀往案板上一扔：“老娘有了快刀，再养几头就是。”

村人村事趣谈

亲房吉信伯父离开我们好多年了，这故事至今还常被提起，多年来村里人就死认这硬道理，记他在世时的印象，乐于助人、不计得失，富有正义、同情心的一个好人，受人敬重，至今让我难以忘怀。

前几年，我去贵州，车将至铜仁时，在高速一出口处路牌写着“吉信”二字地名，勾起我更多怀念，在车内的朋友感觉我一路突然不说话了。

20 世纪 70 年代末，阿羊哥在河边摸到一只硕大的王八，喜滋滋地挂在厨房的竹杠头上。这天，吉喜公闲来没事串门，坐这王八下面的一把椅上，正聊得起欢，突然，那王八一口咬住吉喜公左耳朵不放，众人忙解围，奈何王八咬定耳朵不松口，痛得吉喜公嘎嘎大叫。众人想尽办法，毫无对策，吉喜公气急大叫：“脚鱼咬耳朵，就这样算了？”这个典故语在家乡一直沿用至今。

如今，在日常生活或是工作中遇到困难时，我常想他“王八咬耳朵还算了吗？”的典故，凡事必坚持，不能惧怕困难，办法总比困难多。

大年夜，阿喜哥的儿子阿锋顶撞了老子，惹得过年了本不想发火的阿喜哥一怒而起，本只想教训下小子，阿锋见状拔腿就跑，老子哪能追得上，阿喜哥气急败坏地拾起地上一块小石头，本想吓唬这小子，偏靶 40 度用尽全力抛出去，意想不到的事发生了，石头不偏不倚打在一棵树上，又续而反弹回来，歪打正着打在阿喜哥自己的额头上，从初一到十五，大家笑话他：今年鸿（红）运（晕）当头。自那以后，村里人过年见面就说：祝红晕当头。

20 世纪 80 年代，阿庆和阿自在村里同一学堂上五年级，同一张课桌，年轻的数学老师上课时用“倘若”一词的频率很高。一天，老师提阿自问题，阿自木讷，一时答不上来，老师走下讲台，阿庆将一张纸条悄悄给了阿自，阿自大喜过望，待老师走近时，正欲回答，发现内容是四个半“正”字，愣住。老师喝问怎么回事，阿自正纳闷，阿庆站起忙解围，说：“老师，他上课根本没听讲，专门在记你的‘倘若’一词的数量。”老师火了，拉着阿自去办公室检讨，天黑才让其回家。生活，往往会在移花接木之中有了生动的解读，适合《孙子兵法》里三十六计里的什么计，叫活学活用。

20 世纪 80 年代，同一个村里的孩子们在同一个乡中学上学。逢周六放假，大雨，伙伴们结伴回家，一同走在泥泞的小路上。阿庆与阿八为点小事争论，闹翻了，出身武术世家的阿八动了一下手，阿庆摔在泥地上，阿庆见身子沾上了泥巴，无法回家交代，哭了，就索性在泥地上打起了滚，像泥鳅一样哭喊着去阿八家，找其父母告状。但见他闯进阿八的屋子后，每个床上滚一遍，三间床，一间没放过，然后一笑回家，可怜阿八挨老父一顿棒子不说，害得一家人当天上不了床，烤了一晚上被子，全家一夜未眠。

明清时期，我们村庄是清一色青砖瓦房雕梁画栋的明清建筑风格，又是一个县域的商贸口子镇。若放在今天，绝对是一流的古明清建筑旅游风景区，20 世纪 50 年代的时候，被修水库淹没了，居民们后撤依山而建，全村盖了泥巴房。20 世纪 90 年代，全部住上了小洋楼。村头留下的石雕见证了先人的辉煌，不少老人睹物思人，留下许多故事传说。五年前，老祖宗留下的石雕被一商人看中，也卖出了一个好价钱，从此，随着老人相继离去，后人再提起湖底里的陈年旧事，不会说我们的家曾在那里居住，现在，政府定义为富水湖湿地风景区，正在下功夫进行大开发。

时代的变化和家园的变迁，永不变的是人的乡愁。

20 世纪 80 年代，那时，能当上生产队长的，是很红的人，号召力很大，有什么事，拿个号筒子，站在高岗上对全体社员一喊，全村庄人立马叫小孩闭嘴，家家户户必侧耳听，要是出工差，没有人敢落下工分。如今，队长没人愿当，当了也是聋人摆的耳朵——也没多大作用，队长有事找全村商量，必沿家沿户通知，开会还到不齐。若有十分之一人数，那个队长就当得不错了，关键是现在队长只能听社员的，有了充分的民主意识。究其原因，这恐怕是现在农民再不缴任何赋税，种养有补贴，不用出公差、不用记工分以及放开二胎的原因吧，队长渐渐失去过去的应有作用与威信。

时代变迁，权力也在变化。

那年代，库区人吃饭是头等大事，大家都吃不饱饭，做饭是头等大事，没事也上不起餐馆。20世纪80年代，家家粗茶淡饭，个个面黄肌瘦，90年代后，“三高”病越来越多。之前，家家都穷，村里人都穷得平均，反而特别和睦。什么事好说好商量，什么事讲谦让，而今，贫富距离在拉开，村里人个个儿有钱了，明地里什么都好说，暗地里谁也不服谁，反而不那么和睦，家家认为用钱说话才是硬道理。

金钱，成了世风日下的罪魁祸首。

世风虽屈服于利益，在情义面前冷暖不知，以温饱问题的解决方式，转变为利益为上，终究会让每一个人的精神流失而付出时代的代价。

村里种粮的人越来越少，大片的土地荒芜。过去，种粮是为了肚子问题，现在种粮是为了兴趣；过去种树是为了卖个好价钱，现在种树是为了美化环境；过去村里人共一口井担水吃，同一条湖边洗衣，现在自家都有了自来水，洗衣再不用出门；过去一台14寸黑白电视全村挤着看，现在液晶电视户户有，还一般成摆设，因为大家迷恋手机了；过去家家养猪屠夫忙，现在一家养猪难请一个专业屠夫。

现在的农村与城里的生活正向城乡一体化日趋接近。

农村不再是农村，别把农村人当乡下人。

2008年，住在城里的乡亲欢聚一堂，酒喝多了，说我们村里的老祖宗祠堂跟不上外姓人了，一时心血来潮，当天，找了城里的年长者把意见一提，说做就做。当年，投资60多万元，2009年占地近千平方米的祖宗堂就拔地而起，村里有四个人捐了5万元，200多个男丁你几千我几万，自告奋勇，不甘落后，堪比深圳速度。那年，我们村庄生了13个胖小子，2013年又造座庙宇，次年生了16个崽，乡亲们说自做了这两件事，风水大作。

农村人怪就怪在集体办公益事业特别齐心协力，一旦有人带头站出来，就能办成大事，并办成好事。

2013年，我们村庄举办了全村人的年夜饭及大联欢晚会。60岁以上的老人第一次每人拿到一个红包，村里人集资购买音响灯光及丰盛中餐，着实让村里人过的春节别有风味，这一切是由村庄上几个老板自掏腰包，但总有那么几户不习惯这种新的形式，依然自娱自乐，坚决不参与。看来，无论在哪，无论做甚，总有不理解和不支持的，只能听之任之。

2000 年前，村庄人都想找到一份好工作，所以出了县长、局科长一大堆。2000 年后，村庄人想做生意，出了富翁老板一大堆。但本村人，一直敬重读书人。所以，出了一大堆研究生，外庄人说我们村庄风水好。

在村里，万般皆下品，唯有读书高。

我们村庄有十几年没玩狮子灯。2009 年春节，大家合计，玩就玩一回呗。结果，玩了一夜后大家都再也不想来了，难就难在各村庄的次日帖子都下发了，这不失信于人家，让人笑话吗？狮子头子急了，究其何因，几个参与活动的小老板说：这有什么意思？像要饭似的沿家沿户去讨乐，太不好玩了，难道就求这一点点小意思吗？

玩狮子灯的心情与时代思维的改变有关，却与非物质文化无关。

村里过去是泥土路，一下雨，穿雨靴子走路，现在下雨，穿皮鞋走路。过去，村里人很少外出，外走的叫找副业，叫农闲。现在一年到头，大多数村里人都在外跑，留下来的大都是些老人和儿童或退休干部，村里常住的不到五十人，只有过年时，都回来了，一下子少说有 500 人。

外面世界虽精彩，乡愁，是个共同的心结。

阿庆发了财，人脉广，脑子活，热心人，弄来一批太阳能路灯，叫队长安装了。可僧多粥少，有几家亮没几家亮的，扯皮了，这可愁了队长，急了阿庆，阿庆自掏腰包叫电力人来测量，再装上一些路灯，好让大家闭上嘴不说他偏心。

做好事难，更难的是人人要你做好事。

做生意有一点是值得探讨的，在外做生意千万莫领头去约乡亲合伙或合股做生意。若是亏本了，你的一世英名在村里就会遗臭万年，千夫所指；若是赚了，那是应尽的本分，就是分好了利润，他还认为你有私藏财产之嫌疑，没有给足他应有的部分，照样骂人。

所以，做生意合伙人很重要，重要是选好合伙人。

村人村事，说不完，说不清道不明的事才是故事。

家长里短

现在想起这一幕一幕的恩情，无不让我铭记在怀，刻骨印心，任世间万般冷眼，我亦温暖以待。

大哥的童年

出生在20世纪70年代初的大哥，那时国家正处于困难时期，他的童年同那个年代出生的人们一样，煤油灯、泥巴房、红薯饭、泥泞路是童年的生活印象，还有纸飞机、泥巴仗、儿时的伙伴。

记忆中的童年，大哥常说起看赛龙船的往事，神气的龙、腾浪的船、震天的擂鼓、飘扬的红飘带，常常勾起大哥无限的美好回忆，悠然神往。

当一轮红日再次走过漫长的黑夜，喷薄欲出将照亮大地的时候，当年的季节时至端午节了，这一天刚好是周日，几天来的连绵雨也终于停了下来。

莲花村里忽然有了些生气，人们在很长的时间里终于迎来了一个传统的节日，这一天是端午节。生产队不会催社员们出工挣工分，家家户户无论再苦再穷也要装扮一点节日的气氛，显得与往日不同的是吃饭问题了，吃什么得有点讲究，改善一下伙食是老百姓对节日最好的表现形式。按照江南一带老祖宗留下来的风俗习惯：吃馒头是必不可少的节日奢侈大餐，也是庆祝一年中麦子收成的最好表达方式。每到逢年过节，对于大部分人来说，这是一件无法抗拒的闹心事。今年的小麦还没杀青，没指望地在山坡上悠着，生产队长一脸茫然地站在地头上吧嗒吧嗒地吸着旱烟，罢了，将烟枪朝布鞋底咔嚓地敲打烟屎，然后仰天一声叹息：今年只有几户人家存余有一点麦粉，就算倒腾一些小麦粉做几个馒头，也只是意思意思，在端午节这一天，馒头的事，绝大多数人家恐怕是对不住孩子口福了。

端午节又叫端阳节，对孩子们来说，自年后，等了好久才等到了一年中传统的大节日，压根儿才不去理会父母的心事。平时的日子里薯多粥少，一般过小节日或生日也是个把鸡蛋庆祝一下，也就很知足了，父母们通常也就一顿红薯凑合着过去了。但端午节是一年中的大节日，必吃好的，玩开心。虽说吃饭问题一直以来是大人们的忧愁，但孩子们已经习惯于平日里一日三餐的汤汤水水，今年的馒头虽说没指望了，但一年一度端午节的习俗里有龙船赛，那才是孩子期待许久的美味大餐。

大人们含辛茹苦忙完春耕，其实，何尝不也是等到端午节这一天，能陪着孩子们一块吃好玩好，生产队在这天里，让社员们放下农活，歇一歇，就是上天赏赐给大人们最好的日子。那年头，莲花村除了手电筒带电字，没有电，不通电灯，没有电视，除了乡间的泥泞小路，没有公路，要说汽车，即使在人民公社的泥巴公路上也是难得一见，有一部自行车在马路上行驶，那算是现在开奔驰宝马惹眼的人物了。村里人习惯于过着煤油灯和乡村泥泞田埂路的日子。白天里，大队部的大喇叭，一遍又一遍的革命歌曲，或是夹杂着生产队长吆喝出工的通知声，大都是催促社员们上早工的大嗓门声。那年，在农村根本没有什么娱乐，人们日出而作、日落而息，累了一天的大人们，在火炉旁用柴火做晚饭，孩子们在暗淡的煤油灯下写作业。

那年代，绝大多数的农村信息十分闭塞，不像现在，有一部手机就能自娱自乐，人们对于山外的事情更是一无所知，但每年村里有公社会放几场电影，常有扯皮拉筋的村妇对骂，时常会弄得鸡飞狗跳，算是村里的热门事。偶尔有“耍杂技、变魔术”的外地戏班子，翻山越岭来到这皮夹子沟时，方圆几十里的各家各户闻风倾巢而出，将一个戏班子内三层外三层围个水泄不通，好不热闹。

而一年一度的龙船大戏是绝不容错过的，胜于过大年。龙舟赛事，就是那年人们心中的一种共同渴望、共同的精神，胜过一年好光景。

这一早，在村里叫嚣着“去看龙船呀！”的相约叫声是调皮崽阿叶发出的，他跳跳蹦蹦来到伙伴阿力家门口，老远地敞开嗓子叫开了，生怕全村人没听见。

好伙伴都约上门了，阿力急了：“大哥，脸洗好吗？阿叶来催了。”

“正在为小弟擦脸哟，快了！”大哥对二弟应了一声。

“阿叶，莫急，吃早饭了吗？这么早，我这饭还没熟呢。”大哥对刚迈过门槛的阿叶说。

“你娘呢？”阿叶问。

“娘去地里干活了。”阿力小声说。

“弟，你和阿叶去看吧，阿婆病了，起不了床，我就在家带弟吧。”大哥沉默一会儿对二弟说。

“不，不，我也要去，要去！”小弟挣脱大哥正在擦脸毛巾的手，泪水夺眶而出。

“你还小，难得抱，要走十几里远的山路呢。”大哥为难地对小弟说。

“你二哥下半年要开始上学了，明年端阳节若不是周末，就看不成了，让二哥去吧。”大哥蹲下身用毛巾擦拭着小弟的泪水，讲上了道理。

“不，不嘛，我要去，要去！”任凭大哥怎么劝阻，小弟脸上淌着的泪水擦不净。

“去吧，大哥，路上我也帮着驼弟弟走。”阿力也含着泪劝大哥去。

“娘还在地里干活没回来，等娘回来吃完饭，看娘怎么说吧。”大哥妥协了。

阿叶一脸的迷茫，好伙伴若不去，会徒然失落，无趣。

20世纪70年代出生的大哥在莲花村这地方生长了八年，自打能记事起最难忘的是赛龙船了，一年一度的龙船比赛都没错过，但这不是最紧要的事，最坦然的快乐是一月两次的大周末，驮着小弟牵着二弟，在日落的时候，去村头的山包上守望着，等候在很远的小镇里教书的父亲回家。打老远望见父亲由远而近越来越清晰的影子，心情就会激动不已，当晚，兄弟仨可以围坐在父亲身边侧耳倾听着父亲讲没完没了的故事，直至深夜回着味儿慢慢地进入梦乡。

大哥觉得，父亲回来了，母亲也有了帮手，家里的事好像一下子容易了很多，父亲一大早就会下地，劳作不息的母亲只有父亲回来时才能松口气歇息。母亲像是欠着小弟什么的，也好像是欠着大哥什么的，一手搂着小弟一手忙着家务，大哥这时会放开心情，拥有难得的空闲去田野里、去风中、去小河边、去山沟里和小伙伴们嬉闹、追逐。

可每当抱着小弟坐在田埂上的时候，大哥会一个人静静地发呆，那便是大哥傻傻想着、盼着父亲回来的时候。

“大哥，爷爷回来了，爷爷回来了！”二弟倚赖在门口突然像报喜鸟似的对大哥兴奋地喊。

“爷爷、爷爷、爷爷。”大哥、二哥、小弟不约而同地围着爷爷叫唤个不停。

爷爷在很远小镇上的供销社工作，一年难得回来几次，今天因为过节，爷爷天没亮就赶路回来了，见到孙子们，马上乐开了怀，抱着小孙子说：“想爷爷不？”

“当然想爷爷啦！”小弟噘着小嘴巴亲着爷爷，爷爷乐开了怀。

“今天过节，这就带你们去大队代销店给你们每人买件端阳衣，一人一件背心汗衫，好不好？”爷爷乐哈哈地大声说。

“不好，我要去看大龙船！”小弟却不买账地对爷爷说。

“阿婆病了，爷爷去看阿婆吧！”大哥说。

“老毛病，不碍事，不碍事！”爷爷沉浸在孙子们的幸福快乐当中。

大哥是家里的长孙，是阿婆一手带大最疼爱的孙子，也是阿婆抱在手里的时间最长的孙子，俗话说：婆疼长孙嘛。大哥的童年，也是陪伴着阿婆老去的时光慢慢长大的，走远亲的时候，阿婆大多数都是带着大哥去，去那里就会有好吃的。可爷爷却不同，对每个孙子都一视同仁，爷爷每次回来都细细端详着每一个孙子，脸上始终满是笑容，他用平等的爱去疼爱着每一个孙子。然而，每一次见面最先抱在怀里的都是最小的孙子，然后，一一摸着每个孙子的个头儿与自己身子比画着。爷爷从远方归来，会在家里小住几日，只要有空，会把他最小的孙子扛上肩头呼喊：坐飞机啰。

在孙子成长过程中，一直到长大成人后，在他们眼里爷爷是一碗水端平的爷爷。

阿婆听到了爷爷爽朗的笑声后，不知啥时候起床了，头裹着白手帕，扶在门边上，病好像也好了很多，好像一眼就知大哥的心事，宽慰大哥：“爷爷回来就没事了，等你娘回来，我们都一起去老家看龙船吧。”

儿孙们在阿婆的许诺声中，欢叫着蹦跳起来，欢呼：“看龙船哦，我们全家都到老家去看龙船哦。”

老家的龙船热闹非凡，方圆几十公里，只有这里仅存偌大的湖，叫富水湖，续存有端午节一年一度的龙船赛盛会。那些年，这是十里八乡的人们最值得的、郑重其事、必去观赏的一出好戏，远比春节期间村里人聚集一起办任何节目更加热闹，家家户户倾巢而出，呼朋唤友，聚集一地，共睹气势磅礴的龙船竞渡。

之所说是老家的龙船，曾有一段说辞。因为，在20世纪60年代，国家倡导大力兴修水库，为了修建富水湖水库，命令如山倒，拦坝起湖，先人后靠或移民。最终，湖水淹没了祖宗历留下来的明清古建筑，埋葬了曾经热热闹闹的大街小巷，也淹没了一个古老的历史文明古迹，隔断了父老乡亲的不舍与记忆。如今，这里湖水荡漾，水鸭呢喃，成就了龙舟竞渡，与其说是对屈原的纪念，不如说是库区人对故居故人的怀念和祭祀，所以，在家乡人心中尤为重要与迫切。

当年修水库是悲怆而沉重的往事，为了让居于库，库区人顾全大局别无选择地做出自我牺牲，那时的库区移民政策促使部分父老乡亲背井离乡，客走他乡。爷爷就是那个时候随村里大多数兄弟叔侄，一起拖儿带女，举家迁至离地十来里的莲花村里安顿谋生，自然而然成了当地异姓眼中的移民户，然而，大多数移民后，承受不了当地人排外的白眼及居住不安的怄气，大都没生两代人又带着隐隐约约的伤痛，陆陆续续地、痛心疾首地回至故乡的山腰上，搭锅起灶，宁愿过着缺田少地的艰难日子，也不愿漂泊他乡。他们大都认为，生活苦点没关系，至少亲情还在，落叶总是不忘对根的留恋与归宿。

后来，莲花村里还剩下阿叶及我家仅有的同姓人，依然在莲花村里好几年没动。大概因为既是同姓，又是同亲房，两家人走得近，显得亲切。也算同命相依，相苦认命。一直到20世纪80年代初，国家实行田地到户，实行田地承包责任制后，才相继搬回了老家。

翻山越岭地约走一小时的山路便是老家了，阿力、阿叶两家人关门闭户后，相约结伴上路，一起走完了弯弯曲曲的山路，回到了熟悉而陌生的家乡。其间，路过公社供销社，爷爷也顺路就给孩子们替换了新背心，孩子们一下子神采奕奕，乐在心头。

回老家，不单观赏龙舟，更是大人们回来与久别的亲人家里话长的时候，在喜极重逢的层面上讲，真正意义又是走亲人的节日，长辈们带着孩子们东家走来西家访，上叔下侄嘘寒问暖，父老乡亲们在一起有说不完的话茬。

当然，亲情有了，馒头也就有了。

大哥来老家比弟弟们的次数较多些，所以在老家有一定的伙伴圈子，大哥只知晓他们的乳名或绰号，如红城、阿庆、扬威、细狗、腊子飞、油面泵、地主崽等，大都是前几年从莲花村搬迁回来的伙伴，或是阿婆带大哥回老家探亲时结识的。

或许同亲同宗、血肉相连、一脉相承的缘故吧，阿叶、阿力很快就融入并徜徉在儿时小伙伴们的友谊队伍中，打成一片。

老家里人多孩子就多，那时小伙伴们年龄不相上下的足有四五十人。叽叽喳喳聚集在一起，在村头坟前那块空地上，或是人家屋前空场前，一会儿做脚驼炮、一会儿做屁股生毛游戏，一块石头、一堆泥巴、一片乱草就是戏场，变着戏法子似的成了爱不释手的游戏道具。那时信手拈来而不需花钱的玩具有泥巴、野花、石头、空烟盒等，有着各种各样的创新玩法。那个疯啊，乐啊，是只有生长在农村里的孩子才能享受到的特有专利。

今天孩子们玩味依然如故，聚集在富水湖岸边，在一起的话题自然是下午龙船的事。依往些年惯例，每庄必出一条龙船，加起来少说有七八上十条。孩子们回味着往年的龙船盛事，评头论足各庄门的鞭炮串子的大小、船上龙头的大气、划手们的强弱，更多的猜测是，今年哪条船能得到更多的彩头，划手能分到多少奖品。当然，大家共同的期望，英雄是属于我们庄的，都为本庄有一条龙船参与竞赛而信心百倍、劲头十足。因为，生产队长决定今年除了几个老将，换下了几个年老体弱的，新上了几个有着牛不喝水会强按头的后生，这让孩子们非常看好，底气十足、充满期待。

龙船赛还没开始，按时辰要到中饭后才正式上演。可孩子们心急火燎地在岸上守望着。有个别孩子坚持一直守候在这里，有不回家吃饭的打算。

还早着呢，孩子们的眼前还是一片静寂的湖面，对龙船的出现是望眼欲穿了。不时，地主崽会说："我听见鼓声了！"一时会引起孩子们一会儿沉静，聚精会神侧耳聆听，一会儿又是一阵责骂怒笑。

又一会儿阿庆说："别吵，听，我也听见了鼓响了。"又引起孩子们竖起耳朵，像听到远方传来的鼓点声，然后又唏嘘一番。

"我们队还没出船，中饭还没吃啊，没这么快，骗谁呢？"红城的冷静适时打破了伙伴们各种调戏式的猜测。

"别的庄门可能吃过饭了，或许要比我们早些，说不定出发了，我们还是尽快各自回家吃饭后再约。"细狗"司令"能言善辩。

中饭时分，孩子们一哄而散，各自回家催大人上桌开饭。

在细公家里吃端午饭比别家要早些，一是侄孙们来了，生怕孩子们饥肠辘辘，二是自家小儿子头一次被队长相中，成了龙船队的划手，要赶饭不掉队。

那年头，淡黄色的馍子就着陈年腊肉蒜香油，香喷喷的让山珍海味都没得比，一大碗青南瓜汤进了肚子就见油亮上了头。现在进了城的伙伴们到了这节日大都会疾呼，那年头的吃法和味道咋就没有了呢？经常相约到应运而生的农家院寻根找味，大呼，那种从根子得来的味道算是多少年没出现过。

阿力只吃两个馍后，锅里却没了，吵着没吃饱，娘说："细公细婆都没吃呢，娘这个没吃完，给你。"

细公转身，心悸地对细婆说："粉都做完了吗？"

"做完了，没多少粉啊，委屈了孩子们。"细婆一脸抱歉。

"这年头没几家吃饱肚子的，老山家小孩子多，劳力少，挣工分不多，分的口粮少，算是庄里日子最难过的了。"细公喃喃说。

"不只是他一家吧，整个庄也如此，全国也如此！"爷爷道。

"作孽，苦了小孩，每天吃不饱，不知什么时候是头。"细公深深叹息。

"要解决吃饱饭的问题，才是根本出路。"爷爷说。

"我就想在这湖面上做点文章，搞个小船摆渡也是一条出路，就是怕不准搞。"细公的话像是早有点打算。

"这是个办法，这一天总会到来，路活，人就活了。"爷爷充分肯定到这点。

大哥带上弟弟与小伙伴们在湖边的老地方见面了，木匠家的儿子满面通红，好像喝了点酒。

队里的木龙头与龙尾存放在公屋里，早些天前已擦拭干净，被划手们早早地安装在队里唯一的一条小摆渡船上，一下子变得活灵活现，龙头搭上一块红布，显示龙出动时的喜气，也更显示出节日的隆重和体面。船身的龙鳞也补上了新的淡黄油漆，鲜艳夺目，船舷两侧安插了几面各色的三角旗，船上十二把船桨分两边一字排开，静候着主子的到来，船尾有一支长长的橹，那是掌握方向的舵，一定是富有经验的航行舵手才行，一面硕大的牛皮鼓立于船腹中央，两根削圆的木棍轻摆中央，只等轻轻一击，便能触动你的神经，搏击你的心房。

曾听父亲说过龙舟来由的故事：战国时，楚国大夫，一个名叫屈原的爱国名人好官，因不满朝廷被贬，在那年（公元前 278 年）五月初五这一天，在汨罗江含恨投江自杀，人们争先恐后纷纷划船追逐拯救，用击鼓声驱散江中恶鱼，以免伤害屈大夫。从五月五日这天起直到五月十五日打捞起屈大夫的尸体。很多地方每年都会举办这一活动来纪念他，就成了几千年来的中国传统节日，每年五月五日和五月十五日，有端午和大端午两个节日说法。后来，人们为了纪念这位伟大爱国诗人而兴起了端午这天龙舟竞渡的传统节目，盛行于吴、楚、越，流行至今，成了人们喜闻乐见的民间娱乐活动。各地内容因地而异，各有千秋。

老家的龙舟赛自有家乡味道，十里八乡方圆几十个村庄都没有专用的龙舟，都是各生产队里的摆渡小船临时组装拼凑而成的，龙头与龙尾是专用的，可以拆下存放起来，其形态逼真，雕刻精湛，每年要用的时候固定在船头与船尾上，就成了龙船的样子，其余稍作修饰就像模像样地跃上湖面，其形其状，威武而生动，灵气逼人。

在众多的龙船中取胜是最重要的，必须依靠划手的同心协力。人数依船身大小而定，船大人就多，人多力量就大，力量大船就快，但输赢靠舵手，航向目标一定，首尾相顾，势力均衡，才能力挽狂澜；众人划桨，全凭艄公得力，才能有信心和勇气力挫群雄。与大海航行靠舵手，是同一个道理。

虽没有百舸竞渡的壮阔场面，但闻鼓震天响，动人心魄的催人奋进，但听船工号声，动人心弦。湖上的端午龙船赛鼓起相约，号起相邀，人起热闹，没有彩旗飘摇，但祈天公作美，风调雨顺。

午饭过后，本庄的、沿岸的、湖对面的各庄门不约而同地早已按捺不住急迫的心情，动了鼓响，平静的富水河一石激起千层浪，惊起水鸭四处奔命，两岸青山侧耳倾听，湖岸上的人们早已是挤得满满当当。孩子们更是兴奋，一个劲儿地钻进人群的前面，惹得大人们生怕其掉入水中，一阵猛喝住，占据好位置的人们寸步不离其位。此时，站在岸上的算是人山人海，人声鼎沸。

按传统，龙船活动分为预先热身和进入高潮两部分，热身部分是各自庄门龙船先在各家门口表演节目。先是杀鸡祭拜龙头，年长者将鸡血淋在龙眼上，点香火、烧纸钱、供食果，现场气氛严肃，这些流程大概喻为五谷丰登、风调雨顺、事事如意、出入平安、旗开得胜等诸多祈福的意思，表达了人们对美好生活的向往和良好的年景祈望，人人虔诚，个个儿恭敬。

完毕之后，随即，划手们就迫不及待地一哄而上船，各就各位，头扎着毛巾，腰别红绸子，健壮的汉子，惹人眼球，让人心胸起伏。但见，擂鼓三声，龙始出湖，众号声迭起，一声鼓响两浪分，龙船离岸，如离弦之箭跃入湖中，恰如鱼得水，打破了湖面的平静，漾入心田，快速而去，飞驰而来，快如飞石。但见，岸上浅水处安插上一树标，有人悉数挂放有一红布或是公鸡、游泳香烟或是米面之类的诱惑奖品，犹如抛砖引玉，有物能使龙争渡，桨使鼓劲人尽欢。

欢呼声、呐喊声、锣鼓声，一浪随一浪在湖面上回荡，不绝于耳。

高潮的部分就是所有出龙船的各庄门聚集在一块，沿湖自下而上轮回到各庄的竞赛区进行友谊竞赛表演。各生产队会使出像样的东西作为奖品，如数条香烟或上好布料或十来斤米或面粉来迎接各庄门龙船到来的挑战。这些物品在 20 世纪 70 年代是让人眼热的东西，不亚于今天的彩票一等奖，也是各庄龙船津津乐道的体面好事，但不是每船都有，必公平竞争、竞渡争抢，先到先得，全是靠硬本事和好力气好方法去争夺而战，是意志的角逐，是毅力的较量，是勇士的比拼，归根结底是众志成城、一人莫启的事。

通过各庄的热身，队员们往往会蓄存着力气，会在一轮又一轮的征程中拼出一个好彩头。

但见众龙船远远地一字排开，像一队队要抽刀出征的战马，只等一声炮响就冲上战场，岸上的人们屏息呼吸，像在村口静候英雄的凯旋。

加油声震天响，地动山摇。湖里的蛟龙水乳交融，白浪翻腾，杀气腾腾，谓是冰火两重天，龙船像一支支利箭向竞标处驶来，狭路相逢勇者胜，谓是卒子过了河，勇往直前。

“加油！加油！！”孩子们欢呼雀跃，一旦得了头彩，胜者如王，如坐上八十人大轿好不威风。

若还不尽兴，会有人怂恿庄里有拿得出手的人，奖品一般是可食可用的现实主义东西，设些现场“诱惑”物，再来一次争夺，再次将高潮一浪推过一浪，让大家尽兴而归。

龙降一物，大致应是这个道理。

“大哥，回家了。”阿力叫醒瞭望着龙船渐渐远去还沉浸在恋恋不舍中的大哥。

一如叫醒他的童年。

“好精神！有味道。”大哥若有所思自言自语。

大哥一直沉醉在童年的时光里，岁月的流逝与洗涤，说再找不出这样的画面了，从龙船竞赛中，大哥悟出了人生我竞你争的道理。

从龙船赛中感悟出人生拼搏的哲理，在人生的长河里，在生活的平湖里，要懂得学会在竞争中讨教生活，证实你的力量，要找团队的力量，并相信它，团结它，去拼尽全力争分夺秒地向目标靠近。不要一心去计较输赢，因为，拼搏的过程，就已经成为一道美丽的风景，尽管输了力气，却赢得了喝彩。

人的一生，童年是十分可贵的，20 世纪 70 年代的童年是苦中有乐。当你在最美好的、视觉化的记忆深处，在心里曾经营造过美丽的景象，只要思考“目标的彼岸”和“最原始的动力”，这样，当你独自前行的时候，再去回味童年那些二三事，就有悟性的脱俗，思想的纵深。

我们正走在新时代、新生活的路上，国家改革向纵深化推进，国家经济日趋繁荣，人们安居乐业，如今的家乡富水湖正在打造国家级湿地公园，库区人的日子会慢慢好起来，为生活打拼着，在幸福感与失落感并存的日子里，那时的龙舟竞渡，为如今的富水河带来了灵气和福气。

家乡有 30 多年没有人再谋划龙船的事了，村里的龙头龙尾也找不到了，小船也不知了去向，包括爷爷阿婆细公细婆在内的村里人都永远地走了，包括大哥在内的绝大多数后生开始背井离乡，四处奔波。

但愿村里的后生们再次操起桨、擂起鼓、铆足劲儿，为自己的人生加油，更为自己的人生喝彩。

如今，村里扶贫工作如火如荼地进行着，大哥说新的龙舟赛就要开始了。

父　　亲

妻子在长途电话那端哭着告诉我，父亲又因肾病引起缺钾性瘫痪进了医院。

这是父亲第五次因缺钾瘫痪了，我惆怅不安，惭愧自责。父亲在“文革”中染上了肾病。那时，就因祖父交不起三十四块六毛钱的医药费，耽误了治疗时间，导致转为慢性肾炎，父亲的身体伴随着岁月的流逝每况愈下，近两年，常因缺钾导致周期性全身瘫痪，非得进医院医治才能下床行走。

我曾怨恨我的祖父：“肾是生命之本，怎能不治呢？”父亲语重心长对我说：“你懂什么，那年代，三十四块六毛钱是全家人半年的口粮，看不起医生啊，你爷爷给了我十块钱，耽误了治疗时机而落下的慢性病。”

我劝父亲到省城医院来检查，父亲总是说：“等学期结束了就去吧。”可父亲总是抽不开身。我曾对父亲慷慨陈词，我将尽我所能来救助父亲，可父亲总是一个劲儿地摇头：“你们参加工作不久，结婚没两年，待以后再说吧。”

父亲第四次瘫痪后，母亲悄悄地去过高台山求过菩萨。今年恰恰是父亲要满四十八岁的一年，春天姗姗来迟，雪霰过后又下起了连阴雨，天气迟迟不肯放晴，残冬的寒意仍然没有退去，这样的天气对父亲身体十分的不利。我心急如焚，独自站在教室窗口一言不发，烦躁不安，这样的心情功课肯定做不好，越是这样，父亲的话语越是在耳边回荡：“读大学，了却了你梦寐以求的大学梦，要珍惜啊，千万别惦记着我，我这是老毛病了。”然而，我又怎能读得进去呢？窗外的杨柳已经吐出了新芽，不知百里之外的通山老家是否如此的春寒料峭，阴雨绵绵。

此时，我暗暗地祷告希望苍天有眼，祈求菩萨保佑。此刻，远离就成为一种残忍，是一种苛刻，孝心和良心对于我是如此的空洞无力，如果说人在世上身不由己，我只能找这样的借口来作自我安慰，求得半点良知的平衡。

去年，父亲走得动的时候，来省城看过病。医生劝告他住院治疗，而他背上一包中药坚决回家，他说：“要普九验收了，要普九验收了。”

振兴山区教育事业已经深深烙在父亲这个任职某山区小镇教育组组长的心头，父亲总是夹着那个破旧的公文包，早出晚归，在小镇的十几所学校蹒跚举步不止，父亲的头发不停地脱落，而过早苍老的脸上时常因工作得心应手而笑容满面，又是那么慈祥、那么让人宽慰，蜡黄的脸庞爬上红晕，犹如秋后熟透的红橘子，在这个意义上，我跟父亲是一样的人——纯粹、虔诚，我对老师的崇敬，正源于父亲对教育事业的虔诚。

如今，油菜花正开始无边无际地弥漫，它的质朴芬芳远远胜过皇家花园，桃花漫山遍野争先恐后地斗艳，它的美丽姿态大大超过温室的花卉。桃李满天下的父亲却一年比一年开心起来，虽然远在省城，听不到父亲在医院输液的点滴声，看不见父亲与前往看望他的师生们高谈阔论的兴奋劲头，但我想，我和父亲都感受到了春天的脚步声，闻到了花的芳香。

我不知道该不该奢求，在父亲第五次瘫痪之后，能稳健站起来，期盼他的身影重新出现在小镇的学校里，习惯地挥着他那有力的右手。

雨过就是天晴，春天孕育希望，我俯首祈祷。

注：此文先后于 1998 年 6 月 19 日被《湖北日报》《咸宁日报》《浅水文艺》发表，此时，我在中国银行工作，于 1997 年 9 月进入湖北金融职工大学学习（现并入湖北经济学院）时创作，时任在校广播电视台台长。

现在我的父亲 70 岁了。2003 年，父亲提前病退，母亲随父亲回老家休养，陪伴着我的祖父母在晚年时光尽了孝心，祖母 2007 年 9 月去世，终年 89 岁。祖父 2012 年 7 月去世，终年 94 岁。父亲能活到 70 岁，尽管现在血透有 5 年了，实属儿孙的大幸、大福，尽管身体每况愈下，为了尽量减轻孩子们高额的医疗费用负担，他卖掉了教育局分给他的优惠价房子，住在老教育局的老房子里，坚持每周三次透析治疗。他爱看书，人也算精神，他常说现在孩子们都大了，都有些出息了，吃药也不用愁，常说孩子们买的好药和孝心起了关键作用，也说曾住在乡下的时候，空气好，水源好，菜自己种无污染，对身体调理起了一定好作用，加之，其他条件比城里差不多，人自然就会长寿，但愿我的父亲能活到祖父母那样的岁数，我心也就知足了。

谨以此文献给天下的父母，祝父母健康长寿，有父母在，我们永远是孩子。

母亲的灯火

我在康泰医院听到一个比春雷还震耳的声音。

“我今天要回到老家为祖宗堂守一个月灯火。”

这是她的原话，态度坚定，简洁明了。一个暂由村里人做的事，爱做不做的事，鲜少有人做的事，住在县城的母亲为什么却非要去老家做这件不可思议的事？我没听说过，凡住在县城里的人有想过到老家祖宗堂守灯火的，点灯火的人有，守一个月灯火的人绝对没有。

母亲什么原因都没说，这样的决定好像不是她的性格，太唐突了点吧。在这个时候，父亲一个月有九次透析，谁来服侍？我第一感觉是，母亲没有这个权力决定，更没有这个胆量敢去做。在我印象中，母亲从来没有做过任何关于她自身的决定，她属于家庭的任何人，唯独不属于她自己。在她嫁给父亲后，爷爷奶奶、三个儿子、三个媳妇、四个老孙、三个孙女都是这么认为的，至少都习以为常，习惯成自然了！这么多年来她就是一大家人的服务员，再形象点就是一个忠实听话的保姆，服侍公婆、侍候丈夫、宠爱孩子。十三年前母亲就提前退休，回到农村，一待十年。记得那年，村里人带信来说我阿婆病得快不行了，母亲就在那天回到农村，她义不容辞地陪伴着肾衰竭的丈夫回到村里的破泥巴房里，硬是将病倒在床上的阿婆服侍得延续五年的生命，活到了 89 岁。然后，再侍候五年，在村里赡养了一个最长寿的老人，让我爷爷活到 94 岁，成了远近乡邻人追求的长寿目标。前年，父亲肾衰竭进入了非血透不可的阶段，她又带着丈夫回到十年后的县城，独自坚持照料着病父的日子！久而久之，没有人注意她渐白的头发和蹒跚的步子，大家都各自在自己的小家里，习惯于自由、清闲、健康与快乐！

母亲对我说完那句话后，一个人扔下正在病床上血透的父亲就走出病房，头也不回地走了，仿佛这事没得商量，不容置辩，明摆着反正我走了，不管这里的事！

我愣愣待在病房的原地等候父亲反应，一直盯着现在陡然无助的父亲最终拍板，我可旋即冲出病房去挽留截住母亲。可父亲好像没听到母亲说话一样，黯然神伤的眼神一直盯着病房里的电视，无所谓地看着电视新闻！过一会儿，父亲也许累了，慢慢合上眼睛想睡觉了，我忍无可忍，脖子一挺，竟冲父亲大喊："您也表态啊！"父亲睁开眼睛，瞪我一眼，又合上眼，一言未发，我看见父亲手上那根比电线还要粗的鲜红血管颤抖了一下，引起透析机"嘀嗡、嘀嗡"报警声。

一

母亲的决定终于引起大家的注意了，更准确地说是父亲的病情糟糕透了，大家开始束手无策，感觉到父亲离不开母亲，于是大家开始想到了母亲，找母亲。

母亲走三天后，又是父亲的透析日子，我去医院看望父亲，奇怪的是父亲还是老样子，盯着病房电视目不转睛，根本不提母亲，好像没什么不一样的，只是看了我一眼：

"你还没出门去做生意！？"

我故用借口："母亲走了，我走得了吗？谁服侍您？"

父亲终于怒了："离开你娘，我死不了，我透析后就回家，又不是煮不熟饭！你去做你的事，好吧？！"

说完就合着眼睡去了，不愿搭理我。

我坐在病床边，只有当他疲弱地睡去时，才能细细地看着父亲的脸，父亲老了！我发现父亲苍白的脸上忽然憔悴了许多，散乱的头发稀稀疏疏遮不住蜡黄的头皮，病痛的折磨让父亲的脸庞失去了往日的光泽，一双手好比晒干的树枝一折就碎，鲜红的血液从他身上涌向透析机几经折腾后回到他干涸的身躯。我竟酸楚起来，父亲得肾病快50年了，他一生一边搞教育事业，一边住院吃药，病休后一直和母亲陪着祖父母住在农村里，习惯于母亲侍候，安心于吃他的药，享受着母亲的一日三餐，使唤着母亲左右来回，重病无追求，久病无孝子，现在方发现：父亲真的老了，至少在这血透中心，20多位来来去去的病友中算是最年老的一个！

今天是我陪病父在医院最长的一天，父亲睡着不一会儿，呼噜是那么急迫和响亮，在病房中发现，可怕的肾病梦魇已经伸手触向年轻人。透析室里若除去电视里断断续续的声播和病人的呼噜外，一切都是静的，显得十分可怕。每个病人一言不发，插上血透管后不久就会疲弱地睡去，病人们好像没有一丝力气、更没有精神去交流互动，也不愿去讲几句增点感情与友谊的话语，因为，他们都在与死神赛跑！与生命抗争！彼此只是今天看到彼此还活着，大家彼此又见面了，看到大家又来了，问声还好就心满意足了，各自躺回自己的病床上任凭扎针管，通过引血导流通过机器循环过滤毒素来维持生命，就这样，父亲透了一年半的时间。

这个时候我突然感觉到离不开父亲，更离不开母亲的难过心情。

县教育局老宿舍楼唯有父母两人还住在这里，凡是教育局的人都将老房卖了，搬到新城新楼房去了，因为几十年的肾病治疗耗尽了父母每个月的工资，哪能买得起新房？父母就像唯一不能随大部队行动的重伤员，留在这里疗伤一样。老宿舍楼没有电梯和花园，公共卫生无人管，整栋楼到处是垃圾，恶臭扑鼻，父母住在破旧的顶层五楼，楼顶的隔热层早已破烂不堪，顶棚到处漏水已浸渍了楼下父母的墙壁。送透析后回家的父亲上楼，父亲每上一个台阶，必须用手拉着斑锈的铁扶手，一步一步非常吃力地抬步上移，每上一层楼必须停在拐角处歇息，大口大口地喘着气，满头大汗，我去扶父亲的时候，父亲摆摆手，示意不用扶，父亲每上一层楼的时间大概是我爬到五楼的时间。

我想，只有母亲在这里，才是父亲的拐杖，可能父亲都会有力气些，轻松些！

我要去厨房为父亲做一顿饭，父亲却执意不肯，就催我回去！还主动翻开老旧电饭煲，里面是一点没吃完的剩饭和半盘丝瓜剩菜，还冒着丝丝热气，父亲却不无条理地说：“一个人生活简单，早上六点出发去医院，就将剩饭剩菜放在电饭煲先热着，回来吃现成的。”我迟疑未决，突然想到母亲，要是母亲在这里，父亲至少不会吃这半冷不热的饭菜，更不会吃剩饭剩菜，起码会搞些营养的可口饭菜，我开始有点怨恨母亲。

母亲走后的几天是一团糟，父亲没人服侍，没人愿去那破房子看望父亲。若是母亲在时大家会时不时去探望下，还能与母亲搭上话，扯三拉四，说东说西，而父亲却不搭理这乱七八糟的事，一直板着个让大家惧怕的脸孔。只要母亲在，她至少会认真听大家吵吵嚷嚷说话，乐于看见孙子们打打闹闹，绝对不会去斥责。大家来看望父亲是假，空口来混饭吃是真，只要一个电话，母亲就会在单口煤气灶忙上半天，摆上七盘八碟，大家酒足饭饱，嘴一抹就走人，算是上了一趟免费餐厅，大家又何乐而不来呢？

五天后，没人去理会父亲，却在盼望母亲快点回来！

母亲几乎从没单独离开过家这么长时间，一直以来就是在这破房子楼下，只要大家在楼下随便叫一声娘，娘就会很快从阳台上伸出头来爽快叫：“唉！”即便是出远门也会带着父亲，形影不离，她会按时提醒父亲吃药、端饭。就算父亲脾气大些，母亲也会理解重病人会常有不耐烦的情绪，即使母亲伤心、赌气走出去也就是缓口气，总还会按时按点回来烧火做饭、拖地，收拾家什！在老家我见过父母吵得再厉害，母亲要么沉默几天不开口，但服侍父亲依然照旧，也从没离开门半步！

我试着问父亲：“是不是吵架啦？是不是家里有什么事？是不是娘想家里地种什么？”

父亲见我穷追不舍，不耐烦地说：“我也不知道！你不会去问她吗？！”

几天来，连绵小雨淅淅沥沥地下个不停，父亲自母亲走后的第二次透析，老二媳妇煲好了鸡汤，由老二在中午父亲透析下机的时候送到医院，鸡汤在路上溅溢了一大半，到医院只剩下一小碗，在医院的走廊上，父亲吃了两小口饭，喝下鸡汤，鸡腿就不动，无论怎么劝，只是说：“没胃口，吃不下、吃不下！”我心情惶恐不安，父亲吃这一点点，显得那么弱小、那么可怜、那么担忧！老二一言不发，低头抽着闷烟，此时，我有点恨母亲那么狠心、那么不近人情！

二

有必要说下老家，离县城偏东南五十多公里的小山村，村子前面是富水水库，也算得上是湖，四周环山，我们的村庄就此简单应运而生，取名也叫湖山，小村里田地稀少、年轻的全往外走，如今还有些老弱病残的留守在这里。

老家手机信号也不好，想联系母亲很难，母亲一定是嫌信号差，带在身上又不方便做事，索性将手机放置床头，忙活去了。

我回到老家的时候，大门紧锁，向邻居的老兄打听，说是看见她扛着锄头下地了！

老土坯房后面是家里唯一的一块自留地，不足三分地，也就是家里的菜园地。每年，母亲带着父亲在时间的节点上，会来这块地掏弄一翻，种上葱、蒜、大豆、玉米、红薯、辣椒等，每到有收获的时节，就回来采摘，带回县城，分给三兄弟，虽然只一点点，抵不上父母来回车费，母亲硬说是比买的要省些，说辣椒就比城里辣味足些。去年，父亲还有些力气，就跟着下地帮忙，母亲挖薯，父亲捏土，结果，把右手透析的手瘘管堵塞了，连夜火急火燎赶回县城，送到市医院抢救。经住院一周治疗虚惊一场之后，父亲估计舍不得花掉的六千多块钱医药费，几乎气疯了，将惶恐不安的母亲臭骂一顿："要种那些东西抵不上一场病！"表示再不会陪母亲下地了，之后不久，又发生了母亲累瘫在地里的事，这更让父亲大发雷霆。母亲有腰椎突出症病，根本不是下地的人，也就是说干不了重活，原来红薯起了大半，还有小半没挖，又到了种白菜的时候，父亲的病一好点，她独自去菜园地干活，结果，第二天下得了床却走不了路，腰椎病又犯了。老二只好开车去接母亲进城住院，一周后，又花去三千多元医疗费，接母亲一瘸一拐出院的时候，父亲跟在后面气红了脸，这对他来说就是莫大的嘲讽，不无幸灾乐祸地气呼呼地说："有什么好种的？花的钱都能买三年菜了！"

我也不无好气地对母亲说："明年，将地里种上桂花树，看你还种不？"

母亲的嘴唇微张了几下，而后合上了，一声不响回到教育局破烂的家里，我分明听见母亲那窸窸窣窣的声音："你种上树，我就拔掉！"她是怕父亲听见。

母亲还是跑到菜园地上来折腾了！

远远的，我看见老土坯房屋旁的菜园地上，弯着腰，捋着裤管，戴着草帽的母亲，她艰难地一锄一锄挖着地块，雨后的土湿漉漉地粘上锄头，挖一下，还要敲去黏土，其实是两锄才算一锄，是多么的费力不讨好，从一块地的干湿来看，不足20来平方米的地，母亲至少要好几天工夫。

“娘！”我朝母亲喊去。

母亲愣了一下，朝喊声张望，恼怒地看见我呆立在菜园边，抹下额头汗：“吓我一跳！”

“回去吧，爸离不开您！”我几乎是低音咆哮。

母亲没搭腔，只是说再挖一点，天黑去做饭给我吃，好像我的话没多大效果，或者根本没听见！

我呆立菜园边，对母亲这种根本没有多大意义的劳作不屑一顾，更是对母亲这种倔强的力气无动于衷，也不愿去搭把手，更不值得去替代她！也更不愿去看她吃力抡锄狼狈不堪的样子，盯着土坯房子一言不发！

老坯房子已有十年没住过人了，奶奶是最后一个住在这房子里的人。家里父亲和伯父合伙在老房前头做好新房后，奶奶就病重了，至死不肯搬到新房去，怕在新房死了，增添了大家的阴影，坏了大家的好事。那时，母亲回来服侍奶奶，主要是住在老房子，为奶奶调理胃口，变着花样换口味，为奶奶端屎倒尿，一日擦两次身，奶奶也怪，只有母亲做的饭菜才能吃得饱、吃得好，换个人做饭，不是嫌咸嫌淡，就是嫌软嫌硬。母亲侍候奶奶四年多后奶奶才在母亲号啕呼唤“娘、娘”的哭声中，在母亲的怀抱中安静、微笑、满足中永远离去。安葬好奶奶后，爷爷才接受了母亲的恳求住进了新房子，安心地和父母住在一起，继续享受着母亲无微不至的服侍。奶奶走的那年，母亲好像变了一个人，整天丢三落四、失魂落魄的样子，有时在家里一下子不见人影，村头村尾找遍，几次以后，只要去前面山包奶奶坟上准能找到哭红了眼睛、沙哑着嗓子的母亲。

爷爷几次数落她：“你娘死了这么久，还想她做什么？”

母亲总是说：“去和娘说说心里话。”

我家老房子是全村里完整保留下来的、为数不多的土坯房之一。大家一致说拆了重建，父亲坚决不同意。老家什都布满了灰尘，蜘蛛网随处可见，母亲就把老房子收拾得井井有条，每隔两年，母亲会请人检漏房顶。前年，也就是爷爷去世两年后，母亲也请人做好了寿材，一副留给父亲，一副留给自己！放在老土坯房东屋里，吓得大家都不敢去了，老房显得阴森可怕，望而却步，没了过去的留念和快乐！剩下的只是我们的昨日记忆和现在恐惧的等待！

黄昏时刻，母亲放下锄头就要去祖宗堂上灯火，她一脸严肃地对我说："你回来了，就去祖宗堂拔下灯芯，上香吧，我来做饭给你吃！"

祖宗堂位于全村中央的后山包上，居高临下俯视着全村，好像是保佑着她的儿孙。几年前，由全村人筹资募款重修得高大上，肃穆庄重，算是远近几大姓中的荣耀仰慕之地。门前的一大块空场上是每年大年初一出天荒时全村人拜天地之地，全村人祈求风调雨顺、五谷丰登，也是大年初一最火爆的烟花爆竹集中燃放基地，年过后，这里烟花爆竹纸屑被母亲扫除得干干净净，一场雨过后，空旷的水泥地面上湿漉漉的不留尘土。

祖宗堂不是寺庙，供奉着先人祖宗，简单地说，里面住着我上一代和上一代又一代的先人灵魂，没有这里就没有全村，没有这里就没有我们。从深层次意义来说是承前启后、继往开来的发源地，对全村同宗共姓的人来说，必须虔诚、必须敬重。但祖宗堂与供奉着菩萨的寺庙一样，晨钟暮鼓，灯火通明，香炉袅袅，这样做也许才是显示尊敬的最好方式与途径，对祖宗堂敬重应是无私的，对寺庙敬重是有一定个人私心杂念的，至少，我是这么认为的！

一进三重的祖宗堂地面被母亲每日维护得清洁明了，过去的烛光台、香台、灵牌被母亲擦拭得锃亮，菜油灯火苗扑腾着一闪一闪，就像是照亮着先人灵魂前行，香炉的焚香一缕缕烟团在绕绕上升，整个祖宗堂内清静而安逸。今天的到来让我忽然间明白一件过去不明白的事，上一次灯，明一次火，上炷香，不能说是替换母亲，而是我本应该做的，是责任！

晚上我刻意对母亲轻言细语地，谈下父亲目前尴尬的处境，千言万语不离一个宗旨：母亲必须回到县城。

可母亲只认一个死理，像一头倔驴："说好一个月灯火，我怎么向村里人交代，让人笑话，怎么向……"母亲戛然而止。

“你是舍不得那块菜园地吧！”暴跳如雷的我愤怒地冲母亲大喊。

“你去做你的事吧，村里好多人近来要做喜事，我们不能少别人的情礼，到清明时就满一个月了，你兄弟仨带你父亲回来给祖人上坟，我随你们回县城！”母亲妥协了！

可离清明还有20多天，这叫让步吗？完全是叫板。我懒得理她，次日回城后就去贵州做事了，母亲这一次，让我心凉透了，简直无法理喻，感觉母亲无法无天了！

三

在贵州做事的日子，一直赌气没与家里联系过。20多天后回家过清明节，正是父亲透析的时间节点上，开车匆匆去医院，在医院楼下停车场上一眼就见到停着我老婆、老二、老三的车子。透析中心全是一大家子守护的人，守候着父亲这次透析结束，老三不知从哪儿借到了大笔钱，一口气在县城中心凤池公园旁为父母买了电梯套房，老二乐着忙装修事宜，尽快让父母住进新房，再不用去忍受吃力爬楼梯的痛苦了。在闲谈中得知大家在讨论父母生活如何照顾的诸多细节问题，父亲透析日一直是我老婆和老二轮流接送，几个媳妇轮流探望侍候，老婆还特意在网上淘到了定时煮饭热菜煲汤的高科技厨具，还时不时陪父亲下回小馆子，让父亲能吃上一些爱吃的小吃。老婆还决定等母亲回来了带上父母去江西婺源就近看油菜花开，我惊讶得张大嘴无法合上，一切的变化既陌生又亲切，既突然又必然。

大家陪着父亲回到教育局的破房子收拾行装准备回老家过清明节时，我惊讶地发现，茶几上的篓里水果满满的，地洁窗明几净，父亲笑容满面，精神矍铄，一点不像母亲离开了会变样，更加让人惊讶的是，父亲诡秘地说：“其实，你母亲隔三岔五上县里来看我的，早上搭车来下午就赶车回去了。”

我真不知道家里因母亲走后变化为什么这么快，事情又远远不是我想的那么简单！

老家的门前挤满了兄弟们不远千里从各地赶回家过清明的车子，母亲的那块菜园地的蚕豆正吐出新芽，母亲一人张罗着将新房子外四周修建了一条长长的围墙，门前的那一排硕大的桂花已长出了新叶，屋角那枣子树花儿竞相怒放，已考上华电大学硕士研究生的儿子也回家了，他兴致勃勃对母亲说：“阿婆，家里变化真大，好美啊！”

“祖宗显灵了，我就知道我老孙一定会考上研究生的！”母亲乐呵呵地说。

清明，大家扫墓忙碌了一天，很累，大家吃过母亲做好的一桌子饭菜，母亲就催着大家排队先后洗漱，安排大家早早去歇息睡觉了，因为，明天一大早回县城后又各奔东西了。

我突然发现母亲不见了！

山村到了晚上，漆黑得可怕，可谓伸手不见五指，抬脚不见路面，村里本来人就少，一般都睡得很早，这样的夜晚整个山村能见到亮光的房子很少。

我知道，这个时候母亲一定是去祖宗堂了！

母亲在祖宗堂的灵牌前，摸索着擦拭每一个台面，拾掇着凌乱的东西，然后，用一支香小心地拔长菜油灯灯芯。她点燃三根香后，双手合十，在案前慢慢跪下来，磕头作揖，我静静站在她身后，默默地注视着她的一举一动，不惊动她的虔诚和恭敬！

母亲在祷告：

“今日清明大家都回来了，父亲在世时说不能断了祖宗灯火，我每年会守一个月灯火，明天要回去服侍人了，做得不好，请祖宗原谅！

“自我回来后，长征三兄弟和三媳妇总算看出来了，还算孝顺，就请各位放心吧！各位祖宗要保佑我一家人身体健康！

“孙子考上研究生了，跟您先报个喜！

“老大生意有一日没一日，您要保佑他有碗饭吃！老三在外东奔西跑你们要保佑他平安，要保佑老二夫妻和睦，莫吵架！”

……

母亲一个人跪在一个偌大的拜台上，喃喃自语好像要分别时有说不完的话。

面对列祖列宗，母亲此时似一个无助的乞丐，在乞求祖宗们的施舍，又似一个虔诚的信徒，在哀求神灵们的保佑！她想到的是每一个人，唯独没有她自己。

毕了，母亲要站起来时最后一句话是说："等阿育（我父亲）百年之后，我就回来守老屋，有菜园地就不愁，我只要在这里，他们三兄弟就会聚回来，才有一个完整的家，我再来安心为列祖列宗守灯火！"

菜油灯的余光照在我无地自容的脸上，涓涓暖流浸入我对母亲肃然起敬的心田，香火的燃烧正如苍老而坚强的母亲，袅袅香烟萦绕着她对大家守望企盼的乡愁！

我泪流满面，双膝跪下。

这就是母亲的灯火，灯火下的母亲！

喜得女儿

没想到生了儿子后，时隔十年，我又喜得女儿。有人说，生了女儿，就有了一件暖心的小棉袄，这是我这一辈子的福气。

女儿是在深圳一家名叫香港恒生医院里出生的，女儿即将出生的时候，我却在西乡一所交警队里抽不开身，正在为公司的一位恩施小伙子撞人逃逸一案接受警方讯问。因是我公司的员工，为此与我脱不了干系，在交警队协商伤者后续治疗费用问题，不能赶往医院陪护待产。我与警官、患者家属经过再三协商，大家知道我已是分文掏空，并因此导致了工人工资都拖欠一些时日了，我再也无能为力拿出医治费送去西乡医院为伤者疗伤。伤者的七八位朋友在公司折腾了一周，也知我山穷水尽。末了，家属提出要求以一部刚买的价值 10 余万元的货车抵扣，就出院回江西老家医治，我纠结再三，本当冤枉，却思之伤者可怜，也情有可原，加之，我女儿马上要出生了。我点头哈腰地爽快答应了他们。

我的妥协主要源自女儿即将来临时的迫切心情。此时，在公司里本来一直不吭声的员工为了我女儿的出生也心生忐忑，不约而同地凑到五千块钱，并及时将我妻子送到深圳香港恒生医院，才准许推进产房待产。

夜深，白天的争执与纠结，在等待女儿的即将降临时切换到了平静，也归于不平静的夜色中。

2005 年 3 月 2 日凌晨 4 点，我在窗外听见女儿在产房里一声声响亮的啼哭，女儿终于来到了人间。一直哭闹了很久很久，从未停歇下来，生怕我在窗外没听见一样，像是一个劲儿地哭着要与我见面，护士阿姨过了一个小时后，才将她交给等候在门外的我手中，我娘忙问生了什么，护士欣喜地说：恭喜！恭喜！是千金。

我心花怒放，女儿忽地睁开眼瞧了我一眼，正如她哥哥当年初见我一样，打着哈欠后就眯上大大的眼睛，停止了哭闹，不一会儿，在我怀抱中安然地睡去。也许她初闻到我满身的汗水味，闻到了父亲的味道，安静了，睡着了。

十四年了，女儿的声声啼哭还记忆犹新，洪亮、高昂，如黄河壶口奔涌的瀑布，声音急促、悦耳，又如学校里的上课铃声之后，世界一下子突然安静了下来。今天是女儿的 14 岁生日，女儿的成长伴随着我的一年又一年，在陪伴中，慢慢地长高了。

女儿小她哥哥 10 岁，出生的那天清晨，她的哥哥由小叔带来医院走进产房，他见到小小的妹妹突然降临人间，一脸的迷惑，我喊儿子：快叫妹妹。谁知他却忽然冒一句：我不喜欢妹妹，我要的是弟弟。说完一脸不高兴撒腿去上学了，我母亲也苦笑，才想起该打电话给父亲报喜：生了，顺产，生了一个老孙女。

父亲那头：好啊，长征有子有女，现在儿女双全，才叫一个“好”字。

母亲说快给取个名字吧，父亲说心中忽有姹紫嫣红般大富大贵的意境，脱口说：就叫紫嫣吧。

紫嫣，就是我的女儿。

紫嫣降生的时候，我在深圳创立纯净水生产公司已经五年了，公司产品一直供不应求。所谓的供不应求，因一台半自动化设备的生产能力每小时仅生产 100 桶纯净水，因投资时的资金短板及错估了当时的市场供需形势，生产经营后，基本是二十四小时不间断生产，但效率不高，许多员工嫌工作累，大都干不了几天就要辞工走人，导致经常性招工困难。尤其在暑期旺季的时候，我经常是在办公室里七八天上不了床，累了在地上铺张凉席，眯会儿后就得去送水，经常送水至深夜或天边渐亮，五年来不分昼夜地重复干着一件事情，尽管这样不辞劳苦地工作，但因产品利润点十分低，而且每日支出也不菲，每月盘账下来仅靠节约开支才能赚点钱，如果几台送水车隔三岔五修理或是多次交通罚款，尤其是出点交通意外，那将是用几百桶水或是成千上万桶水的微薄利润去抵扣。忙来忙去，所办的工厂如在钢丝绳上跳舞，以小心翼翼为上，如此高的风险经营，常会得不偿失。女儿降生后，即使再累再忙或有时可能白忙一阵，我依然干劲十足，更加珍惜创业初期的不易机会和女儿所带给我的未来希望。我会买当时最昂贵的“惠氏”系列奶粉喂养女儿，当我和妻子在公司里没日没夜忙碌的时候，她奶奶会抱她下楼找妈妈喂奶，抑或是儿子跑下楼说妹妹又哭了，我也会跟着停下手里的事直奔上楼，把她抱在汗浸的怀里哄一哄，她就会立即停止啼哭，瞪着大大的眼睛瞧着我微笑，只要我一放手，闻不到我的汗水味，她马上会哇哇大哭，不舍我离开半步。虽然办厂很辛苦，日复一日年复一年争分夺秒地辛劳奔波，但在有儿女陪伴的日子里，心里一直温暖着前行，吃穿用上没有任何的拮据。

女儿三个月大的时候，身体一直很好，胖嘟嘟的，红扑扑的脸庞着实逗人喜欢，大大的眼睛晶莹剔透、炯炯有神、可爱动人。在我们繁忙的日子里，不知不觉中她学会了翻身、爬行、站立。大半岁的时候，我们忽然发现女儿眼睛常挂着泪花，即便是笑着的时候，也常是泪水如露珠一样挂在脸上，令我们很着急。我和爱人抱她去医院问诊，医生说泪腺管发炎堵塞，必须用注射器注药消炎疏通。这是女儿第一次打针，当把她放躺在病床上的时候还一直瞅着我们微笑，却不知我们的心开始揪痛起来，当针头从泪腺眼插进去的那一刻，就像扎在我心里一样疼痛难受，但她还是保持着微笑。不一会儿，她感觉到了刺痛便大哭，挣扎不止，手脚和头部被我和爱人强按着又不能动弹，只好任凭医生摆弄，直到十几分钟后我们才将她松开，这是她第一次感觉到父母为什么要对她不择手段的残忍，委屈万分，啼哭不已。出了医院，女儿也许哭得太累了，回家路上在我怀里睡着了，回到家里，她睁开眼睛，吸着乳汁，又瞧着大家微笑着，手舞足蹈，好像忘却了刚刚发生的痛苦和父母对她的残忍，我们刚才无奈的粗暴，她选择了包容与原谅，而我愧疚的心也随她心情的好转慢慢地平静了下来。

女儿 100 天的时候，虽在他乡举目无亲，鲜有亲人来探访，我还是决定在异地他乡为女儿举办一次庆生活动。至少，我在深圳，还有一些同学、战友、老乡，还有比较投机要好的客户。我摆了几桌饭，抱着女儿在异乡的土地上向满席的兄弟姐妹们敬酒，对于大家的祝福，她那天却安然睡着了，浑然不知大家的祝福，只有我代她收起每一个美好的祝愿，我清晰地记得我广东一对要好的朋友叶庚华夫妇的祝福语，多年来，他们也是我不离不弃的客户，至今保持着良好的友情关系，他们说：儿女双全、事业有成，你是好命人。

一句话两个祝福，后来印证了一个，落空了一个，儿女双全是我既定的幸福现实，而“事业有成”这祝福预言却幻作泡影。

有了儿女，好像我的生命传承中完成了一项伟大而神圣的使命，可以一门心思去为事业打拼了，我决定采取吸收股份合作的方式扩大生产规模。先是吸引投资者驻厂一个月，先看市场、看生产、看利润，之后，由他们拍板投与不投，这样的应酬特别多，终于，我邀募了四个股东重新再注入一百万元资金，在深圳沙井镇一座工业园里新建工厂，扩大了六倍的生产能力，但市场仍然供不应求。那时，我将儿子送回家乡上初中，随我的父母一起生活，女儿跟随在我的身边。在工业园厂房内，随着机器轰鸣和车来车往，在装卸桶噼噼啪啪的忙碌声中，日子一天一天地悄悄滑过，这个时候，女儿渐渐学会行走并学会简单的语言表达。有时，她睡着的时候，爱人就把她放在办公室的沙发上，铺上毛毡就是她睡觉的床，我们就自己忙自己的事，在她醒来的时候，总是哭着要抱着小毛毡，提着她的小鞋到处找爸妈，好像这里只是她临时的车站，醒来时必须带上随身物品随站再出发一样。大家只要有空都爱抱她、逗她，而她一点也不认生，谁抱她她就与谁亲切，尤其离不开在我厂里做事的阿园表姐，好像生来就认得表姐是她至亲的亲人，她也习惯于我们大伙吃住在一栋房子里，视大家如亲人。一年多后，她能满厂房满车间地跑来跑去，当桶装水装满车后，她会学着调度员的声音喊：“小夏、小夏，送水、送水啰！”好像一个忙于上传下达的通信员。

新公司成立不到半年，因资金投资不足，造成生产运转十分困难，又因半年里无分红，股东们看到只领每月的工资，对短期内分红有点急不可待，加上股东间争权夺利十分严重，又不愿再做更大的追加投资，致使资金链日显断裂的危险，董事会决定采取由我及三个股东承包的路子。2007年年初，我只好让女儿随她母亲回家去了，那时，她还不满两岁，也就是说女儿在深圳从出生成长到离开深圳，生活了不到两年时间就回家乡了。

女儿走后，我独自留在深圳继续战斗。心里觉得空荡而孤单，我带着对女儿的殷殷思念一门心思扎在事业中拼搏，我带着两名承包股东想方设法到处举债融资投入公司的运转，为此，我开始落下了剧增的巨额债务。尽管四处借债，但面对无穷无尽的PC纯净水桶需求与购买力之间日显突出的矛盾，所借资金仍然是杯水车薪，为了化解生产中的困难，公司只好采取转让股权吞并其他纯净水厂资源的办法，走联合经营之路，以求突破桎梏经营的“瓶颈”，在销售数量上寻求更大的利益支撑。其间，女儿许久没与我见面了，妻子带她来深圳看望我时，站台上，女儿在她妈妈怀里笑着看我，好像有这么个人似曾相识，我伸手去抱她，她故意把头扭向另一边，然后，像是突然想起了什么，立即转身奔向我的怀抱，久久不愿松开。此时，在焦头烂额的商场中身心疲惫的我顿感一股暖流涌向全身，老天对我每天的折磨惩罚暂且得以片刻歇息，女儿就是飞来探望慰问我的小天使。

不久，公司重组后，由对方联营合作的老徐接手，继续实行承包经营，有部分小股东股份被他购买，他拥有了最大的话语权和决定权，我也成了架空的董事长和法人代表，也就没必要掺和其中对管理不放手。不久，也同意了老徐承诺每月向我结付承包款的办法，转身向互联网行业投石问路，迅速在深圳松岗成立了代理天助网业务的互联网公司，归顺于有头脑有能力的老乡又是老庚的王学兵帐下听令，立足于天助网的发布引擎平台另寻发展。此时，女儿回家有大半年了，经常吵着要她妈妈拨通我电话，咿咿呀呀地说个不停。放下电话，余音未尽，在孤独的思念中，对女儿牵挂的泪水常会情不自禁地流下。五个月后，由于我对互联网行业是门外汉，加之学识浅薄，业务也不能得心应手，互联网公司经营虽有点起色，但总感到不尽如人意，越发让我有了思家和儿女一起生活的念头。我与老庚长谈，道出心中对儿女的思念，执意决定放下一切，离开深圳，打道回府。此时，我的女儿两岁半了，下半年到了要上幼儿园的年龄。

回家陪伴女儿的日子，落寞的心情因为有了儿女在身边，生活有了一些生气。我一句一句地教女儿背古诗，有一首李白的《静夜思》，读到李白，女儿忽然说：“爸爸，是我白，我白吗？”我会哑然失笑，乐融融为一首诗和女儿争个不明白，让我忍俊不禁地大笑。我握着女儿的小手一笔一笔教女儿写下自己名字，一个“张”字她一下子会写，可“紫嫣”两个字总写不好，始终凑不在一块，令她很着急，她倔强地边流泪边练边写自己名字，好在上幼儿园的时候，她总算骄傲地能写下她的名字了：张紫嫣。瞧她很神气的样子，我心里真替她能写下自己人生里的第一个名字而异常兴奋和自豪，从此，她可以持她的名字竞相奔跑在人生的道路上，我默默地祝福这个名字。

我从银行毅然买断工龄，怀端梦想，南下深圳，曾一度彷徨过。我曾在一家机械厂里打工半年，其中之苦，无法用言语去描述。不久，听信了老乡对纯净水行业风生水起的市场大好形势的怂恿，决定将所有的存款取出并卖掉房子，开始在深圳投资办厂，后来为了扩大生产，以抄近规模作战之路速取利益增长的经营模式，因急功近利，不断在父母兄弟间甚至亲戚间借有巨债，还在银行里有一笔抵押贷款，以图谋公司快速运转。在深圳埋头苦干了八年，最终落得两手空空背负着烂债回到原地，陪着儿女与另外一家人合租在一套民房里，如倦鸟归林，蜷缩于一角，唯一指望盼望老徐每月寄来的承包款，以求还债和生活，再以图后谋。

老徐承包经营公司后，承包款也是不能按月兑付，断断续续，一拖再拖，严重影响了我还债的信用。债主开始不断上门催促，生活的窘境日益呈现，那时，无法用词语形容我举步维艰的生活处境。面对各方面铺天盖地的压力，我措手不及，仿佛站在悬崖上，有一双无形推手一下子将我推向深渊。更糟糕的是，两年后，老徐给我的承包款还不足一年就不肯承包下去了，并要求召开股东会另谋办法，经过公司账务审计盘存，公司已落下近 60 万元的外债，要想盘活公司正常运转，必须再注入 100 万元资金，或恐难起死回生。面对公司的现状，股东们望而却步，无人接手，经股东会决议后，决定以放水养鱼的办法，暂停今后承包款供应，仅保留股权，由老徐再继续经营一年，以观后效再作商议，就在这一年时间里，我先后多次去深圳索要之前的承包款，寥寥无几，终是无果而返。一年后，公司毫无起色，债务越来越重，出现资不抵债的经营现状，经股东会决议卖掉现有公司，拱手给门外等候收购的湖南老板，一纸决议，我数百万股权以一元钱抵债的方式，所有的资产即刻化为泡影，在我身不由己且毫无办法的情况下，迫不得已去有关部门办好了法人代表的过户手续。顿感，在艰辛而曲折的创业路上，我好歹也算一个八年纳税人的老板，一夜之间沦落如街头的乞丐，如一条丧家犬，狼狈不堪地被深圳吆喝一声，将我抛弃于门外。

2007年7月份，我黯然神伤、满怀疲惫地回到家乡，这一年农历九月十四日，我最挚爱的奶奶撒手离我远去，面对沉重的巨债和对生活的绝望，加上情感上失去至爱亲人的无限悲痛，我遍体鳞伤，一切美好愿景和折腾努力一瞬间被撕碎，并将我无情地打回泥潭里，我在出租房里整天整天一言不发，呆坐于一椅上煎熬人生。儿子此时懂事了，不知用什么言语也无能为力安慰我内心的痛楚，唯有女儿见我沉浸于痛苦的不堪样子，缠于足前，老是问我："爸爸，你不舒服？爸爸，好晚了，睡觉吧！爸爸，多吃点饭，不吃饭会没劲的。"为了不让次年正值中考的儿子受我情绪的影响，我决定改变我一落千丈死气沉沉的样子，只要儿子放学回来后，我会强作欢颜，好让儿子一门心思放在学习里，儿子可能没察觉，也可能察觉了，只是不愿表达出对我的无助和理解，而是通过刻苦学习来安慰自己的父亲。唯有女儿对我嘘寒问暖，喋喋不休地问这问那，让我暂时收藏起悲伤与落寞，每一天的真情陪伴，让我走出那种对人生的失落，还有那种薄如蝉翼的生命，让我感受那痛感里油然而生的一丝丝幸存者的窃喜，揖别着那些隐痛的不堪往事。

那时，我过去的朋友、战友、亲人绝大部分都离我远去，父母兄弟对我也是唉声叹气，无力相助，我就像一个传染病人一样抖瑟在人世间苟延残喘。儿子上初二那年，因要500多元的报名费直到次日快开课了，我仍求借无门，筹措无地。儿子面对开学的绝望号啕大哭，伤心欲绝，好在我一个堂兄弟张红城及时施手相助才得以报名上课。过去，儿子在深圳读着一般人高攀不起的昂贵私立学校，在我落败后，连一个平民化、大众化的学校都上不起，这件事深深地刺激了我，加之带女儿回来后，我没有得到周围人的一句祝福，甚至只有一些亲人的白眼，如同我消失于人世间的罪孽而议论纷纷，创业的失败，曾经的光环不再。我像是随丧队伍先行于被抛弃坟场里的花圈，面对到处嗤之以鼻的眼光，我的生活陷入了步步落井的绝境。

我坚决不能让我的儿女跟着我一起受罪，更不能因我的失败将儿女拖进生活的泥潭，我必须尽快从谷底中重新鼓起勇气，珍惜当下的年轻时光，去担当起为儿女奋斗的责任。

我决定出去投亲靠友，以图东山再起。那天，我收拾起一袋替换衣服，拉开门，头也不回地准备远走他乡。两岁多的女儿似乎发觉了什么，哭喊着迅速跑出门，跟紧我一路追跑上来，死死拉住我的衣角，紧抱着我沉重而无力的大腿，大声地号哭，声音是多么悲切、多么不舍：“爸爸，别走，爸爸不走，我要爸爸。”瞬间，我泪如雨下，回过身，蹲下，抱紧女儿，女儿双手紧紧搂住我的脖子，生怕一松手就会与我生离死别，我决定重回那扇残门绝地苟且偷安，女儿不嫌弃家贫，不嫌弃父亲，她只想每天有一个懦弱的父亲相伴就知足了，那时，我想即使我上街市去擦皮鞋，女儿也一定会不离不弃守在我身边，守着我的春夏秋冬。

其实，我也舍不得离开女儿，离开了女儿，我到何处才能让自己的女儿安身呢？

面对生活的捉弄和自己亲手掘开创业的坟墓，我从一个银行职员、一个企业高管、一个奋进中的老板，突然一夜间掉到冰窟的底层。在这座冷落的小县城里，我如晚风中飘落的竹叶，飘萧于荒芜的大地，随风乱窜飞舞，不知安放何处，在如世的变故中，我不由自主地随身转瞬于云烟，稍纵即逝，在蛛网燕泥、铜驭荆棘的人世浮生上，我日渐黯淡，一蹶不振。面对已逝去的青春，我百感交集，心存训诫，多么追望自己早日翻身，良心在呼唤我不应沉沦于凶年岁月，屈首甘奴，将自己深陷于枯黄舍弃的背负之中，从此等待命运摆弄，我怎能这样屈服命运，躲避命运，岂能甘于命运舍弃我于世间的沙漠里，任由日渐贫困的岁月发落。为了儿女，我必须从零开始，我庆幸，我唯一的力量是还有一对儿女，还有剩下的年轻，除此外，现实中的我，只是一个穷光蛋或是倒霉蛋。

我开始疯狂式卖保险、开运输车、贩卖茶油、工程包工，不分昼夜地干，能挣一分是一分，起码要让儿女生活过得去，至少要做到儿女们能吃上饭、上得起学校。不管将来有怎样的生活，我必须将债务清光，且不留后患。

在这个因贫富差异促进了薄情寡义的社会，在我即将步入中年的时候，只有经历了挫折，才初识到社会的残酷现实，我过去的人生观是多么幼稚和天真，当自己落魄时，社会一改从前的眼光打量着你，绝不会去同情你，施舍你。即使过去关系密切的个别发小，也常会对我故意炫耀买房买车的喜悦成就，也有人在我面前故意露出一沓沓钞票，在一个圈内呼朋唤友去喝酒，唯不叫上我，也有人恃强凌弱地说：你不再是老板，昔日光耀已经不再，你已经是下水的人了，正走下坡路，或是说，你能敢跟我比吗？你永远超不过我了！印象最深的是，同一个村里的伙伴，居然在喝酒时，诗兴大发，当众为我赋诗一首："生个苦瓜脸，长个倒霉相，满脸的黑运斑起了壳。"俗话说人倒霉喝水都塞牙，那时，我真是吃千张皮差点儿被噎死的人。现在想来，真应该感谢这些激励我成长的人们，是他们让我感受到了接地气的生活，鞭策了我的俯首前行，没有他们的率直真言相激，我不会知耻而后勇。

一个有慈爱心怀的人必定会同情弱者，关爱弱者，同时，必定是一个有着正能量的贤人，一定会对你不离不弃。挣扎在县城的三年，自小就玩得来的同学、战友没有嫌弃我，凭借自己的平台为我留得商业机会，也有发小、同学、战友向我伸出援助之手，嘘寒问暖，隔三岔五为我献计、出力，也有亲人从不忘记对我的关心、关爱和帮助。甚至，有相识不久的朋友在我困难时期挺身而出，拔刀相助，特别是我至亲的弟弟设身处地为我着想，以骨肉相连的疼痛感拉扯我前行，相对那些逼命讨债、一刻不容缓、恶语相辱的人，在情义上多了一分滋润的温暖，令我心怀感激之恩。现在想起这一幕一幕的恩情，无不让我铭记在怀，刻骨印心，任世间万般冷眼，我亦温暖以待。

如果有人说亲不过三代，旧不过三年，那么，我是反对这说法的。我爱人八十多岁的外婆瞧见我的处境，看在眼里痛在心里，隔三岔五登门来嘘寒问暖，一个本不该管世事的老人，为我落得摇摇欲坠的模样而老泪纵横。曾经带着我，翻出老箱底，找出多少年来保存的上等老布头，满街坊寻问裁缝，决意为我做一条裤子，说是看我几年没穿过新衣裳，不曾换过鞋，而且赔上老脸去四处求人，哀求人家将我从滑落的泥潭中拉一把，呼叫好人扶我上岸。我的小弟本是一个打工者，在外无依无靠，全凭一人呕心沥血地打拼，无论他在何处，只要有一点点商机和人际关系，从不考虑自己的利益，处处考虑到家中还有一个让他牵肠挂肚还在深受苦难中的兄长，为我开辟了一条条去闯荡的通道机会，设尽办法为我安插上腾飞的翅膀，助推我飞翔。在不到五年时间里，我还掉了近两百万元的巨债，并有结余，开始走上了又一次次投资的创业道路。

在我同一年失去阿婆和公司的双重打击下，亲情和金钱对于我是如此的空洞无力，耻笑和无助如此束手无策，将我逼至退无可退的绝人境地。然而，我的姻外婆和我的弟弟拼尽全力将我从泥潭中拉起，并为我擦洗满身的污水，带我上岸，推拉着我前行。我曾将这一段惨痛的历史教育我的儿子，还有似懂非懂的女儿，切记不管今后的生活是多么困难或是多么幸运，一定要感恩生命中在最困难时期帮了咱们一把的亲人，帮了这一把，不是帮一人，而是帮活了一个家庭。因为，我是一个不想赖债的人，只图儿女今后有一个干干净净的家庭，也就有了一个社会的清清静静。

2009 年 9 月，儿子以优异的成绩被鄂南高中免试录取，独自离开我去市里念书，这无异于我在黑暗的日子里看到了曙光的升起。此时，女儿上幼儿园第二年了，如果说儿子给了我未来的希望，那么，有女儿的陪伴，我的日子才有生活的勇气。我和女儿早出晚归，每次送女儿上幼儿园，在门口说再见的时候，她总是泪眼婆娑：“爸爸，早点来接我。”有时去幼儿园接她放学，在教室窗外，在小朋友久等的渴望眼神中，一双双明亮的眼睛期待父母身影出现在窗外，女儿一眼瞥见我，大喊着：“爸爸！”直奔出教室，骄傲而幸福地扑入我久违的怀抱。我牵着女儿的小手走在回家的路上，无论风雨还是阳光中，幸福与温暖充实了春夏秋冬，女儿是一盏灯，在寂寥的黑暗中，始终为我开启着光亮，在等我回家，盼我身影的出现，我看到了那点亮光一直在照亮我的行程。世上唯有儿女不嫌家穷，懂得父母的迟暮，在风尘辨物识色中，唯有的爱恋，父女之爱才永恒，这份爱，如浩瀚夜空中的星星，一直在凝望着我。

同一年，通过没日没夜的努力，贫困离我越来越远，希望离我越来越近，我在县城一隅盖起了一座房子，告别了合伙租房的日子，儿子也考上了北京的华北电力大学，这一切太突然了也太自然了，为我注入了生活的强心剂。我决心开始好好培养女儿，送她学舞蹈、练钢琴，女儿也特别愿意学，不像别家孩子那样不乐意吃苦，每星期六学舞蹈，周日学钢琴，每周只有周日下午有半天休息时间，寒暑假大半时间是在炎热与寒冷的钢琴室、舞蹈室里度过。有多少个这样的日子，我与爱人如接力跑般地接送她，一路悉心陪护，一路走来，面对任何困难，我俩从不妥协、从不懒散懈怠、从不放弃努力，就这样过了整整6年，看到女儿拿回钢琴、舞蹈考级证书以及获奖证书，我和女儿心里别提多带劲，多高兴。只要女儿有参加县、市各种重大舞蹈比赛活动，我即使在天南地北，纵然路途有千万里，一定会赶回来，静静坐在舞台下面，默默地享受着女儿在台上尽情挥洒灿烂的笑脸和优美的舞姿，这一种力量，催化了我对生活的追求与渴望，更是感化了我的消沉与孤独，女儿这么能吃苦，在乐与苦中去享受生活，在苦乐中不断进取，我更应为她创造美好的生活。

俗话说：儿穷养，女贵养，对于儿子，他读书特别聪慧，一路跳级，十四岁免试就上了鄂南高中，离开我开始了独立的校园生活，一直读到现在的研究生毕业。如今，离开我在异地生活快有10年了，磨炼了他独立、刻苦、低调而节约的性格，他深知家里的困苦，穷人家的孩子懂事早，每月盘算着固定的生活费，从不超支一分，不乱花一分钱。对于女儿，面对计生部门的巨额罚款，我乐哈哈双手捧上；我还专门开上皮卡车，特地去武汉挑选昂贵的德国钢琴，为了培养她多学特长，再贵的培训学费我从不吝惜。如今，女儿上初中三年级了，长成了小姑娘，因学习紧张，竞争压力大，我与爱人劝女儿放弃了舞蹈和钢琴，女儿虽是不舍，却明其理，三年来，女儿一头扎到读书学习里去，再不提钢琴与舞蹈的事，好像这事一夜之间与她无关，我知道这是迫于现实教育的无奈，女儿的爱好只能暂且放弃，割舍她的心爱。

女儿明天就15岁了，出落成一个小姑娘，亭亭玉立，像鲜花一样美丽动人，她开朗活泼，勤于进取，富有爱心，即使现在进入青春叛逆期，有时会不听话与我顶嘴几句，但我从不对她发脾气或对她怒指一根指头。我知道这种教育方式非我所愿，很难受，于心不忍，常会一个人，呆坐一旁生闷气。但我深知，只要过一会儿，对于刚刚发生的不屑与冒犯，女儿知道我生气了，瞧见我失落的样子，她一定会向我道歉，每次到这个时候，我会与女儿讲道理，她会流泪，点头认错。有时，我也有犯浑的时候，她会拉我坐下来，边流着泪水边对我讲起大道理，一套一套地叫我心服。我愕然，女儿真正地长大了。

长大的女儿更加关心我。晚上我熬夜写作，她会打杯水递上案头，说："爸，别写得太晚，早点睡。"即使在外酩酊大醉，回家已是深夜，女儿下晚自习回来，会守着一盏灯一直等我回来后，再安心去睡觉，她最讨厌我喝酒抽烟，每次在外会餐后一身酒气回来，她会上来亲自闻闻，面带愠色嗔怪："又喝酒了，再喝我不喜欢您了。"有一次，她居然找到我下酒的餐馆，当众泪流满面地站在我旁边，怒对着我而一言不发，见我还在碍于朋友情面邀盏干杯，她站在旁边，一动不动任凭大颗的泪水顺脸庞流下，令满桌子的朋友难堪，我只得乖乖下桌，对朋友说抱歉回家，她这才会开口对大家鞠躬致歉："我爸有高血压，再不能喝酒了，真对不起叔叔阿姨了。"女儿长大后也有点脾气了。

有脾气的女儿更加爱护我。有一年夜晚，家里对面山林发了山火，火光像火龙一样照亮了夜空，噼噼啪啪的火烧声音传出来，家住在马肚巷子的人们，惊惶于山火的凶猛恐会触及住房而火烧连城，大家在焦急等待救援，我是消防员出身，算是艺高胆大，我一手拿起手电，一手拿把砍刀想奋不顾身上山救火，此时，女儿一下子拦我在门口，喊："爸爸，不能去，你一个人救不了火，太危险了！"我推开女儿："我当过消防兵，不怕！"女儿抱着我大哭起来："这么大的火，领导都来了，叫大家不要擅自上山，你不能去，那是送死！"后来，在邻居和女儿阻拦下，我只好随女儿回家，女儿将门用锁匙反锁着，并守在门口不准我再出门半步。

其实，女儿也是有正义感的。去年，我们一起去贵州铜仁梵净山游玩，在一条险峻很窄的山路排队，等着爬一处险峰，有游客会插队，女儿一夫当关，拦住插队游客大喝一声："不许插队，请遵守秩序，若再拥挤定会有掉下悬崖的危险！"那些游客在一个小学生面前乖乖就范，停下拥挤的脚步，这对大多数出门在外抱着不得罪人、尽量不扰事态度的游客来说，有一位小女孩以"一夫当关，万夫莫开"的勇气站了出来，一齐向她投来赞许的目光。

正义与关爱是对等的，女儿在他哥哥回家度假期间，在哥哥庇护下学会了关爱亲人，一直在家里陪伴于哥哥身边，我知道她在向读研究生的哥哥学习，作业不懂的地方向哥哥请教，她将哥哥当成了学习的榜样，兄妹俩经常商议着去看望城里另一头的爷爷奶奶、外公外婆，时不时登门嘘寒问暖，大家都喜欢她的小甜嘴巴和小小殷勤，觉得她与一般同龄小女孩不一样，过早地懂得孝顺和帮助，特别有礼貌、有孝心，在父亲68岁生日那天，全家人去照相馆拍全家福，她寸步不离手地牵着有脑残疾不知世事的小堂弟，抱着他拍下永恒的幸福快乐瞬间。

女儿终于长大了，再不让我和她妈妈分别用车接送她上学了，她像一朵经历风雨之后一夜盛开的鲜花，如期而至地映入我的眼中。有时，她像一只美丽的蝴蝶在我眼前飞来飞去，在我的眼里尽是生活中美好的风景；她又像一束冬日的阳光，温暖地照射在我的心中，在守着女儿的成长过程中，我渐渐老去，在欢忧平淡的日子里，女儿生活中的点点滴滴如汩汩甘泉，滋润着我日渐苍老的心田，给予我生活的希望与期待，女儿的笑语如一首首动听的歌谣，缠绕着我疲惫行走的身躯，给予了我生活的力量。日子一天一天地过去，女儿在一点一点地长大，更是在一步一步地进步，让我忘却了曾经的艰难与辛酸，忘却了心中的伤痕和痛楚。我曾把一生中最年轻、最黄金的时光跌倒在曾经创业的路上，在浴火重生中又托举起了我的儿女，然后，用了近十年带着伤痕累累的双手，跌落在深渊中，我拉着儿女抛给我的救命藤蔓，在女儿哭喊的牵拉中向上慢慢地爬起，终究上岸勇敢前行获得天日，在岌岌可危的日子中，守望着一对儿女的成长，让我的日子浴火重生、凤凰涅槃。

让时间走慢些，让时光留久些，再过十年，我就退居了，儿子一定会给我带来很多很多新生的生命让我享乐余生，一定会继承我的脚步往前走下去，我会抱着孙子外孙再回到像抱儿女一样的日子，时常梦想着颐养天年的憧憬。我的儿女也有可能会离开我，行走在他方，到那时，我会倚在夕阳西下的门前，回忆女儿陪伴我的日子，我祈福女儿安好。到那时，我愿听到人家说我培养了一个好女儿，我是多么宽慰，多么幸福，我会在不舍的时光思念中，盼望着我心爱的女儿常回家来看看我，听我讲过往今事。

我常对人说，我在深圳创业八年亏掉所有的时光，没赚到钱还欠下巨债，现在，这些都不过是千金散尽还复来的过眼云烟罢了。这些，对我一点都不重要了，最重要的是喜有女儿，女儿即是千金，其实，我一点都没亏。

纵有千金，也换不来我的女儿。

家　锁

爷爷身上一直带着一串锁匙，家里大门及小门的锁匙与大家是一样的，唯一不一样的是爷爷退休时带回家的老旧红漆木箱，那把锁匙是爷爷唯一的专利，大家都不知箱里锁着什么天机。

有一种病一旦上身，就是阎王爷对你宣布死期的圣旨。轮到爷爷接旨的时候，不愿去医院申诉再作挣扎抵抗，到了食难进、水不思时，娘哀求哭劝爷爷去医院，好让爷爷的癌病痛苦减轻些，让儿孙们心里好过也好受些。我在千里之外听闻，特从长白山工地上赶回来执意劝说，爷爷才住院，不见好转，仅两天后就想回去，大家苦劝无效，我与县中医同学王朝辉大夫串通好，确因我有老疾，我装重病住院陪爷爷身边，爷爷再不语，他每天不声不响盯着我打点滴再不思出院。我暗示朝辉对爷爷用最好的药也就是白蛋白（自购），爷爷终有一些力气说话，前言不搭后语，大家都想听爷爷交代些什么，爷爷不提往事更不提后事，即使在昏迷中醒来，也会寻摸他的锁匙是不是在手上。

住院五天后的一夜，爷爷闻出我喝了酒，终让我露出破绽，他立即坚决要求次日出院，再不能耗国家医保费。深夜大家散去，我侍床，爷孙俩感到相聚时日不多，徒增悲壮，爷爷问我儿子少谦（他曾长孙）高考分数出来没有，做工程项目要待在工地才能保质保量保安全，不能对农民工的血汗工资少一分钱，再就是说他不能拖累大家太久，这么大年纪了死了是个喜事，大家都不要悲痛，嘱咐我们村里的祖宗堂刚落成后还欠包工头一点钱，兄弟都要设法多出点等。爷爷被疼痛折磨得时睡时醒，有气无力地扯东拉西。

后来，我流着泪水带着爷爷办了出院手续，走进我在县城安的家，留住一夜，次日，我带爷爷沿县城老街最后缓缓转一圈，爷爷手扒在车窗边，头一直望着窗外他曾奋斗过生活过的地方，一言不发，尤其是经过四街是他一手创建的通山老供销和现在的五金大楼时，眼角上泪光闪闪，那串锁匙他紧紧地攥在手心。

送爷爷回到乡下老家，全村的人都来看望他，大家看到他的样子都黯然神伤，大都背过身去悄悄流泪。他更是催促我即刻去东北工地，他说你放心好了，现在一时还死不了，自己只要还有口气，自感到要死时再打电话通知我回来送终。在最后20天的日子里，爷爷不再进食，吐血不止，娘床前哭叹爷爷无女，恐侍候不周，爷爷叹慰有你这比女儿还亲的儿媳妇很满足了，去阴曹地府若真有灵就一定佑我娘一家人平安。其间，我儿少谦高考以高分中榜，爷爷在枕头下摸出平时亲人看望他时积攒下来的七百元钱，亲手交到我儿子手中，说想凑一千学费恐怕难了。要走的前一天，爷爷气若游丝，娘哭喊叫爷爷，一家人抹泪不止，家里人迫不及待速取下爷爷的锁匙，打开木箱，翻遍箱里箱角，说是要找寿衣，爷爷突然回光返照般大声呵斥："我还没死！找什么东西？不用翻了，我哪有宝贝留给你们？"

这是他最后一句话，始终没有一句想起要催我快点回来送终的话语，我知道爷爷在操心我的事业，嘱咐我做人处世的道理。其实，他走时最放不下的是他的长孙，也就是我。待我从长白山工地上得到噩耗几经转机赶回家时，爷爷安详地躺在冰冷的灵柩里，不再询问我的江湖漂泊和世间欢忧，我心如刀绞，泣不成声。

其实，箱里的秘密我上小学时偷过爷爷锁匙找糖吃时就知道，里面是爷爷六十岁退休时照的一张八寸黑白照片、一本暗黄的家谱、一本红色的党费交纳证和几本《毛泽东选集》，还有几件爷爷舍不得穿的衣裳，娘后来补充说，还有你奶奶一张相片。

爷爷走时是94岁，在我奶奶走了五年后，也是在党的91岁生日那天走的。他生前说过自新中国成立入党以来一直相信党，跟着党走了一辈子，当了一辈子党员干部，他穷了一辈子，没少向党交一分钱党费。爷爷知道我在部队、在大学、在银行先后向党组织递交 7 次入党申请书都没入党而遗憾，劝我记住没进党的门要学做党的人，可能这是爷爷唯一而又自私的遗憾。如今，爷爷诞辰一百周年了，这几年，反腐倡廉势如破竹，打虎拍蝇大快人心，社会风气日渐清朗。我沉浮商海，一直努力行走在坦坦荡荡、无畏无惧的险恶江湖路上，守着年老多病的父母行走在各大医院寻医，为兄弟、妻子儿女、晚辈们乃至亲人们尽心做些力所能及的事，做工程项目坚决做到不贪不纳、不偷工减料、不偷税减税，也就不怕半夜鬼敲门，对社会正能量的日涨充满了深切的期待和深深的爱意，默默地为党、为国祝福。去年，我独自率工人将爷爷坟地修缮一新，泪眼婆娑默读墓碑上爷爷六十寿辰时，他的同事们送他的一副对联：堂堂正正正正堂堂堂堂正；清清白白白白清清清清白。

我若有所悟，头颅磕响大地三声：爷爷安息吧！

那只木箱依旧还锁着，锁匙放在母亲手里。

祖父的三个三十年

祖父永久地睡着了，四天后就要远行，永远地离开我们，他走的前夜，我拭笔数度哽咽流泪，以此文写在祭奠祖父的日子，求得一点点安慰。

“三十年河东，三十年河西”是许多人生沧桑变迁、跌宕起伏的真实写照。我的祖父在中国共产党诞生 91 周年的这一天，溘然长逝。正恰党龄 60 年，享年 94 岁。噩耗传来，亲人悲切，飞燕惊巢，祖父以他的忠诚、朴实、勤劳走完了坎坷不平的人生之路，即将走向天堂。

回顾祖父的生平，难以言状，略以生活片段，以三个三十年为段落书写，来祭奠我的祖父，或许能从悲痛中找些力量，从缩影中找些留念。

头三十年，1949 年以前的三十年。祖父用青春耕耘土地，用仁义帮衬家庭，用善心报恩乡里，用赤诚感悟社会。在祖父退休的日子里，平时在与祖父的交谈中，我隐约知道了些祖父青少年时期的影像。祖父仅仅读了两年私塾，为了帮助勤奋读书的叔公能读得上、读得起好学校，十二岁便辍学回家务农，帮衬家庭，贴补家用。祖父生活上从不言愁，耕苦劳作从不言累。这些困难磨炼了祖父一生靠双手劳作便有丰收的坚强意志，也造就了祖父的一副好身体。1949 年以前，他被选上了村委会文书，之前他经历了北伐战争、抗日战争以及解放战争。中国革命的发展，历史的急剧变化，使祖父坚定了中国共产党必将胜利的信念，并为加入中国共产党做好了准备。1949 年以前的社会现状也教育了祖父与人为善，处世助人，他为中共地下组织提供诸多方便，赢得了组织上和村里人的信任。

又三十年，是新中国成立后的三十年，祖父经历了“土地改革”“大跃进”“文化大革命”这些国家的政治动荡时期。1952 年，我的祖父光荣地加入了中国共产党。先后在太平乡政府任文书，燕夏区组建供销合作社，并历任城关合作商店第一任副经理、经理；环城区供销合作社支书，区财贸总支书记，燕夏区供销合作社主任、书记等职，在供销岗位上一干就是三十年。新中国成立初期，百废待兴，人民物质生活非常缺乏，供销工作关系到国家安定和命运，是国家的头等大事。祖父深知党和政府将他放在关系人民吃喝的重要位置上，是对他的高度信任，祖父始终将人民的物资供应放在第一位，严于律己，廉洁奉公。记得二姑婆生小孩，想找祖父批条买一斤红糖供应票，被祖父严词拒绝，只得按市场价购买；我的母亲想买一台缝纫机，祖父不允，劝母亲多养猪，均按供销价购买。那个年代，人民生活极其困难，在凭粮票吃饭的日子里，我奢望的最幸福的事就是和祖母一起去看望祖父，就是能吃上一顿米饭。祖父买好一钵三两米饭让我婆孙分吃，自己却饿上一顿，从不让组织多添一口饭。这样的事数不胜数，祖父用他的清廉作风、忠诚态度，书写了供销工作的三十年。我清楚地记得，在祖父退休不久后的 60 岁生日宴会上，燕夏区供销社党支部送来一副对联：

堂堂正正正正堂堂堂堂正
清清白白白白清清清清白

后三十年，是祖国改革开放蒸蒸日上的三十年，也是祖父告老还乡的三十年。祖父退休后，带领儿孙发扬愚公移山的精神，上山开荒辟地，下田耕耘细作，筑栏养猪，世人叹观。85 岁前，儿孙回家过年，年年有猪杀，粮食有余存，柴火也充足，家庭生活大有改观，同时，祖父不忘家乡公益事业。宗祠修缮、植树造林、水利灌溉等都离不开祖父的光和热。祖父最喜爱的两样东西就是收音机（后来是电视机）和旱烟，他边吸着旱烟边关注国家大事和人民生活，让我感觉到祖父每天是那么津津有味，是那么知足和安逸，他常说：“活了九十多年，看过那么多政党，还是共产党真心实意地为人民干实事。我相信共产党能办成中国的大事情。”祖父教育孩子们："做人要讲情讲义，不能损人利己，百事孝为先，要割肝取胆地孝顺父母，孝顺就是一辈子在积福。"祖父临终前最放心不下的是三件事：一是嘱咐我的父亲两兄弟一定要和睦团结，讲大处，不计得失；二是嘱咐我兄弟一定要尽心尽力去医治有重病在身的父亲；三是嘱咐兄弟们一定要教育好孩子们好好读书，读书才是大出路。祖父嘱咐完之后，三天不能言语，直到与世长辞。再过一天，祖父就要踏入天堂，此去就成永别，再也不能和儿孙们享受天伦之乐，再也不能看到村庄里的一草一木，再也不能过着吸着旱烟听着新闻的日子了……

泪眼婆娑，肝肠寸断，千树肃立，万草低头。

2012 年 7 月 4 日

补记：

这是祖父去世时，我贴在家门口的一篇文章。

2012 年 6 月 29 日凌晨 4 点，在长白山工地的工棚里。在梦中，我回家了，只见已过世的阿婆穿着一身黑色的衣服坐在病床旁守护着病重的爷爷，见我进门，阿婆说："去喊你娘，找出你爷爷黑色的衣服和黑色的布鞋，我来接你爷爷回家。"

"这不就是家吗？"我在梦中问阿婆。

"不，不能长住了，我和爷爷后天一起走。"

醒来，泪流满面，我急拨手机去问娘爷爷的病情。娘也没睡，听我讲梦里的情况，说："还好，近日吐血不止，快不行了，工地要是方便，你就回来吧。"

次日，我开始订机票，从长白山工地上回家，要经长白山机场飞北京首都机场，再转机到武汉天河机场，这是最快的回家捷径。可长白山机场到北京首都机场每天只有一个航班，此时又是旅游旺季，订票才知，近两天没有机票了。

在长白山万达滑雪服务中心的工地上，我所带的一百多号农民工兄弟没日没夜地赶工期，我这一走，就会乱成一团。必须尽快将工地上的事情安排好，这两天赶去沈阳机场直飞武汉的天河机场，一定要回家为爷爷送终，我心事重重地打算着回家，加紧安排工地上的事情。7 月 1 日 9 时许，手机急促地响了，是二弟来电话了："回家，爷爷不行了。"

我火急火燎地叫阿辉驱车送我赶赴沈阳的桃仙机场，在路上订好了晚上 8 点多飞武汉天河机场的航班。

从长白山工地到沈阳桃仙机场有六百多公里的路程，阿辉把车子开得飞快，我思绪万千，一路上回想爷爷平时的点点滴滴，泪水双流。

去年年底，爷爷有两个多月饭量锐减，甚至一天都吃不下饭，住院后被确诊为肝癌晚期，在市医院住院治疗不到七天就坚持要回家，不愿再治。一个九十四岁的老人坚持不要人服侍，自己去医院食堂打饭吃，回家后，没再服一粒药。虽然，我们对爷爷隐瞒了病情，说是肝上有个囊肿，爷爷却是无所谓说："不管什么病，这么大的年纪了，总要得个什么病走。"于是他一个人忍受着病痛的折磨，从不喊一声痛。

20 多天前，爷爷实在不行了，全身到处是摸得到的坨坨，双脚肿胀得不能下地，娘劝他去县医院治疗，哪怕住一天，今后让晚辈也好受些。爷爷最后一次住院时，恰好我儿子高考，我便回来了，就陪在爷爷身边。

爷爷住了一天院，就说要回家，药没多大作用，也住不惯医院，闻不得医院气味，其实是舍不得我们花钱。不管我们怎么劝他、挽留，他就是不听。我对爷爷说："我昨天也顺便检查了一下身体，肝也有问题，也要住院，订的床刚好在你旁边。"

爷爷急了："你快治，好好治，要紧吗？"

"医生说住院观察。"我说道。

"那不行，我就等你结果！"爷爷在医院继续住了下来，不是为他的病，而是操心他孙子的病，才安心地住在医院里等待他的孙子病好起来。

我和爷爷每天打着点滴，聊聊天，爷爷每天目不转睛盯着我的点滴，不断提醒："你那瓶的滴快了，滴快了，心脏受不住，滴慢点好些。"

住院第二天，我找到当医生的王朝辉同学，询问爷爷的治疗方案和有关药物治疗的有效性问题，朝辉同学摇摇头说："没有。唯一的只有加强营养用药人可能舒服些，延长些时日，但营养品药物医疗保险不给报销的，只能出钱在外购药，像白蛋白之类，很贵，一针五六百元。"我说行，那得打。

我马上去药店买了五瓶白蛋白。

爷爷打了四天营养药后，精神也好了些。第五天，他忽然对我说："我看你是假病来骗我住院，每天能吃能喝的，今天还喝了酒，每天吊的两瓶药便是水。不行，不行，明天坚决出院回家。"

我的阴谋终被爷爷识破，拗不过爷爷，只好出院。

出院那天，爷爷趁父亲去办出院手续的时候，语重心长对我说："你们的孝心我都知道，有三件事你们要记住，一是你父亲肾病吃了几十年药，今后要花大钱治，你兄弟无论如何都要为他治；二是兄弟要讲团结，老大要带好头，你事业做好了，兄弟会更好些，你若没做好，兄弟就散了；三是我这几年才领了些养老保险，过去供销社十几年没发什么工资，积攒到现在也就存了两万块钱，埋葬我怕是不够，葬礼就搞简单点吧。你的工地离不开你，去做你的事，我万一不行了，会通知你回来。"

这就是爷爷对我的遗嘱吧。

送爷爷回老家的时候，我对爷爷说："我在城里的房子盖起来有三年了，你从来没住一个晚上。"我恳求爷爷在我家住一晚，明天再回老家，爷爷应允。

第二天送病弱的爷爷回老家，我特地开车在县城的街上转一圈，爷爷一直望着车窗外，一言不发，他在回忆着当年奋斗过的县城，追寻他的足迹，感受着县城前后的变迁。

车子到达沈阳的时候，由于到机场的路不熟悉，误入禁行路，还被一名交警拦下，交警听我讲清缘由后，不罚款不扣分，还用对讲机提醒各路交警放行我的车号。这一幕让我终生难忘。

终究没有赶上当天最后的班机，改签了次日 6 点多的早班机，不得不在机场附近留宿一夜。

我不断打电话问爷爷情况，弟弟听说我安顿下来了，就说，哥你别急，爷爷其实早上就过世了，我怕你路上着急不安全，没说真话。

为什么不通知我早回来，我无力地找理由来掩饰自己的虚伪，悲痛之情难以名状。弟弟说，是爷爷到最后一刻都不准家人通知你回来，说你的工地离不开你。我的泪水流淌着，难掩内心的痛苦。

一夜无语，一夜无眠。

7 月 2 日，中午回到家里的时候，爷爷静静躺在冰棺里，静静等候他的孙子归来，神态是那么安详，却没有搭理我的问候，任我哭喊没有了应声。

爷爷说过若病实在不行了，会让家人叫我回来送终。为了我的事业，爷爷用善始善终的善意谎言至死不让我分心，专心工作，直到生命的最后时刻也不愿儿孙担心他的安危。这是我今生的遗憾。

我肝肠寸断，放声痛哭。

2012 年 7 月 4 日，是爷爷出殡的日子，谨以此文来祭奠我的爷爷，愿爷爷地下安息，永无牵挂。

但这些语言文字又远远不够，表达不了我对爷爷的悼念之情。

往事烟云

岁月会冲淡许多记忆，唯独冲淡不了我的军人情结，时光在衰老中逝去，世事漫随流水，算来一梦浮生，那段青春激情燃烧的岁月会旷日持久下去。

我的军营岁月

岁月静好，殊不知，现世的安稳，不能忘记军人在为我们守护着这份安宁。从这个意义上说，通常被一般人理解为一种心安理得的生活，可能不会去想到与军人有关，当过兵的人却明白：岁月本不静好。对当过兵的人而言，也从未想过为保家卫国所做的一切，需要更多的人去理解。那年正年少，初涉世事，去当兵，仅仅为了寻找一条人生的出路，懵懂地将一腔青青热血甘洒军营，仅仅只是在尽义务与担当里拥有了一份荣耀。如今，世界并不太平，战争随时会在世界的某个地方发生，战火一直还继续着，那里的人民还处在水深火热的苦难之中。

军人，是光明、安宁、文明的使者、守护者！

我十分庆幸生长在一个伟大而安宁的中国，回想我的军营岁月，任时光荏苒，任世事变幻莫测，难忘记的是那片橄榄绿的军营生活、在那苦练本领的日子里，我常为每一次冲锋陷阵保家卫国的激情战斗而自豪，无论岁月如何变幻，如今忆起，我欣慰，我满足，念及如初，颇感光荣，永远无悔。

一

有句话说：“当兵后悔三年，没当兵后悔一辈子。”

我当过三年兵，军营、军装、战斗、战友、大锅饭等陈年往事时刻涌上心头，回忆青春年代那三年艰苦的军营生活，或许是我一生当中最难忘记的日子。对于每一个退伍的战士来说，军营的岁月青春，包容了人生的磨炼、成长、进步，还有乡愁。

1990年春节过后，全国学子开始紧锣密鼓地备战高考，那年，无数学子在考大学的赛跑途中到了冲刺的最后关键阶段。如何挤上这座独木桥，通山一中高三（6）文科班的同学们夜以继日、加班加点地进行总复习，犹如百米赛跑般争分夺秒地紧张进行，准备着等候老天爷降落在6月份的一场决定前途命运的高考。我的座位是教室的最后一排，平常成绩也是最后一排，大考即将临近，越发心烦意乱，我除了语文、历史、地理还能跟得上队伍，数学、英语严重偏科，使我不上战场早就丧失了斗志，总体成绩在班上排名只有倒数，也就有了自知之明。在最后的学习阶段再怎么努力也是上不了大学的，除非不考数学和英语，每天也如关云长刮骨下棋——若无其事，只想混出一张高中毕业证就庆幸了，何况我还是一个从二中转入一中的插班生。

其实，我一直就在等拿到一纸高中毕业证后，就去实现当兵的梦想，说不定还能考上军校当一个将军呢！天天在做心驰神往的军营梦军校梦将军梦，村里人年年有人应征入伍。前几年，还在扛着电影机上山下水满村转的炳柱哥，当兵不到几个月就上了老山前线打仗了，立了功，前年，乡里敲锣打鼓送喜报上门，让村里人好生羡慕。儿时的好伙伴阿庆也在部队服役，去年参加了北京戒严，荣立了三等功，也送来了喜报，让人眼红。凡是当兵的，家门口都钉上一块“军属光荣”的牌子，让一家人的腰杆子突然在村里挺了起来。阿庆在天安门广场戒严时端枪站岗时，拍了一张英姿飒爽的照片一直夹在我的课本里，还在信中说：考不上大学还不如去当兵，你还可以在部队考军校。

小时候，我们一群儿时的伙伴，百看不厌的是战争电影，如《地道战》《红星照我去战斗》《四渡赤水》《地雷战》等。儿时在村里，伙伴们玩游戏最多的节目就是学着电影的镜头：手握木手枪和木樱枪，腰杆子扎条破皮带，在田野里、在山林中，打打闹闹，上演着没有硝烟烈火的现实版模拟战争，如今，好几个伙伴还真的怀着最初的梦想去了部队。

坐在教室后排的八个同学歪着脖子坐一起，算是相差无几，谁都不正眼看谁，有几个都是铁了心的打算，抱定一个念头：“考不上，明年再考吧。”反正不想过早地跳入江湖谋生，然而，我却怀着忐忑的心情期盼着高考的来临，圆我的军营梦。上大学谁都想，可我智商有限，大学对于我来说是捞月，白费心机。因为，我在小学、中学都留过级，成绩平平，年纪算是班上超大龄人的队伍行列了，也是按住牛头不喝墨水的那块料，老大哥都不好意思再陪太子惜时如金地读书了，有的同学还抱定即使读到老，也要混到大学去。我佩服他们的坚韧，有着抱书本打天下的思想。

那年代，考上大中专，不仅是光宗耀祖，报答父母养育之恩的事，也是人生道路上的第一道分水岭，每一个高考学子的命运就在这里转折，读书上大学成了一代农村孩子选择的唯一出路。因为毕业后国家就分给铁饭碗，从此就一辈子无忧，但是，大学录取率是百里挑一，一将功成万骨枯，一旦功成名就，百尺高竿挂灯笼，那是红到顶了。

高考之后，何去何从？对于我可想而知，同学们的命运就会在此转折点上初见分晓，班里也有几个同学对高考没指望的，年后就没来上课了。我将来怎么办？难道回家耕田或是到工厂去打工，过着日夜劳作的日子？还可能流浪于街头以乞讨为生，我心灰意懒，唯一希望就是当兵去，可能会在大多数当兵人仅持小学或初中文凭的战友圈里，会混出一个人样来。

在一次体育课上，全国特级教师、时任我的班主任陈振翠老师看出了我三心二意的样子，便找我谈心，我将想当兵的念头和盘托出，陈老师一听高兴地说：“好啊，保家卫国是每个公民的责任和义务，当兵你是块好料，到部队还可以报考军校啊。”没想到陈老师第一个赞同我当兵去。

二

今年高考前，恰逢春季征兵，街上到处挂满了宣传征兵的标语，“一人当兵，全家光荣”“保家卫国，人人有责”“依法服兵役是每个公民的责任和义务”等标语口号，整座山城都是红色一片，有多少热血青年开始在户口所在地武装部报名了。

春天的气息越来越浓，希望也离我越来越近，天赐良机，我的愿望终于有了希望，干脆扳倒葫芦洒了油——一不做二不休，干干脆脆当兵去。

街上传开今年征兵是陕西兵，是武警消防兵。我一听“武警”两字，特来劲，这种兵会两下拳脚功夫；一听“消防”两字，就知道是灭火的部队，总觉得不是真枪实弹的训练，又有点遗憾。

我回到父母工作的户口所在地杨林乡政府报名参军。当时，我的父母在这里从事教育工作，一直以来，我的户口及我的小学和初中是随父母调动而调动。一大早，我娘见我回来了，奇怪地问：“放假了？怎么回来了呢？”

“不读书了，读不进，考大学没有希望了，我要去当兵。”我是铁了心的秤砣，认准了。

娘劝我一顿，拗不过我，又听说陈老师也赞同，就没话说了，无奈地说道：“去找乡人武部孙部长报个名，试一试吧。”

第二天，我娘带我去找孙部长，孙部长一见我，高兴地说：“看样子，是个好兵，好样的，部队正急需高中文化的兵源，选送优质兵正是我们的任务，正好，还没有一个高中生报名，你的名给报了。”

孙部长又严肃地说：“一周后，先去乡医院体检，合格后，再接受部队下来统一体检，政审一关你根正苗红，没有问题，部队的体检不合格可不行。”

总算报上名了，没想到还要过不少关卡，阿庆来信讲了体检的不少注意细节，好像百货大楼卖西装，一套一套的。白纸黑字，交代得一清二楚。老家当兵的人多，请教几位退伍军人的验兵技巧和具体应付细节，如血压高、事先喝冷水等。这些我都没问题，因为学校刚组织了高考体检。

在一百多个踊跃报名的青年中，经乡武装部初步体检后，只留下30多人，可以等待部队的二次全面体检了，我就是其中一个。

娘听说我初步验上了，竟哭了：“你要是真验上兵了，一走，几年看不到你，叫娘牵挂啊。”

二次体检在另一个叫洪港的小镇进行的。

过了一关又一关，在外科检查中淘汰的人最多，一行八个人进去，能留下一两个人就很不错了，我是第九轮进这一关的，进屋子后，部队的人一声命令：“全体脱光衣服。”

对正处于发育期的十八九岁的青年人来说，如扒了墙头的庙慌了神，这一招都不好意思，当着众多人的面脱得一丝不挂。

“不愿脱的，出去。”部队领导很不客气地说。

其中一个应征青年用通山话嘀咕道：“这不是把我当猴耍，愚弄人吗？”第一个毫不迟疑地出去了。

脱，一个字脱，我第一个脱个精光。部队挨个儿一一检查。

文身的出去了。

头上身上有伤疤的出去了。

平脚板的出去了。

活动时中关节响的出去了。

验兵，可谓是关云长卖豆腐——人硬货不硬是不行的，八个人进去，只有一人留下了，那便是我，案板上的擀面棒——硬光棍一条，最险的一关过了。

其余的体检项目关卡，一路绿灯。

抽完血，算体检完了，但还需等一周后的化验结果才算过关。孙部长说：“我们乡有三个抽了血，化验结果没问题的话，我们杨林乡就有三个兵了。”

当晚，在洪港镇的几个初中同学，聚集在一起，我吹嘘着一天中当兵的体检是如何如何的严格。众同学瞪大眼听我海阔天空地吹牛，感觉前途大好，在众多青年中能当上兵是何等的艰难，那是人生天大的喜事，不亚于上大学。

次日，一大早回到家，娘还没起床，问当上兵了吗，我说没有问题了，娘却哭了，一上午没起床。

父亲高兴了一天，说当兵好，锤炼人，像你这样高中生去当兵的很少，属当兵的尖子，说不定考个军校也有可能。

不久，家里来了不速之客，是部队一个当官的，叫刘念成，是孙部长陪着来送喜报的。这样，在这一个名不见经传的小镇里，人们传开了我一个高中生不读书而去当兵了的奇事。我也暗自庆幸，被正式录用为中国人民武装警察部队的一名战士了。

三

刘念成队长到新兵家里，既是送喜报又有走访新兵的任务，算是了解新兵的一次家访。他一双浓眉大眼，在大檐帽子底下炯炯有神，露出和蔼而威严的眼光，时不时打量着我。魁梧的身材穿一身橄榄色军装，透出英姿飒爽的特有军人气质，举手投足间是那么彬彬有礼，国字形的脸庞时而笑容满面，让我们一家人感到温暖可亲，他肩上的一副黄牌上有一杠三星特别引人注目。

我好奇地问刘队长："这是多大的官啊？"

他笑呵呵地说："这叫上尉，相当一个正副连长级别。"

"我的衣服什么时候来啊？"我迫不及待催问了。

他笑着说："三天内吧。"

"什么时候走呢，刘队长？"我娘问。

"3 月 12 日。"刘队长客气地对我娘说。

"只有六天啊，这么快。"我娘掰着指头算道。

"舍不得了吧，到了部队和家里是一样的，想他了，多来信。"刘队长安慰我娘。

"感谢你们给了我一个好兵，我们会交给你一个优秀的好儿子。"刘队长立正，给我父母一个标准军礼，让我们一家感动得不知所措。

他特别认真地说道，部队每年要让一批优秀士兵参加报考军校，要求学历是中专生和高中生方可报考，并鼓励我到部队后要好好努力，这话让我又做起了军校梦，暗暗地想，到部队一定去报考军校，要做像他这样的潇洒军官。

我记得那天时近中午，刘念成队长在我家没吃一口饭又去下一个新兵家走访，给我家留下了待客不周的遗憾，但给我家留下一个很美好的印象和希望。

在等待军衣到来的几天里，我一直在想，穿上军装戴帽后究竟是什么样子？二弟那时还很小，几天来高兴得吃不下饭，在同学之间奔走相告，一下子突然神气起来，好像大哥为他争了不少光。

三天后，孙部长来信通知我去乡武装部领服装，好高兴啊，那个劲儿别提了！等了这么久，终于等来了一个新的开始。一顶作训帽，一套橄榄绿色的确卡冬装，一套绒布内袄，一套内衣，连裤衩都有，还有一双传统式“解放鞋”和袜子，打结实的军被，外挂着一个口杯和一条毛巾，特别是口杯上写着四个字：“中国武警”，让人骄傲，引人注目。

行李领到家，我认认真真、仔仔细细地通身洗了个热水澡，穿上军装后内内外外一个大变样，待我穿好军装在镜前端详个够后，不禁自夸：好一个英俊的小伙子啊！心里乐开了花，当我喜滋滋地站在父母面前装模作样向父母敬一个军礼时，小弟和小妹瞪大了眼睛，帅呆了。

母亲却流下了眼泪。

父亲突然沉默起来。

四

从穿军衣戴军帽的那天算起，只有四天时间我就要随部队出发了。

这两天按父亲安排，必须和两个高龄的姑婆告个别，必须和两个姨娘告个别，必须去老家跟年迈的爷爷奶奶以及父老乡亲们告个别。

两天时间里去姨姑家，丰盛的饭菜应接不暇，叮咛的话语不绝于耳，最难忘的一幕是在二姑婆家。临走时，80 多岁的二姑婆拉着我的手老泪横流：“征啊，你这去部队，一去三年，我恐是等不到你回来了。”二姑婆的儿子是一个远近闻名的不孝之子，大逆不道将亲娘赶出门多年，姑婆一直和女儿生活，由表姑照顾。老人对娘家的孙侄儿来告别，在欢喜中又徒添忧伤，深同生死离别。我安慰姑婆说：“姑婆，你身体好，有表姑照顾，一定能等到我回来。”

随部队要走的前两天我走完亲戚，黄昏时候，回到我的家乡与祖父母告别。当晚，父老乡亲们早已得知我当上兵的消息，屋内院外挤满了父老乡亲，退伍老兵大学哥兴奋地说：“咱村自解放以来，当过兵的到你这里算是第十个了，算是一个加强班了。”阿松哥是抗美援朝的老兵，我当上兵，勾起了他对当兵时的记忆，说：“现在当兵好，和平年代，不用打仗，部队是培养人才的好地方。”经生哥风趣地说：“我也当过兵，是民兵，还是民兵连长。”父老乡亲们有说有笑，其乐融融。

村里的退伍老兵们嘱咐我到部队后要注意这个那个，巴不得把部队的注意事项都讲够、说足，像要把部队的《三大纪律八项注意》在走前全部教会我，长辈们左叮咛右嘱咐的。

父老乡亲们嘱咐完我就离去了，我陪爷爷奶奶唠叨到很晚很晚。爷爷教我在部队要有吃苦耐劳的精神，要继续学习、听领导的话，还要学好老兵今日谈下的好经验等。

奶奶默不作声地听着，一直目不转睛地看着突然一身军装回家的心爱孙子，好像一下子不认识我了，细细打量着我，在她心里，一定要好好地牢牢记下我现在的样子。

次日，按以往送兵的仪式惯例，父老乡亲们一大早全都自发地来到我家，每家备有送行的鞭炮，还备了锣鼓。亲房新华妹连夜为我赶做了一朵大大的红花，并亲手为我戴在胸前。当兵不但是全家最光荣的事，也是全村最光彩的一件大事。

要走了。别了，父老乡亲们！别了，我的爷爷奶奶！

奶奶紧紧拉着我的手，步履蹒跚地送我出门，老泪纵横，边走边说："别挂念我，去部队好好听话。"牵着奶奶温暖的手，扶着年迈的奶奶缓慢前行，我已是泪流满面，我哽咽说："阿婆，你也要好好的，一定要等我回来。"

"我会好好活着，盼我孙儿回来，你安心去吧，别挂念我，听话，你走吧。"过了许久，奶奶轻轻松开她的手，像放飞了手中的风筝线，任我去更高的天空飞翔。

锣鼓喧天，鞭炮齐鸣。

送别的人们一直送到村口，久久不愿离去，回头挥手时，我哽咽流泪。父老乡亲的话语是我出发的起点，从此别后，乡愁就是我人生前行的源头，家乡就是我成长的根。

十几个人坚持要再送我一程，一路上敲锣打鼓走了三公里再过畅周小镇时，家住在小镇上的亲房吉客伯父，早早在家门口等我路过。他流着泪说："我腿脚不好，不能回去送你，一早就在这等你路过，你别怪伯父，到了部队好好干，早日写信回来。"他拉着我的手，送我到好远好远的地方才松开。

送君千里终有一别。我劝众人留步，我知道在那小黄土的山冈上，众乡亲在目送我的远去，我不敢回头，怕他们看到我双涌的泪水。

部队出发前的一夜，娘一夜未眠，我默默地看着娘收拾行装，心情沉重起来。儿行千里母担忧，从分离的这一刻起，我突然感觉长大了，明天就要离开生我养我的父母，去远方报国参军，忽然悲伤涌上心头。我明白，欠父母的实在太多了，在家没有为父母做点什么事，也不能分担父母的忧愁，明天就要走了，让我一下子懂得了很多。娘将吃的用的什么都要让我带上，让我的心里更加难过。

忙了这几天，我却病了，近来因大吃大喝，吃坏了肚子，发了高烧，要走的前夜打了点滴好多了，父亲不时摸我的额头，生怕耽误了明天的行程。

我家住在杨林中学，走的时候，作为教育的子弟兵，杨林中学王定授校长还精心组织了全体师生开了一个别开生面的欢送会。我抱着心爱的吉他，在欢送会上自弹自唱了一首当时流行的《血染的风采》，更增添了生离死别的氛围。

1990 年 3 月 12 日大早，我整理好军装，背起行囊，带上我心爱的吉他出发了。

从杨林中学到乡政府的路上，两旁全是学生夹道欢送的长长队伍。出发前，学生代表为我戴上大红花，行了队礼，王定授校长亲自击鼓，场面壮观，气势恢宏。

我是雄赳赳气昂昂地走在两边欢送的人群中来到乡政府的。现在想来，我挺对不住那些老师和同学。当时，他们在寒风冷冻中站了半个多小时，而今，我还是脱下军装退伍回来了，没有成为他们心目中的英雄，更没有成为一名将军。乡长书记在欢送茶话会上对三位即将入伍的新战士作了简短的热情洋溢的欢送讲话，还一起合影留念。在会上，才知道杨林乡还有两个战友，一个是孙奉柏，一个是王喜华。

开完会，上午 9 时许，乡政府用唯一一台草绿色吉普送我们去县城集合。

来到县城是 10 时许，县人武部下午交接兵，下午 4 时统一集合点名登车。抽空，我去一中与老师和同学们告别，在那争分夺秒的学习时间里，陈振翠老师特地安排了二十分钟的临时欢送班会，我在会上讲了一句大言不惭的话，让我经常追悔莫及，羞愧难当。当时，我豪言壮语："我考大学算无望了，我到部队就为考军校去的，因为，不想当元帅的士兵不是好士兵。"还赢得满班同学的喝彩和鼓掌。结果，我什么也没考上就回来了，只是一个退伍军人，现在想来，那时，兴奋过了火，荣耀昏了头。

那次班会后，我将书和学习用品让几个要好的同学只要喜欢的都拿去，剩余的叫正在读高一的二弟带回家。唯有三十余两饭票给了我要好的同学，也是班里家庭困难的吴世波和石晨光同学，原先在班里我们很合得来。

后来，当年征了两次兵，冬季征兵的时候，高考落榜后的吴世波，还有陈茂辉同学同一批次去山东当兵了。

下午 4 时许，各乡镇送来的新兵全到齐了，部队开始与县人武部进行新兵交接仪式，123 名入伍青年个个儿点名应到。副县长做了慷慨陈词的送别讲话，如"你们是我县优秀青年，到了部队一定要苦练杀敌本领、报效祖国、为家乡人民争光，家乡人民等待你们的立功喜报"等之类的话。听得战友们热血沸腾，无上荣耀。然后，交兵仪式正式开始，武装部与部队首长在交接兵签字后，一个个点名上了三辆大巴车。狭小的武装部挤满了来送行的亲朋们，住在县城的大妈在车窗外不断叮嘱我说："你还在发烧，一定记得按时吃药。"

老家的保国哥临上车前，塞我 20 元钱，那是他半个月的工资，村里的退伍老兵老三兄送了我一个精美的日记本。

班车缓缓而动，亲人们依依惜别。

街上挤满了送别的人群，送兵车经过原老商场门口的拐弯处时，我看到了白发苍苍的陈振翠老师和高三（6）班的同学们，她们休了一节课用宝贵的时间来送我，不由得让我泪流满面。别了，敬爱的老师，别了，亲爱的同学。

吴世波同学一直跟随大巴边跑边抹眼泪，直到追不上送兵的车才止步。

一幕幕激动的场面令我至今回想起来仍感动不已，那份真情、那份友谊让我终生难忘。现在，处于商海沉浮，见到的人，用过的心，再难有当日当时之情景了。

晚6时许，三辆大巴到了咸宁的老火车站，集合点过名后，四个人一组分到一间房，两个人挤在一间单人床上。第一次远离家乡就住宿在咸宁火车站附近的旅馆，我正发着高烧，浑身无力，疲惫不堪。

张迎光是我本村的发小，从小一起读书，我俩现在又一起来当兵了，也是本村叔侄。他是老家畅周乡选送的兵，身体壮实，他一直照顾我，打水递药，我们和衣迷迷糊糊凑合了一夜，只有隔壁的宿舍十分热闹，城里来的几个兵特别兴奋，叼着烟，打着牌，吵了一夜，让大家都没睡好。

五

次日，9时许，哨子响起，部队开始集合点名。长长的队伍随即向火车站进发，只见站台上运兵的专列静候在那里。我身体高烧不减，身子轻飘飘的，迷迷糊糊地夹在行进的队伍里，迎光将我的行李拿过最重的一只箱子，我手拿吉他，背上军被，艰难地向站台走去。

第一次坐火车，就是那年当兵的时候，战友陆续登上长长的绿皮列车，我激动的心情很久才平静下来。在运兵的专列上，大家整理行装安顿好行李后，随即，部队带兵的军官在车上宣布了三条纪律，顿时，车内空气凝固起来。第一条：不准在车内走动，上厕所要打报告，经请示后才许可；第二条：不准吸烟和吃零食；第三条：不准松开衣服和脱帽子。

这苦了有烟瘾的战友，不断有人打报告说要上厕所，我那时还不会吸烟，一路上浏览窗外穿梭而过的风景，一切是那样陌生和新鲜。一路上，在军官的带领下，我们一起唱着《少年壮志不言愁》《走西口》等当时流行的歌曲，我嗓子痛得厉害，一起哼着，享受着一列正在行驶中激情燃烧的大合唱列车，暂且忘记我的身躯会将安置于何方。

火车一路高歌向北疾驰而去。

第一次出远门，走出通山的界水岭，就是远走他乡。第一次来到了省会大都市武汉，因部队有规定不准随意走动，到了武汉后要改乘去西安的火车，我们下车后，一直坐在站内的大厅地面上候车，没有人敢出车站大门半步。所以，我初到驰名天下的武汉，也不知道大武汉是什么样的景象，这里的武汉人是什么样的腔调，也不知大都市究竟是怎样的高大繁华，究竟比通山城要大多少倍。早知黄鹤楼闻名天下，还有传说中的归元寺、东湖美景等，这些现在应居于何处呢？曾读过唐代诗人李白在此写下“黄鹤楼中吹玉笛，江城五月落梅花”的著名诗句，武汉又称江城，此时江城的梅花已经凋零，江南大地正生机盎然，百花齐放，我和我的战友们伴随着春天的到来，在这里稍作停留，正走在去往绿色军营的路上。

在这座来来往往熙熙攘攘的车站里，我在联想，在品味着心中曾有过的有关武汉的诗词，在诗词的想象中有了随遇而安的心情，对应着打发路上的时光。

上午 10 时，我们在武昌火车站领到部队给每人发的一个盒饭，算是早饭和午餐，那也是我第一次尝到盒饭的味道。在进站口一个空地上，坐满了各地会聚而来的新兵，他们穿的军装与我们的着色不同，应属于陆军部队的服装，他们同我们一样吃着快餐，我们穿着橄榄色的军装比他们草绿色军装要好看些。

吃完饭不到一个小时后，我们各路部队一同踏上了去西安的绿色专列。

当运兵专列徐徐驶过长江大桥时，一车人兴奋了起来，各位战友们扒在玻璃窗内一睹一掠一晃而过的桥梁，桥面上应是川流不息的汽车，桥中间就是我们行驶的专列，桥下面就是课本上所讲的母亲河——长江！一条又大又宽又长一望无际的大河朝东方奔腾而去，江上轮船来回穿梭。

“一桥飞架南北，天堑变通途”，我不禁想起毛泽东对修建雄伟的长江大桥时吟过的美妙诗词来。

武汉长江大桥横跨于武昌蛇山和汉阳龟山之间，是中国万里长江上修建的第一座铁路、公路两用桥，这座桥也是我以一介书生到一名热血军人的弃笔从军过渡桥。

绿皮火车以 70 迈左右的速度向西安飞驰，一路上歌声不断。

次日，昏昏然在车上过了一宿，上午 10 时许，火车到达西安。新兵陆续下车后，在西安偌大的站前广场上列队，部队集合点名，点了名的新兵分别上了部队来接人的一大排卡车。在火车站的西北角，我看到西安老城墙的一角，能荣幸来到了世界闻名的古都西安，有时间一定会饱览古城的风貌，浏览名胜古迹的风采，这是我初来西安时的第一想法。

西安，古称“长安”，是举世闻名的世界四大文明古都之一，居中国古都之首，是中国历史上建都时间最长，建都朝代最多、影响力最大的都城，是中华民族的摇篮，中华文明的发祥地，中华文化的代表城市。

西安是著名的丝绸之路起点，也是我人生道路上的起点。

广场上的新兵都上了车，唯我一个人还站在原地一动没动，显得十分扎眼，我心慌了，我可不是开后门的兵啊，沿路点名不都有我的名字吗？可这次点名却没有我的名字，怎么没人叫我上车了呢？我像一只落单的羔羊，茫然失措。正纳闷，一个军官夹着花名册跑步过来用浓重的陕北话问道：“你叫啥名字呢？”

“我叫张长征。”我大声应道。

“我刚才点你名字三遍，你没听见？”军官喝问。

“我病了，正发烧，有点迷糊，我是第一次听陕西话，有点听不懂。”军官见我这一说，用手背摸了下我的头，小声问：“能坚持不？”

“能行。”我说。

“快上三号车。”他向左边一指，我看到一辆贴有“3”字号红纸的卡车在等我一个人最后上车。

车队走了大半个小时路程，到达郊区外一个叫西安未央区张家堡尤家庄的地方。远远望去，我们的军营在一片旷野的田园中，那里矗立着一栋高楼，十分显眼。后知那是消防训练塔，四周是高高的围墙，围墙上是铁丝网，围墙北面是陕西武警警犬训练基地，狗吠个不停，四周是一望无际的庄稼地。

军营内一分为二，宿舍区内有一个偌大的水泥地是操场，操场上分布有两个篮球场，四周围墙边上是整齐有序的杜鹃花，正含苞待放。在围墙的北侧是如足球场大小的训练场，空荡荡的没有一点生气，一阵风过来卷起黄土飞扬，训练场上靠近西面的是一座高耸入云的训练塔，尤其醒目，靠近大门的一侧全是单双杠、绳梯等训练器材，地面是深深的脚印。

大门口两旁，有两个卫兵持枪伫立，英姿飒爽，新兵们走进大门的时候，自然而然行注目礼，令人肃然起敬。

门口一块牌子尤其醒目：中国人民武装警察部队西安消防教导大队。

第一次出远门走了两天两夜，疲惫不堪，我的心也久久不能平静。我感到刚出校门突然就进了军门，短短的一周时间，昨天还与同学们坐在一大堆书面前日夜苦读，突然，身子漂移几千里，来到了一个陌生的地方，我像做梦一样，没清醒过来，部队成了我人生的第一个驿站，面对新的生活新的环境一切又从头开始，我深知这里也是一所校园，只是与平日不一样的校园生活就要从这里开始了。

我的军营生活将该如何呢？我还没有做好充足的各项准备。

六

我们是首批到达武警西安消防教导队的通山兵，老兵叫我们为湖北兵。从老兵的话语中，我才感受到已经远离家乡很远很远了，从当天的熄灯号吹过算起，乡愁已袭上心头，并与日俱增，我特别想念祖父母、父母及亲人和我的父老乡亲，还有没来得及一一告别的同学。我们一路奔波，到达了陕西西安，遥望南方的家乡，已经渐行渐远。如今，在这个陌生的地方，面临着残酷而艰苦的部队生活，不知军营生活将会是一个什么样的生活。

远离亲人和课堂，我有种惶恐失落的心绪，常常萦绕在心头。

湖北兵，从称谓中，我明白，我不仅单单是通山人，还代表着湖北来的兵。

后来知道，我们下火车时，在车站广场将湖北兵一分为四，分别放在西安的两个训练基地和汉中、宝鸡两个训练基地。

我随第一批通山和咸宁嘉鱼的兵一共60余人，首先被分到消防教导大队的新兵连，后面还有宁夏的、河南的和陕西的新兵正行走在路上，不断向这里靠拢集结而来。三天后，才全部到齐，共有300多人。在这三天里，首先来到的湖北兵没有被安排训练，每天是干些挖地窖里的藏萝卜、打扫卫生、清理猪圈什么的杂活。反正是不让我们有一刻闲着，一天到晚没让我们消停过，大家累得够呛，没有半点工夫偷闲，像一群被使唤的工地小工，许多战友开始悄悄嘀咕后悔来当兵。

唯有我是在医疗卫生队度过的。

每批兵到来，老兵如迎接当初我们来时一样，以军营特有的喧天鼓锣声和贴在墙上“严格训练、严格要求”“平时多流汗，战时少流血”“从一个老百姓向合格军人转变”等标语，以及训练场上残留的深深脚印来迎接新兵。更多的是随着一拨一拨的新兵到来，这所属于陕西培养消防指挥官学校的人气倍增，由这些学员担任的教官组成的新兵连让气氛骤然突变，冷清的军营也开始热闹起来了。

刚到部队的新兵对部队一切充满了好奇，对于刚换上军装的新兵，用“呆头呆脑”四个字来形容一点没错，好似换了马甲的王八，个个儿缩头缩脑的样子。有些个头儿矮的士兵因小号军装配了大号，显得不合身，像一个十足的道士，令人啼笑皆非。幸好，我个子有一米七三，衣服比较合身，没有那种踩裤边拖衣袖的窘态，我们新兵给人印象是没有什么姿态和形象的，与老兵相比之下，走没走相，站没站相，坐没坐相，正眼瞧上去，没有一点兵味，就像一群散帮游击队到来一样，也类似一群乌合之众的土匪痞子。

踏进军营已是午后，经过两天两夜的奔波劳顿，加上来部队时就患上了病，我浑身像散了架子一样，打不起一点精神，头痛得厉害，昏昏然，只想睡觉。那天，一到军营集合后立即由连队分到各排各班，我和迎光一同被分到三排二班，共八个人为一班，班长是学员张舜同志，排长是刘羊娃同志。我走进宿舍，我们睡的是大通铺，一个班两间房，每房不到二十平方米，班长和我们同一个宿舍，共有五人，每人分发了一只碗和一只小凳子，班长吩咐大家将毛巾叠成豆腐块，放在口杯上方，成一条直线，行李放在每一个人床头柜里，大家先行整理行李，一边整理行李，班长一边嘱咐大家，只要一听到号响要迅速下操场排队吃饭，不得拖沓。

班长的单人床上叠放的被子引起我们的围观，终于，只有在电视里看到部队的被子叠成的“豆腐块”，如今一睹了真实，四四方方，就摆在床头上，被子上方是顶大檐帽，帽徽闪亮。一看这床上的功夫是非一日之功能成。

午饭，清汤水面条和一勺子酸菜，引不起我胃口的半点食欲，我索性不吃，一个人回了宿舍。此时，我只想睡个觉，扯开被子，一路的舟车劳顿和病情加重，我上床不到一分钟便睡着了。

突然，不知什么时候，我的被子一下子掀开，我在蒙眬中被惊醒，咕嘟着睁开睡眼。

是张舜班长，他怒目对我大喝："咋不吃饭，这是你家吗？想睡就睡？"

"我病了，班长。"我喃喃地说。

"不要跟我讲理由，下去吃饭！"班长不由分说怒目而视。

我拖着沉甸甸的身子，一个人又下楼去勉强吃了点。那时，真的有想哭却哭不出来的感觉，要是在家里生了病，我母亲会守在床头寸步不离，阿婆会为我炖鸡汤。吃过中饭，刘排长吩咐各班班长吃饭后，带领大家打扫院子里的卫生。

偌大的操场，在班长的带领下，新兵们仔仔细细地一遍又一遍地清理，只差没用拖把去擦了，好不容易忙碌到晚饭的号子响起，我长舒了一口气。巴不得天黑快点到来，让我睡个好觉。

晚饭前集合，副连长进行了一天的点评：院子卫生是哪个排的任务？得重来一遍，等再次检查合格后再准吃饭。连长的理由和证据是在检查中发现了一个烟头。

直到重新仔细打扫后，张班长才通知我们吃饭，那是什么样的晚餐，又是一碗冷面条拌点酸菜，照样以班为单位围蹲在冰冷的操场上就餐。我象征性地蹲在那里动了动筷子，其实，根本一口没吃，没有一点胃口，心也冷至极点，要是在其他地方，我病成这样子总不至于这么过分吧，至少可以让我睡个好觉。

当我们回到宿舍时已是晚 8 时多了，开了第一个班会，班长讲了一大堆部队里的日常生活规矩，大约一个小时。末了，只说了一句话："我们班今天表现最差，不怪大家，下不为例，大家新来乍到，我有责任。"

然后，班长突然在大声喊道："张长征！"

"到。"我有气无力应道。我知道为午饭睡觉的事，他一定怀恨在心，正等他批评，甚至斥责。

"大声点，我没听到，我耳背，站起来大声地说。"班长火了。

我心有余而力不足地站起来，竭尽全力尽力喊："到！"

班长不耐烦地对全班说："今后，喊话到谁的名字，请给我大声点，别像个娘们儿腔，让我听不见。”

班长说：“张长征，走，跟我去军医室，其余人整理室内卫生，好好练叠被子，谁也不许睡觉。”

我竭尽全力大声说：“是。”

医疗室的军医宋杰对我诊断后，对张班长说：“扁桃腺炎，烧 39 度，要输液观察。”

“他叫张长征，高中生，今天受了点委屈，就交给你了。”班长紧握了宋医生的手小声道，我一天来的委屈，被态度发生 180 度大转变的班长感动得差点儿流泪。

七

三天后，我大病痊愈，如释重负地从医疗室出来的时候，部队的新兵都到齐了。在医务室打点滴的日子里，我和宋杰军医结下了无话不谈的深厚感情，且是后话。各省新兵都到齐后的当日，部队通知当晚要放第一场电影。部队还有电影看？真是半路上捡了个喇叭，乐坏了大家。不会是《少林寺》吧，应该是战斗片吧，大家纷纷猜测着，那种心情就如过年般高兴。

部队晚餐后，总队来的电影队在操场上摆开了，两架三角式大电影机静默等待，一张偌大的幕布遮挡住了远处的警犬基地。两只大喇叭响起了一首《我想有个家》的歌曲，一遍又一遍，凄凉婉转的歌声响彻了整个军营，更加勾起了我对家的思念和向往。落日的晚霞余晖洒在操场上，折映出一尘不染的空地，犹如一面镜子，映出自己空荡荡的心情，在电影放映前，这首歌不断地在耳边回荡，增添了几许离家后的忧伤。

我以前酷爱看电影，在一中读书时，路过学校对面的电影院，只要海报上有新片上市，我是宁可兑换饭票不吃饭，饿着肚子也要泡在电影院里先睹为快。

吃过饭后，我的心情有点迫不及待了，八月十五吃年饭——还早着哩，我就若无其事双手插在裤袋里，和几个新兵蛋子悠然地在电影机旁边东瞅瞅西瞧瞧看稀奇，我一副专家样子，向几个老乡战友介绍着电影机每个配置的用处及原理。突然，半路上杀出个程咬金，放电影的那个老兵给我插入裤袋的手一个拳头，喝问：“谁教你将手插入裤袋的，没有一点规矩，班长没教你吗？”我抽出疼痛难忍的手，不敢吱声，灰溜溜走了，不再靠前半步。

晚餐后，7时许，集合号响彻军营，每个战士各自带一条小凳子，在班长的“快……快……”催促声中迅速在操场集合。300多号人的军营，只听到一阵阵的脚步声，还有各排排长一声声催促动作快点的急促吹哨声。

300多号人，像挨了打的鸭子，到处乱窜，班长像是按下葫芦起了瓢，顾了这头丢了那头，花了10多分钟，部队才慌慌张张横七竖八地按部就班站在操场上。前排领头带队的是清一色扎腰带戴大盖帽的班长，他们的领章和帽徽在黄昏的余霞中闪闪发光，肩上清一色的一块红牌子。军姿挺拔，军容严整，他们是这个教导大队千锤百炼出来的、等新兵连结束后就要毕业被分配到各连队的学员，也是今后在基层部队大显身手的未来军官们，他们站在前排成了一道亮丽的风景线。在他们的身后，全是他们身为班排长所带的刚到部队的、来自五湖四海的新兵。

背后，站立着一队队参差不齐、稀稀疏疏的队伍，像是一筐子的喜鹊，叽叽喳喳不停，又像是阿二满街窜，吊儿郎当。我们没有领章帽徽，戴着作训帽，显得十分不协调，和班排长相比犹如白铁斧头，是一面光、一面暗。

“立正！”立在队伍的前方是一杠两星的军官，威严而洪亮的大声喊道。

“向右看齐，立正。稍息！”

队伍还是骚动了几下，顿时鸦雀无声，但仍然稀稀拉拉，参差不齐没个站相。有的新兵一副吊儿郎当的样子，前面喊口令的中尉副连长喊完口令后，一个标准有力的向后转，动作是那么沉稳而有力、又恰到好处，小跑向在20米外的上尉连长面前五米处，一个标准军礼后，连长回了一个军礼，只见副连长喊道：“报告连长同志，新兵连第一次全体集合完毕，请指示。”

“队伍解散，各自带回。”连长看了一下表，不耐烦地说道。

“是！”副连长敬了一个军礼，一个转身跑向队伍前面立定。

“各排带回，解散。”

“一排（二排……七排）向右转步行跑步下走。”只听各排长对所辖队伍的喊叫口令声和新兵杂七杂八的脚步声。

三排长刘羊娃将我们带到那个足球大的训练场上一侧立定后。问道：“有谁知道第一次集合，连长没训话就解散了队伍，有谁知道，谁知道？”排长火气很大。

“张长征，你说。”排长能叫出我名字，有点奇怪。

“我，不知道，大概没训练，懒散，队伍也没站好。”我猜测道。

“二班长，你说。”排长没理我，盯住二班长吴刚。

“集合超时。”吴刚班长声音洪亮。

“都对，一个3分钟的集合却用了10分钟，拖泥带水，乱七八糟，像个啥样子？站没一个站相，吊儿郎当，下次再这样，看我怎么收拾你们。不要把鼻涕往自个儿脸上抹——自找难看。”排长这话是说给班长听，其实，我们新兵个个儿听着胆战心惊。

“各班长立刻带回队伍，进行整顿。”排长下达命令。

按下来的一个小时内，如败将收残兵，重整旗鼓了。班长严肃地讲了军容风纪、一些口令的执行，点名时用尽嗓子喊：“到！”调节了队伍人员的高矮位置，教会站队的姿势和一些基本的动作要领和集合要求。

在寒风中，我们听着班长训话，个个儿站得腰酸背痛，大气不透一口。排长与班长是拔葱种胡椒——一茬比一茬辣。我们新兵就是矮子看戏——听声不知戏，也如庵堂上的木鱼——任人敲打。

突然，又一阵的集合军号再次响起。

班长手一指，快，再到副连长那边集合。

我们分散后，以最快速度跑去集合，有几个忘了拿小凳子的新兵，跑出几步，又急转身来拿，碰撞在一起，犹如一个听见狼叫的羊群，慌作一团。

像刚才的集合一样，速度提高了一大截，时间省了一大半，队伍集合后的姿势与刚才相比大相径庭，部队的军姿有了一点样子，高大的连长终于跑步上前一个立正，一个军礼，冷眼看了一下队伍，开了腔：“欢迎大家来到新兵连，现在点名。”

他没有什么热情洋溢的致辞，没有什么大道理可谈。只敬一个军礼就代表了一切，说完欢迎两个字，就切入正题。

点完名后，连长扫视队伍一眼，大声道：“六排长出列，教会同志们放凳子。”

“是！”排长快速出列，取代了连长位置。

一条毫不起眼的破凳子，在部队却是大名堂。在家里信手而来随手而去，有时挥腿退去，想坐就坐，想走就走，怎么个坐法都不碍事。然而，在部队的座位从拿起到放下，得四个环节，放下一声响，坐下如风静，腰板直立，双膝呈 90 度角，两手搭膝，纹丝不动。

六排长从拿小凳到放下，先用分解动作，一个动作一个动作练习，连贯动作一遍又一遍地做，足足训练半个多小时后，终于听到了落地一声响，见到人影齐起落，接下来，按排为单位比嗓子唱歌，各排的歌声一浪比一浪高。

大约半个小时后，连长才满意点下了头，副连长会意地对电影队的人说：“开始放映。”新兵们折腾了两个小时后，终于可喘息下来了，可以观赏等待已久的电影了。

操场一片寂静，灯光顿熄，屏幕上出现的是《金鞋银鞋》的片名。后来，这部影片每逢周末，在部队足足放了三回，一些台词都能记下来了，我明白：放电影是假，练放凳练坐法，比嗓音唱歌是真。

可是，班排长们每次对放电影没有多大兴趣似的，在操场上来回穿梭不停，像监考老师一样在操场上轮回监视各排班端坐的一举一动，主要是观察大家的腰身正不正、手直不直的问题，一有不对劲的，排长会立即轻敲你的头，我们像是板子上的钉子，没法歪。

一个半小时的电影终于露出一个“完”字，灯光骤亮时，副连长喊起立各排带回，许多战士已经成为一尊菩萨，已不能站立，有的战士在旁边战友搀扶下，才能站立。

这哪里有电影院那种休闲和恬静？简直是看老虎在眼前表演，哪个不敢动一下。

晚睡前，个个儿按腰捶腿，叫苦连天。在洗脸间，巧遇军医宋杰同志，今晚我注意到他也是二排的二班长。他问我病好些吗？

我谢过，问：“班长，人都到了，什么时候开始训练啊？”

他一笑：“今晚已经开始了啊。”

啊？我感觉到一阵凉气从头贯穿到脚，感觉到更大的苦、更大的累、更大的痛在向我逼近。

熄灯号响起，宿舍区一片漆黑。军营里静悄悄，除班长很快进入睡梦中外，绝大多数战士像我一样，在惶恐不安地想着心事，翻来覆去久久不能睡去。

八

从一个普通的老百姓向一个合格的军人转变，是人生的一个重大转变。

新兵到齐的第二天，西安的天空下起了小雨，气温骤然冷了下来，连续三天时间，部队没有开动到训练场，全连新兵每天在大礼堂里集中学习，指导员主要按部队的《共同条令》逐字逐句地讲解。讲完后，主要讲政治，大家板着身子坐在小凳子上连续上三天政治课，对部队新鲜的知识倍感兴趣，听得似懂非懂，云里雾里，每人分有一个小本子，要求做笔记。当然，端立在座位上不得动弹，那可是单手记录文字的滋味，每隔一小时后，部队用半个小时练唱歌，算是休息时间，除了打报告上厕所，就是教大家唱军营首学的第一首歌《战友之歌》，全连汉子敞开粗嗓门，嘹亮的歌声响彻了整个军营。

每次学习活动，回到班上后，班长例行召开每晚的班会，必会检查笔记。一些战士的笔记不全及记录不到位的部分，他拿出自己的笔记或是政治教材，将关键部分画线后要求大家抄下来，逐一背记，每周会抽查战士背诵，不过关就挨罚。这点对于我一个高中生来说难不住我，对大多数没读多少书的战友是最头痛的事。一手端着日记本，一手敲打着脑袋，常常口里喃喃自语走着路，一如初上课堂的小学生背书，十分痛苦纠结。只读过一年级的孙奉柏战友，因大多数的字不认识，也不会写，作业很难完成，班长令他先从师于我，要求我每天从识字开始教他，经常罚去厕所的路灯下读书，直到下连队都没背下来，但他对大致的意思却了如指掌。后来，他可以读书看报，得益于在部队的大课堂里学习成长。

三月的小雨淅淅沥沥下个不停，连续三天的政治学习，新兵们除了腰酸背痛，嗓子也痛起来，有卖力的，嗓子也哑了。但大家头脑清醒了很多，有了一点点军人的政治觉悟，多多少少知道部队与其他任何集体单位，俨然有不同的感受，一切行动听指挥，做到令行禁止，懂得全心全意为人民服务为部队宗旨，争做学习雷锋式的好战士等，这就是大家对什么是政治的最初感觉。后来，通过不断的学习，初步对什么是部队、什么是纪律、什么是军人素质等，有了一个基本的概念。

开会累，还得做笔记，苦了没读多少书的战友，大部分战友许多字无从写起。犹如张飞，做不了孔明的事，一听说要开会就头痛，不知这样开会何时是一个头。盼望天放晴，渴望自己真正的本事就应该在那个训练场，盼望早日挺进那块偌大的训练场，一展自己训练的风采。

每个周五的晚上就是练歌，《战友之歌》《武警之歌》《学习雷锋好榜样》等歌曲响彻了整个军营。每一首歌每一个战士都教会后，每周就会拉到大操场上去，在各排的战士之间拉开比赛，特有的男子汉嗓音像黄河壶口之水怒吼着、咆哮着，一浪一浪震天响。

每天早上5时前，大家都自觉起床整理内务卫生，一床被子要整治成“豆腐块”也非一日功夫，初次整理者最少需要一个多小时才行，要做好臂揉、手劈，用木板夹，放在床头必高低一致，应在同一水平线上，可“豆腐块”在班长手里是手到顺成，两分钟不到便成型，床单弄得平平整整，让大家目瞪口呆。大家先整理好各自的军被，然后，做公共区域卫生，窗户地面到处擦得一尘不染。值日排长是戴白手套检查的，地面和窗户一一摸到，一旦有污垢会记录在案，班长会把全班战士个个儿骂个够。内务卫生在部队是天大的头等大事，世界上还没有哪里的卫生有部队做得更有水平、更专业、更标准。

在部队的一日三餐，我们南方兵俗称“两饼一条”，早晚馒头，中餐面条，我们南方兵对一日三餐尽是白米饭，开始很不习惯。刚入伍的一周里，我每餐最多吃两个馒头、一小碗面条，后来，随着训练量加大，我每餐五个馒头、三大碗面条，这种习惯成自然后，不知不觉中，南方人也有了北方人的大饭量，体重也在见长。

北方馒头养人，退伍回家后，再回到吃米饭的日子，肚子却饿得很快，有一段时间还真不习惯吃白米饭的日子，经常要母亲单独做馒头吃，母亲说部队的白面养人。

部队集合开饭前，必唱歌，这是铁打的规矩，没有亮开嗓子是迟迟不能开饭的。吃饭时全连以班为单位，围蹲在操场的地面上啃着馒头，喝着小米粥，记得刚到部队时一次晚饭过后，连长在地面发现了我们班战士扔在地上的许多馒头渣，大发雷霆，班长带我们在连长面前领受了军粮与百姓关系的现场教育。挨了一顿批后，班长二话不说捡起地上满是灰垢的馒头渣放在嘴里咽下，我们拾起地上的馒头挨个儿咽个精光，心里别提是种什么滋味，后来，部队吃过饭的地方再没有半点痕迹。

天空终于晴朗起来，部队开始在队列训练前并没有着急地进行。一大早，部队集合后，连长宣布每一个战士将所有行李带上，放在操场上逐一检查，凡是香烟、零食、小型磁带放音机等一律没收，现金登记后由连里统一保管，下连队后再返还，除了衣服、学习书籍等生活用品，其余的一概不得有私人物品存放。我暗自庆幸，我有一百多元钱放在裤衩里没被发现。后来，私藏的钱居然起到了关键性的作用。为了打牙祭，偷偷溜出去买冷猪头肉吃，回来后被排长发现，罚站在走廊里。夜间 12 时，碰巧全连紧急集合，我是第一个不用穿衣服直接打好背包就走的人，第一个站在操场上，连长瞪大眼睛惊得半天合不上嘴，盯着我："哪排哪班的？叫什么？""报告连长，我是三排二班的，叫张长征。"我神情满满骄傲地大声应答道。后来，连长在全连点名将我作为兵贵神速的典型，排长后来苦笑道："你小子因祸得福，我还没处理你，你还为我们排争光了，不计较你了。"新兵最怕的是半夜紧急集合，有的战士恐手脚不灵，反应慢，一般等班长睡着后，悄悄起床打好背包和衣而睡，生怕紧急集合赶不上队伍挨批挨罚。

部队检查个人行李后，便开始军容风纪检查，检查员在你面前一一检查领扣、指甲和头发长短等。凡留长发的和长指甲的现场马上处理，但这些规矩在到部队前，地方武装部门都交代过，指甲不出指，头发不露帽，而到部队后还是大都过不了关。全连战士索性全部是清一色的"和尚头"。有些战士不愿意，流着泪水被班长按住头，三下五除二剃个精光。

从那天下午，部队开始进了训练场，开始了漫长的三个月队列、队形、操枪、射击训练。

那个时候，随着训练的强度不断加大，我们体力消耗很大，大家每天疲惫不堪，我们最大的愿望竟然盼望快点下雨，又宁愿去开会学习，只有下雨，部队才能搞政治学习，喘上一口气歇会儿。

一个军礼，得练三天，一只手掌斜放额口上，有时一个小时不得放下来，有时班长叫放下来却放不下来了。

一个正步，脚平放在离地15厘米高度的一根线上，一抬腿就是十几分钟不得放下。

一个向后转，班长曾罚我连续做一百个，晕倒再起，起来再晕倒。

一个立正动作训练，用实木板夹在身上，大头针别在脖子上，动弹不得。

在训练场上跑步走几十圈是常有的事，每天，大量汗水浸渍全身，汗干后衣服是一块青一块白。

一个越野训练就得负重奔跑30公里，从深夜跑到天亮，白天照常训练。

操枪训练，举起来一分钟就费劲，后来，在刺刀上用腰带吊上两块砖头，一举十来分钟。

“一、二、三、四”“起步走”“正步走”，训练场上班长严厉而嘶哑的口令声，此起彼伏。

与士兵的口号声和脚步声，交织在一起，尘土飞扬，呐喊声似雷响。操场上不时有开小差的，被班长指令绕操场罚跑圈圈的士兵身影。

20天后，饭量增大了，肌肉结实了，神清气爽，人也忽然变了样子。

每天也有受不了苦或犯错挨罚的战士忍不住哭鼻子，每天有战士晕倒在操场上，每天有战士挨班长的耳光和臭骂。班长每天的一句点评口头禅是：“今天一天的训练若没挨批评的就是表扬的。挨了批评的有空就加班自己练。”我记得有个宁夏的兵，起步走时，第一步老先迈左脚，很长时间纠正不过来，没少挨班长的批评，也有一个陕西的兵，正步走时左手左脚同步，每天气得班长臭骂：“错了，又错了，是只猪也学会了！”经常将他放在一边左手右脚、右手左脚地练习，校正了好些日子才纠正过来。还有一些兵老是左右分不清，左右转时成了脸对脸，洋相出尽，丑态百出。

有一次，北方的黄沙席卷而来，一米内看不见人影子，鼻孔里塞满了黄沙，眼睛睁不开，可部队没带回营地，在风尘中练站立军姿达三个小时。

30 公里越野，落在后面的战士有的背包带没跑多远就松开了，一边跑一边抱着松散的被子被班长架着跑。有个战友叫赵强，由于晚到新兵连一个月，训练落后一大截，体质跟不上，后来下连队时，我俩分在一个连队，他当了通信员，我们都笑他体质较差，下连队后单双杠做到第二动作就不行了。在新兵连经常被班长用皮带侍候着在训练场上跑步，一边跑一边大声地哭爹喊娘，全连上下对他的印象特别深刻，他一直恨他父亲送他来当兵，活受罪。

战友们每天下来，腿脚酸痛，吃饭时夹菜手都不听使唤，一倒床就睡得香。

有一次，恰巧我和张迎光一起深夜轮岗站哨，他问我："你受得了吗？我想家，想逃跑。"

我说："谁也受不了，忍忍吧，身上没有一分钱，车站也不知哪个方向，再说回去也没脸啊。"

"我们现在是鸟入笼中，有翅难飞了。"迎光叹道。

"我们是拔了毛的鸽子，飞不了。"我自嘲说。

那晚我俩人站了两个小时岗，谈心里的苦处，那是最伤心的时刻。

别看部队的新兵训练，简单的一招一式、一点一滴、一分一秒，无不充满了严格的要求。它的内涵里存放着很多意义，无一不是对你生活上"毛病"的治疗，无一不是对你意志的磨炼，无一不是利于你身体的强健，无一不是对你青春的激励，个中滋味只有当过兵的人才能体会得到，便有了来之不易的成熟、耐力和智慧。

九

新兵连的生活，苦中也有乐。

在部队第一次大联欢晚会上，我才发现部队是藏龙卧虎、人才济济之地。一个西安兵是从魔术团来的，会表演多种魔术节目。一个河南兵，表演的杂技节目让人目瞪口呆。一个湖北兵唱着张学友的歌，声声打动着战士的心。我是第四个表演者，我用吉他自弹自唱了当时费翔的《爱我》，算是独领风骚。战士们和各班长这才注意上了我，也喜欢上了我，有几个班长一有空就来我班找我学吉他，所以，我挨班长的批评是班里最少的。

后来，部队授衔后进行重新分班，我被调到吴刚班长所带的二班，吴班长常将一张止痛膏贴在我的头上，不准我扯下来，我不解地说："班长，我头不痛。"吴班长说："头皮上贴膏药是啥意思，你知道不？"我说："不知道。"他说："毛病。"惹得全班一想起班长弄这一出就好笑，我每次想起班长这句话就暗自好笑。现在，我的老班长吴刚是某单位的处长了。

西安缺水，来部队两周后的周末，部队安排每班让班长带三个士兵结队进西安城的澡堂洗澡。我是第一个进西安城的，从来没有到过省城，人生中第一次进入大都市，就是随部队去西安城里的澡堂洗澡，就像是刘姥姥进了大观园，大开了眼界。都市的繁华，我一个农村兵，对什么都感到稀奇。美美洗过澡后就上街遨游西安了。

第一次进城却惹了很多笑话，一起进城时，同一个班的战友孙奉柏只念过一年多书，八岁时当学徒，跟着师父学艺练习弹棉花。当兵前谈了一个女朋友，他到部队后不久，女朋友将小学一到五年级课本收集齐后，寄到了部队，他一有空就一字一句向我请教，可他普通话不好，常闹笑话，班长训练时对他批评最多。那次洗澡，孙奉柏脱一个精光最先下的澡池，他大概嫌水凉了（通山话叫冰刺人）想请澡堂服务员加热水，只听他对澡堂的服务生操着半生不熟的普通话说："你这洗澡水好吃人啊，加屋点。"服务生半天没听懂，愣头愣脑地对他说："你有病啊，洗澡水有什么好吃的，你想吃就多吃点。"我们通山的几个兵明白过来后，大笑到肚子痛。

走出澡堂，孙奉柏闹出了一则更大的笑话。

他饿了，想买馒头（通山土话叫粑）吃。在街上，他在一家馒头店立住脚，看到这家店馒头与军营的不一样，有点像家里略带黄色的那种，他想家乡的母亲亲手放蒸笼里慢火蒸出的粑香味道。他请客，我不客气，我也想家乡端午馒头区别于部队的味道。

他说：“老板，骂爸（买粑）。”

西安佬：“你骂啥呢？”奉柏说：“我骂你爸！（我买你的粑）”西安佬：“当兵的，你骂啥呢！”

“我骂你爸，你懂的！”

“你再骂啥？”西安佬急眼了！

“我就是骂你两个爸（我就是买你两个粑）咋啦！”

“我去你大大的，一大早，当兵的太欺负人，在这儿当面叫骂我爸爸，我惹你啦？”老板见怪了，清天大白日的，有这样当兵一见面就骂人的吗？与兵匪无二别，忍无可忍，一捞瓢劈头盖面打了新兵蛋子的头脑壳！

奉柏朝我憨笑，待我明白过来后，忙上前解围：“老板，他不是骂人，我的家乡管馒头叫粑，他是想买你两个馒头。”老板破涕为笑：“瞧你那熊样，还当啥兵呢？拿去，不要钱。”

一路上，我们通山几个兵回味孙奉柏蹩脚的普通话惹是生非，笑着捂着肚子回来。孙奉柏也自感好笑，笑眯眯地一直嘀咕：“笑去死，你不晓得没读书的人出了多少洋相。”回军营后，自学着课本更加认真刻苦了。

约两周，收到父亲来信了，看到信封父亲熟悉的笔迹，我喉头一紧，噙满了眼泪拿过信飞快冲上楼顶，迫不及待地撕开信封，反反复复看着父亲的千言万语，所有的委屈和苦楚任泪水打湿了信笺。从那以后，家书成了我们生活中的期待，也成了我们进步的轨迹，我和亲人朋友在鸿雁传信的连接中，亲情的力量带给我无比的幸福和快乐。

十

训练约 30 天后，我们新兵信心十足地接受部队一次像验兵时一样的严格大体检。一周后，部队突然进行了一次全连集合，这一次集合和过去不同的是，部队在操场上拉了一条横幅：武警 90 届新兵授衔仪式。

一个多月来，大家都在为了从一个老百姓向正式军人的华丽转身，吃过的苦，受过的罪，都在耐心地等待这一天的到来。早听班长说过，我们刚进军营时，还算不上一名真正合格的军人，必须经过一个多月训练和考验后，得到总队授衔命令后，才能算是一个真正合格的军人战士。第一次授衔为列兵的军衔，也就算是部队列队里合格的士兵了，我们天天盼着，等待着庄严而神圣的一天到来。同时，我们也会恐惧这天的到来，因为，部队在这一时刻也是退兵时候，训练不合格的一些兵必须退回原地。

授衔之后，部队还为战士增发了服装。之前训练，我们就一身来时的军装，只有在周末有太阳的时候洗好，守着阳光晾干当天再穿。

授衔时，我们听天由命地屏气凝神，听连长喊自己的名字。当连长喊我的名字时，我忐忑不安的心情顿时舒畅起来，大声喊道："到！"

我昂首挺胸地从连长手中接过领章帽徽和军服，庄严地向连长行了标准的军礼，转身向战友行军礼。

一个多月的日日夜夜，欢声和泪水，艰辛和磨砺，我终于成了一名光荣卫士，实现了人生的第一个转折点，感到无比光荣和自豪。

有几个没有得到授衔的士兵即将返回家乡，那几位战友现场哭得很伤心。刚来的时候大都后悔当兵想回家，而现在当我们刚刚适应了训练，适应了"两饼一条"，适应了与五湖四海的战友相处，对部队刚刚产生了感情的时候，却反而遭到剧痛的勒令退出，喊其回家。这是对一份来之不易的荣誉的不舍与留念，对人生是多么大的打击，又是多么残酷无情。他们是多么想留下来，再和战友一起去训练和生活，带着荣誉上火场，去战斗，看到擦着泪水离开我们的战友，许多战友眼里瞬间湿润了起来。

"我决心做党和人民的忠诚卫士，我宣誓：忠于党，热爱人民，报效祖国，崇尚荣誉，在任何情况下，坚决服从命令，严守法纪，勇上一线，为维护国家安全和社会稳定、保障人民安居乐业，甘愿付出一切。"

气壮山河的武警誓词在操场上空久久回荡，回荡……

这一时刻是我们当兵人一辈子不能忘怀的光荣，生命的尊严意义在这一时刻体现得多么淋漓尽致，青春，在这一刻是多么的精彩飞扬。

队列阅兵式，在雄壮的军歌中进行……

十一

下连队的日子，才是部队生活的真正开始。

难忘连队专业技能的艰苦训练生活，它不但成就了军人的品格，更是一生中健康体质的磨炼体现，最重要的，练就了一名消防兵为国家和人民的生命财产安全的过硬本领。

从一个老百姓到一个合格的军人转变，不单是新兵连的三个月训练，而是要在三年连队生活的磨炼中去体会，只有练就强健的体魄、过硬的专业技能本领，才能确保成为一名合格的消防尖兵，成为保家卫国的共和国钢铁卫士。

三个月火热的新兵连生活，一招一式，一点一滴，培养了我们军人绝对服从命令和团队协作意识。而且，塑造了我们一举一动的军容军姿形象，通过每日每夜的新兵连高强度训练，极限性提高了我们坚强的战斗意志、顽强的毅力和强硬的身体及掌握军人的基本战斗技能，通过新兵连的共同条令和政治学习，提高了我们对日常生活的严格要求和坚定的政治立场，班长的言传身教教会我们令行禁止。

三个月新兵连生活结束后，新兵要分配到全省各个市县战斗连队，再接受专业科目训练。

新兵分配到连队那天，正是6月初，燕子垒巢，候鸟飞翔，各支队来接兵的领导早早地来到了新兵连接新兵，新兵们何去何从无人得知，大家就要各奔东西了，在这三个月的朝夕相处中，大家都结下了深厚的兄弟情谊，尤其是本排的兄弟们更是恋恋不舍的心情，对军营的一草一木有了更多的留恋，大家握手言别，合影留念，将人生分离的瞬间和战友之情定格在一张张照片里。

让我有点吃惊的是，我和张迎光、阮云胜三个通山兵被分配在同一个连队，来接兵的就是去家乡征兵的上尉刘念成，也就是我下连队后的中队长。

我与刘队长算是知遇之恩，有道是：“感君恩重许君命，泰山一掷轻鸿毛。”使我坚定了下连队须建功立业的远大志向。

我们分配到连队是武警安康市消防中队，一同下连队的十四个战士来自三个新兵连，来自湖北、陕西、宁夏三个省的新兵。通山老乡兵除西安三个新兵外，还有来自汉中新兵连的通山老乡战友徐永强、周继锋、肖劲松三人，这样通山兵在安康中队共有六个战友。

从西安到陕南安康市，要坐一晚上的火车，经宝鸡过秦岭转汉中再到达安康，如今，安康到西安有了高速公路后，驱车只要三个多小时。

到达连队的那天，我们新兵列队迈出军人特有的矫健步伐，走在安康的西大街上，迈着蜕变后的军姿走向连队，引起安康西大街行人的注目围观，在心里，我为在新兵连磨炼成了一名合格军人感到无比自豪，在老兵的敲锣打鼓欢迎声中踏进连队，开始了漫长而短暂的三年连队的火热生活。

20 世纪 90 年代的安康市消防中队是 50 年代所建的老营房，靠近街面是一栋两层的房子，下面是消防车车库，上面是三个战斗班的住房及副队长和副指导员、文书的住所。在这栋房子的中间，也就是楼梯间处，高矗着七层的训练塔，也叫火情瞭望塔，算是当时安康市的高楼之一，成了一道特有的风景。在这栋房子的后面是一个大院子，院内古树参天，在院子两边，各为两排一层结构的砖瓦房子，进门左侧是一个战斗班的宿舍和一个会议室，也兼电视室及四个单间住房，分别住着司务长、技司长、指导员、队长。右侧是厨房食堂、军械库、值班室、电话传达室。在两排房的里面有一个篮球场，篮球场的四周是围墙，围墙上印着“严格要求，严格训练”八个鲜红大字，在操场旁边，分布着队务办公室、单杠、双杠、杠铃、跳马训练区域，连队的分布设计恰如其分，巧妙而实用。唯一一点是房子老旧，一到下雨天，临街的那栋楼屋顶渗水，战士们用脸盆在房内接水，在屋内抗灾是常有的事。

那年，连队的战友分别来自宁夏、湖北、陕西、四川。次年，有了北京兵、河南兵。大家操各地的方言，五花八门的腔调很有一番韵味，唯有我们湖北兵的通山话使他们听不懂。我们湖北兵就全咬不太标准的普通话，几个老乡战友在一起时，说着自己的家乡通山话，鸟儿扎堆，叽叽喳喳的，其他省的兵听得愣头愣脑，之乎者也，不明白在说啥。在三年的当兵生活中，五湖四海的战友乡音，我们在退伍后，每当听到外省这样的熟悉声音时，感到非常亲切友好，就会思念外省的战友们。

我们新兵分为两个班，平常就在一起训练，训练班长是孙小伟，陕西人，训练时很蛮横，大家特怕他。

下连队后的伙食仍然是“两饼一条”，仍旧是以班为单位围蹲在操场上吃饭，但晚餐的伙食有了很大的改观，每班有四菜一汤，但难见到盘里有几片碎肉片，即使盘里有点肉，也没人敢夹，大家自觉地留给了班长享用，只待班长走后，新兵争先恐后抢夹那些连筷子都拿不准的肉屑。那时候，每餐的饭是管饱的，但菜是绝对不够的，往往是用馒头将盘子醮个精光，不会有任何粮食浪费。后来，当了第二年兵，部队照顾了南方兵和四川兵，每周六晚餐时加蒸了一大盆米饭，六个湖北兵和两个四川兵高兴得不得了，经常抢争吃米饭，周六有米饭，大家就像过节一样，美味极了，有了白米饭的味道，又增添了一份乡愁。

下连队的专业科目训练更艰苦、更苛刻、更消耗体力，需要的是速度和耐力，还有技巧。

我们下连队的时候，正碰上 1990 年陕西消防部队举办全省消防战士技能大比武，训练更加紧张和严格。在半年的时间里，大家掉了一身肉，手脚磨破了几层皮，在这次训练中刘队长脚部还受了重伤，但他从没减少训练的强度，拄着拐杖在训练场上指挥战士挥汗如雨。后来，部队在总队大比武中一举夺得了好成绩，刘队长和两名战士在全省消防技能大比武中争到了好名次，还各立下了三等功。

一个部队的战斗力强弱主要看带兵人，强将手下无弱兵，刘队长就是这样的强将，一个响当当的带兵人，他同战士的关系犹如油浇的蜡烛一条心。

在家时，刘念成队长给我留下的印象是和蔼可亲、英俊威武。可在部队里，他完全换了一个人样，对每一个战士是“严”字当头，尤其，抓训练身先士卒、以身作则、一丝不苟地带领战士进行科目训练。他平常对待任何人和事，没有一句废话，说一不二，训练场上显得冷酷无情。我们战士怕他不说，副队长、副指导员都畏他三分，刘队长对副手们没有什么客气可言，他能做到的副手必须做到。

2014 年 5 月我再去部队，我打听队长们的名字和下落，得知我们所在部队过去的军官大都转业回到地方，而刘念成队长现在已经是有关部门的领导了。时隔23年，2015年5月，我与刘队长在他的办公室里见面，他的样子一点没变，才得知他刚接到调令，正在工作交接中，即将赶赴甘肃省兵役办当主任。至今，他对我说的话，常常回荡在我耳边："你没有在部队继续干下去，在地方上不要忘记兵味，好好沉淀自己，好好干下去，照样能干出一番事业，我相信你会做得更好。"

回想起在他手下当兵的日子，得益于他的严格管理，我和我的战友一样，感到军营里才会有铁打的汉子、真正的兵味，部队才有真正能拉得出、用得上、战必胜的虎虎生风的战士。每个人都经历了朝气蓬勃、生龙活虎、实实在在的精彩芳华的日子，他在严格中教会了战士们吃苦耐劳、坚持不懈、勇士无畏的精神。至今，无论在多大的困难面前，我养成了勇往直前、无所畏惧的精神意志，有了他伴随着我们的青春历练，培养了我今天这种"狭路相逢勇者胜"的不服输性格，令我终身受益，不及言谢。

在他的手下当兵更多的是感受到"严中有爱"。当年，他的带兵方式与其他军官确实不同，他在带兵上的过硬作风令许多军官望尘莫及。我想他天生就是一块领军带兵的好材料，也是连队战士们心目中的英雄，部队有他，一定会有一个好风气，部队有他，就有一个非常坚硬的团队战斗力，有他这样的军官，党和人民尽管放心。

在连队的日子里，我能深切体会到刘念成队长最擅长发现战士们各自的特长，对待战士如自己的兄弟一样，特别注重部队的地方人才培养。他的严中有爱，表现得淋漓尽致、独到好处。他把部队作为培养地方人才的摇篮，他针对每一个战士因材施教、因材利用。在他手里提班长、学开车、学厨师、入党、考军校、立功受奖、提拔任用等，一一考虑周到，尽责尽力尽心地为战士的将来发展着想，个个儿安排得妥妥当当的。我们战士退伍后，大都在部队得到了长足进步，到了地方就有了用武之地，大家都从内心感激他，思念他，他爱兵如子，想起那时的一幕幕，无限感念刘念成队长对战士的深情厚谊。

在我心里，一直视他为我人生道路上的良师益友、带路人。

当新兵才九个月，他破格提拔我当文书，我和迎光战友都是高中生，一直是他暗中培养上军校的对象。他经常鼓励我俩有空多读书，要求我俩积极参加严格的军事技能训练，并在一年内提前将我和迎光晋升为下士，为报考军校创造了有力的进步条件。可惜好景不长，刘队长第二年年底就调走了，由一个副指导员接任。此人比较懒散，身上更多带点“女人气”，与刘队长的性格和带兵作风恰恰相反。刘队长辛辛苦苦带出的一支作风过硬、技艺高超的部队，自他调走后，我在中队的最后一年感觉到连队松散了很多，作风颓废了不少。很多严格要求自己上进的战士开始心灰意懒，很多老兵瞧不起他，总是爱将他与刘队长相比，后悔落在他手下当兵，盼早日退伍回家。

想起那时新兵初来乍到，对连队生活一无所知，也无所适从。下连队时，恰逢总队消防技能大比武，只差半年时间就要比赛了，中队风雨无阻地抓紧消防技能训练，基本上周末没有休息时间。又恰巧是炎热的季节，新兵老兵混合在一起训练，我们除保持新兵连训练的内容外，下连队训练的全是消防技能知识和本领，枯燥乏味的训练，战士们不得不厌其烦地一遍又一遍每天重复进行着。每一个动作一如庙里的和尚，天天得撞钟诵经，反反复复，无怨无悔。

何况，刘念成队长十几年来天天这样和大家在一起训练。

每天穿着笨重的消防战斗服，如夏天穿棉衣，战士们一天的训练下来，全身像淋了一场雨，汗水就从来没有干过，消防鞋的汗水倒在地面会湿了一片。而老兵们的训练好像是司空见惯、习以为常，尽管训练的时间与强度都一样，但他们娴熟的动作不费吹灰之力就可以一气呵成，显得十分轻松。我们新兵练的是基本的规范要领动作，老兵练的是时间与速度，老兵比起我们新兵速度灵敏、动作连贯、体力耐力强，通过几年的磨炼，老兵们个个儿训练有素、生龙活虎，如一把把尖刀，磨得锃亮。

新兵训练不到七天时间，我们的手夹菜、刷牙都不听使唤，上下楼梯腿脚会失去控制，高强度的训练，对于日常生活的起居造成了很大困难，全身肌肉酸痛得是死去活来，个个儿是贴满了身子的止痛膏药。通过艰难的一段时间后，一般稍活动开后，又必须投入火热的训练中去，一个月后，身体有了脱胎换骨的感觉，浑身上下有了使不完的劲儿，用不完的力气。

我们训练的第一个科目是穿消防战斗服，老兵们基本上是十秒内穿戴整齐，而我们一般要 30 秒钟以上，所以就要一遍一遍地练。

两盘水带连接科目训练，老兵们只需十秒内一气呵成完成，而我们两手提起共约 80 斤水带都成困难，用两分钟都难以成形、不能连贯。两节水管连接科目训练，老兵们易如反掌，而我们两节水管要费九牛二虎之力才装载好，不及他们三分之一的速度。在规范动作中往往丢三落四，晕头转向，不成体统。

消防科目二节拉梯、挂钩梯、滑绳自救等高难度、高风险、高技巧的科目，那是老兵们的强项，新兵更是望尘莫及，也望而生畏。三个月后，我们的身体素质达到一定火候了，才涉及此科目训练，就是老兵这种“传、帮、带”的作用，在部队一茬一茬地传了下来。一年后，当我们成了老兵，我们都可以与他们的高难度科目过过招，比试比试。

中队每天 6 时的早出操训练已是习惯，除了必需的五公里跑步，接着是半个小时的单双杠、杠铃练习，每晚临睡一小时前“三个一百”基本功是家庭作业课。在班长的带头下完成一百个仰卧起坐、一百个俯卧撑、一百个五公斤哑铃扩胸，然后才能睡觉。一年后，阮云胜、岳阳、张迎光等大多数战友像老兵一样，每项一口气都能做三百个以上，张迎光一只手抓举四十五公斤的杠铃能连续十几下，大家身上练就的肌肉完全可以和健身运动员媲美，擒敌拳的出手力量，对比于其他兵种来说，在其力度、速度上，消防兵是不甘示弱的。

全体官兵在日常的训练中承受着巨大的身体和心理极限压力，在历练中成长，在汗水中精彩，在战斗中印证。

每晚 7 时中央电视台的新闻联播节目是中队必修的课题节目，逢周末还可以看到 9 时。但是无论节目多精彩，大家多余兴未尽，9 时，电视节目被值日班长准时关闭，因为到了下一个“三个一百”的时间了。

当然，部队也有闲下来的时候，那就是政治学习时间，刘队长把这个时间表让给了雨雪天，也交给了指导员。初下连队，正逢支队开展部队的《共同条令》知识竞赛，由各市县中队选派一名选手参加，刘队长看中了我，令我参加比赛，在十来天时间里，我将中国人民解放军《共同条令》背诵个滚瓜烂熟，还赢了全支队知识竞赛的第二名。

在部队的头一年，对于我这个学生兵来说，慢慢地适应了部队苦累而紧张的训练日子，练就了一身过硬的筋骨肌肉，更加喜欢了这紧张而有序的生活，每天的生活过得丰富多彩。下连队后不久，我和战友们一样，身体和精神焕发出勃勃生机，每天精力充沛、精神抖擞，对充满了团结、严肃、紧张、活泼的军营生活不再感到陌生，不再忧郁，不再彷徨。除了全身心投入部队的训练和学习生活中，只要有空，我照样拿起课本，学习文化知识，积极地创造学习机会，做好参加军校考试的准备。一心只想留在部队，做一个一辈子像刘念成队长一样的威武军人，这就是我在部队奋斗的目标和方向。

然而，即便我在部队的表现处处小心，连风纪扣都没松开过，尽管我的军校考试各方面成绩过了关，但终是以失败告终。尽管支队张政委了解情况后，劝我在部队再待一年，等次年再考，但我拒绝了，烧掉了所有的课本。因为，当时我只愿在刘念成队长一样的军官手下当兵，哪怕当一辈子的士兵都愿意。

错过了机会，我不愿回头再来，谓是“宁为百夫长，胜作一书生”。

十二

刘队长的婚礼是我这辈子所见的最简朴而浪漫的婚礼。

婚期一拖再拖，一直拖到省总队当年大比武圆满收官后的冬天，快临近春节的时候，大家才知刘队长的婚礼将在部队举行。一般体面的婚礼都放在家乡举办的，但他不愿影响到部队的执勤备战，加之，刘队长的未婚妻是人民教师，等放了寒假可来部队完婚。

刘队长快要结婚的事早被知情的战友传开了，刘队长仍然与新兵老兵一起从早到晚，照常出操、训练。好像人生的婚姻大事就根本没当回事，战士们也没有感受到一点喜庆的氛围。有一天下午，支队来了不少军官为布置婚礼现场忙开了，战士们才知道刘队长真的要结婚了。

晚餐的时候，部队的四个餐桌上放了很多糖和花生，另外，加了一盘红烧肉。副队长对大家说：“今天是刘队长的结婚大喜之日，特为大家加了一个红烧肉，算是队长请客了。新娘晚 7 时多的火车，今晚我们全队战友都参加队长的婚礼。”

40多条光棍儿齐声说："好！"心里顿时乐开了花，部队除司务长的夫人随军外，战士们还没见战友结过婚。队长在军营结婚，那可是新鲜事，对于全都是汉子的军营来说，好像大火烧了竹林，全是一片光棍儿，大家比过年还高兴，这是军营里最大的喜事。

晚餐过后，部队集合，经支队批准和安排，除了留一台消防车和一个老兵战斗班及部分战士留守值勤，另两台大红色的消防车满载着去火车站的橄榄绿色的迎亲队伍，火红的消防车，兴奋的战士，此时，显得是多么喜庆而期待，又是那么独特而浪漫。

在火车站出口我们终于等来了姗姗来迟的新娘，新娘穿着粉红色的棉袄和一条蓝色的裤子，乌黑的头发盘结在头上，扎着一朵橘红色的小花，没有浓妆艳抹，没有刻意打扮，显得特别朴素无华，楚楚动人。

一出站口，新娘子见前来迎亲的站着两排分在出站门两边齐刷刷的战友们，有点吃惊，稍刻，脸上立即露出灿烂的笑容，显得朴素端庄、美丽大方而又亲切如故。

"嫂子，辛苦了，欢迎来队，敬礼！"副队长的开场白。

"嫂子，辛苦了，欢迎来队！"战士们齐刷刷地敬军礼，齐声亮开了嗓子。

新娘大概一下子不习惯这种突如其来的称呼和迎接方式，立即羞红了脸、含着微笑注目大家，算是一一谢意，也好像在寻找什么。

"在这儿呢。"一身军装的刘队长含情脉脉地从队伍中站了出来，上前接过新娘的行李。

回到部队，留守的战士在支队参谋的带领下布置好了新房，队长的单间宿舍的玻璃窗贴上了两个大红的"囍"字，房内拉了两条交叉的彩色纸条链，两张床头椅式木板单人床拼凑在一起算是双人床，除了一张新床单，队长的被子由绿"豆腐块"成了"花豆腐块"显得十分不协调，武装带整齐有序放在上面，静候新主人的到来。窗外趴满了愣头愣脑、傻乎乎、嘻嘻哈哈看新娘的战友。

刘队长的婚礼是在中队的会议室举行的，没有鞭炮声只有笑语声；没有鲜花却有掌声雷动；没有伴娘只有绿色一片。新娘子就是绿叶中一朵绽放的鲜花，刘队长没有西服和领带，却是一身军章和腰带，像是绿色森林里的一棵参天大树。婚礼简朴得不能再简朴，隆重得不能再隆重，浪漫得如世上仅此一对。

这场婚礼，和我后来参加的无数次隆重而奢侈的婚礼相比，始终存放在心里不能忘怀的是部队那场非常的、特别的又值得回忆的、简朴而又隆重的婚礼。

晚8时许，婚礼由支队张政委主持，证婚人郝参谋长宣读了结婚登记证书，余支队长做了情真意切、热情洋溢的祝福讲话。支队的和中队的干部们及老兵们轮流拿碗上去祝福敬酒，新娘笑逐颜开地一个劲儿地给大家发喜糖，当张政委宣布要求新郎新娘谈下恋爱经过时，顿时，大家高兴地起哄叫开了，一下子来了精彩片段。

向来不爱说话的刘队长感到十分别扭，忙摆手，一直板着的脸出现了从没有过的害羞，甚至十分害怕，一个劲儿摆手，笑容可掬地喊："这一程序减免了，免了。"

参谋长大声说："同志们同不同意？"

"不同意！"战友们大声道，现场一阵沸腾。

"同志们，要不要听？"参谋长又道。

"要。"战友们齐声道，一群情窦初开的战士，哪能放过队长的宝贵恋爱经验。

突然，一阵刺耳的警铃在军营响起。警铃就是火情，就是命令，警铃迅速打断了正在进行中的婚礼，战士一哄而散。

刘队长对支队领导说："不用讲了吧，我出发了。"他率先冲向心爱的战车，毫不犹豫地登上战车，没有再说一句话，就扔下了孤单的新娘，带领战士们奔赴战场，真是："半卷红旗临异水，霜重鼓寒声不起。"

"边城多警急，虏骑数迁移。羽檄从北来，厉马登高堤。"刘队长在正举行婚礼的时刻，当人民和国家最需要他的时候，顾不上自己还没进洞房花烛夜的新娘，以一种大无畏的英雄气概，以一种义无反顾的壮士精神走向战场，选择了又一次战斗的生死考验。正如："名编壮士籍，不得中顾私。捐躯赴国难，视死如忽归。"

大火扑灭后，战斗归来，已过了当天的花好月圆。冬天的凌晨，大家疲惫不堪，消防战斗服全身湿透了，冬天的寒夜将战友们的衣裳冻得硬邦邦的，个个儿浑身打哆嗦。

谁知回队后，一股暖流涌上大家的心头，浑身充满了温情的力量。

是什么暖流是什么力量，是新娘的暖流，是军嫂的力量。新娘和司务长的爱人在等我们归队，和炊事班的战友们提前烧好了几大锅热水供大家洗澡热身，并做好了一大锅面条。

有军嫂的日子里，部队好像注入了新的力量，我曾写了一篇《军嫂》的稿子，在《安康日报》上发表。摘录下来，勾出我对那场没有结束的婚礼的美好记忆。

军　嫂

武警安康市消防中队中有军官的夫人，有战士的妻子或未婚妻，我们战士一律不分大小都亲昵地称她们“军嫂”。

俗话说：“三个妇女一台戏。”随军的军嫂就在军营里唱了许多台“戏”。咱不说别的，就说她们做夜饭的故事吧。那是去年2月28日半夜的故事，全队官兵10时40分许接警出动扑救安康市新城区居民房大火。战斗结束后，气温-3℃，身上湿透的战士们衣服被冻成硬邦邦的了，战士们又累又饿回到部队，没想到军嫂们半夜三更起床和炊事班的同志一道，烧好了两大锅热水，做好了香喷喷的面条正在等大伙归来呢！大伙见状，顿时，在寒冷的冬天有一股暖流涌进全身，心中暗暗赞叹：“军嫂的心真细。”

心细的军嫂手也巧，说来你也许不信。我们中队的军嫂个个儿是缝军被的能手，缝的线又密又细，全符合部队“规定”。战士换了一茬又一茬，随军的军嫂缝的被子一床又一床，练就了这一手绝活。有一天，部队命令洗被子，军嫂们主动要求缝补，让战士们多利用时间抓紧抓好训练。副队长的妻子正在怀孕，挺着大肚子也参加了，一口气为战士们缝补好了三床被子。当战士们训练归来见叠成一块块的“豆腐块”，一天的劳累顿时烟消云散了。

心细手巧的军嫂将无私的爱献给了部队，播进了部队的心田。从这个部队走了又来、来了又走的战士们生病时都接过军嫂亲手端上的病号饭，在思想上有“疙瘩”时听过军嫂苦口婆心的在理话，服役的兵忘不了，退伍的兵更忘不了。

火车站的站台上一批服役期满的老兵即将告别这块战斗过、生活过的地方。只见退伍老兵与夹在欢送队伍里的军嫂们手拉着手，擦着泪汪汪的眼。火车就要开动了，在列车员的催促下才解开难舍难分的手。是啊，军嫂离不开战士，战士们更离不开军嫂，这就是武警安康市消防中队的战士和军嫂的深厚友情……

刘念成队长的严、爱、仁、义、情、忠，是我初入社会的人生道路上航向的坐标。他坚毅、担当、诚信的为人品格，影响了一代又一代的军人，带动了一批又一批的战友奋力前行，一直以来，他是我人生的学习榜样。

做人就做他这样的人，做一个对国家、对社会、对家庭、对朋友都有益的人。

十三

消防官兵的每一次战斗就是生死的考验，使我们更懂得珍惜生活的意义。

在和平年代，最危险的军人莫过于消防兵。他们时刻准备着每天的战斗，养兵千日，用兵千日是消防兵三年的真实写照，随时都有发生流血牺牲的可能性，面临着一次又一次生死的抉择。他们是和平年代的无名英雄，是社会财产安全和群众生命的保护神，也是和平年代牺牲最多的军人。

消防兵可歌可泣的精神，人们不能忘记，更不能被国家和人民忘却，需要讴歌、赞美、拥护。

我在部队除了每天的训练学习，时刻准备着出警战斗，还积极利用休息时间写作，宣传消防战士的优秀事迹，让更多人了解和平年代军人的风采。引用我在 1992 年 8 月 6 日曾发表在《安康日报》、《陕西消防报》、安康广播电台、西安广播电台的一则新闻。

本报讯：7月29日下午5时10分左右，安康市恒口镇上的地区缫丝一厂某仓库发生重大火灾，烧毁仓库面积约1000平方米及大量的缫丝原料，烟雾影响了大半个恒口镇，这是继去年2月恒口缫丝一厂发生火灾后的又一起火灾。

武警安康市消防中队接到报警后，立即派出3辆消防车，消防官兵30余人前往扑救，于5时48分赶到现场，采用堵截包围、上下夹攻的灵活战术，在三局消防职业消防队、749油库消防队两台消防车和20余名消防队员的大力协助下，于下午7时20分将大火扑灭。

行署副专员熊邦高、公安处处长杨德明、副处长兼安康市公安局局长秦康健及地区消防支队的主要领导同志亲临现场指挥战斗。目前，火灾原因及损失情况正在调查和统计中。

在那个没有网络、没有手机、信息不灵通的年代，说起这则新闻的发布，虽然字数不多，但一时轰动较大。在现场众多的记者里，我是第一个抢到这个新闻发表的。后来，《安康日报》的一名现场记者（名字忘了）专门采访我，他问："你是一个消防战斗员，怎么安康电台第二天一早就播出了呢？"

我说："因为我是专业消防员，写出来比你们上手些，当天回到部队，战斗服没脱下，就马不停蹄写好了稿子。我连夜赶工送到了电台和报社传达室，说明了加急新闻。"

记者自愧不如竖起大拇指说："当兵的厉害，能文能武。我和其他记者都白跑了。"

这篇新闻稿，是我至今认为在诸多发表的新闻稿件中最为得意的"杰作"。

在这次战斗中，支队召开了庆功大会，部队授予我、肖劲松，还有副队长刑宝文三位三等功荣誉。

沉甸甸的军功章，诉说着一次战斗生死考验的情景。近30年，我至今仍对这一次重大火灾的战斗心有余悸。

安康缫丝厂远离部队30多公里，当时位于安康市最大的恒口镇，也是当时西北地区最大的缫丝生产基地，是当地政府的特大型企业及陕西省的著名招牌企业，是安康消防的重点保护单位。

我们到达火灾现场的时候，现场是一片火海，浓烟滚滚，气味熏天，火苗发出噼噼啪啪的声音，浓烟冲上天空达 20 多米高。着火点是一座砖木结构的两层老式大型仓库，而且别的大型仓库都紧挨着，相距不到十米左右。火势一旦蔓延，将会火烧连城，甚至威胁到全镇人民的生命与财产安全。火灾刚发生时，厂里边报警边组织工人自救，当燃起大火后，热浪冲到十几米开外，施救人员根本不能靠近，就放弃了自救，远远地站在火场的远处，焦急地等待消防部队的到来。

当时，我们到达现场的三台消防车，一台在后方用来供水，两台放在前线战斗，过去的老式消防车与如今现代的消防车相比是十分落后的，刚下连队十来个新兵还没有战斗经验，只能放在后方做后勤保障及协助任务，冲锋陷阵自然落在我们老兵的身上。我们是临近退伍的老兵，还有四个多月就要退伍了。邢副队长命令我们这些老兵，也是部队最具有战斗经验的战士冲上去，先出两支水枪冲在最前面，冲进火灾的中心着火点，压住最猛烈的火势，同时，命令两个兄弟单位的职业消防队及两台消防车从外围控制火势的蔓延。

命令下达后，我们义无反顾，唯有勇往直前、赴汤蹈火，前面的火势如死神一样与我们叫板。新兵出一支水枪将我们六个敢死队员的全身浇湿后，掩护我们迎着滚烫的热浪，分别从东西两个方向逆火而行，毫不犹豫冲了上去。

两支水枪的水柱像两条发怒的巨龙喷射而出，扑向疯狂的火魔并展开了殊死的较量。我们迎着火球不断扑面而来的袭击，感觉到每向前一步，热浪隔着面罩透烤在脸上。灼热感越来越强，巨大的热浪袭来，脸上是火辣辣的灼痛，身体像在高温的桑拿房里熏烤一样，呼吸越来越困难，令人窒息一般，每向前挪动一步，我们三个的身子就靠得更紧。此时，我们已是将生死捆绑在一起的战友，远处的人民群众都在盯着我们，将拯救这场大灾难的唯一希望寄托于消防兵身上，为了减少和挽救国家和人民利益的损失，我们视死如归，即使壮烈牺牲了，也一块做伴儿。

经过近一个小时的战斗，火魔被镇压了下去，要完全扑灭，更危险的在后面。进入火情现场深处，到处是陷阱，不断有断壁残垣掉落在钢盔上，震得头皮发麻。邢副队长看到从下而上攻击十分危险，命令我们一组搭上两节拉梯上墙垛，从上而下出击，当我们在墙垛上战斗了近 20 分钟时，指挥部突然下达了紧急撤退的命令。

当我们迅速撤下来，不到两秒钟的一瞬间，我们刚才站立的墙头轰然塌陷，就在这两秒钟，我们三个人与死神擦肩而过，上千名群众惊呼：“好险！好险！”摄影记者都目瞪口呆把镜头对着我们。

紧急避险后，我们又毫不迟疑地再次冲了上去。

经过五个多小时的战斗，我们将大火彻底地消灭，我们精疲力竭，松了一口气，不由自主累瘫在地上。

军功章光荣，却是生命换取而来。

如果说这次的战斗是对我们的一次生死考验，那也只是当兵三年中历经一百多次大大小小战斗的一个缩影。还有一次战斗，却是全队战士经受了全军覆没的境地考验，在生命惊魂时刻，我们中队全体战友与死神擦肩而过，至今想起，我都心惊胆战。

那是我当兵第二年的一天，我们接警处置当时安康水电三局所建的位于汉江安康水电站大坝的天拿水化学品外溢事故。当部队接警到达事故现场时，官兵们见状都倒吸一口凉气，惊恐万分。十几吨极具易燃易爆物品的天拿水竟放在大坝内的一间仓库里，大量的液体正在源源不断流出，更可怕的是靠近内侧的一室内燃起了大火，火苗一突一突地从坝内往外蹿，随时会点燃巨大的化学液体。此时，大坝如一座巨型的弹药仓库，必须先将火源点切断，再转移化学危险品。否则，会引起不堪设想的大爆炸、大灾难事件。

巨大炸药桶的导火线已点燃，大坝危在旦夕。

水电三局职业消防队运来了满满两卡车的干粉灭火器，与部队会合后，指挥部命令战士们人手两个灭火器进入大坝仓库内进行干粉覆盖，外围用水枪对外溢出的液体进行稀释。我们进入大坝内部，准备对着火源处进行干粉扑灭，正当我们四十多人刚靠近着火点时，突然，“轰”的一声，巨大的爆炸声后，点燃了流在地面的液体，走在前面的人被爆炸波掀起倒地，我们所有人陷落在四周的火海中，像一群被活生生送进了火葬场的大活人，巨大的火球追逐着人跑，本能的逃生欲望驱使我们迅速撤离，大家惊慌失措地拼命向大坝外、向生的希望突围。

慌乱中，我掉进了深不可测的大坝深水沟。幸好，我没沉没下去，本能地做出反应，敏捷地扒在岸边，无奈笨重的消防服灌满了水，加大了自身重量，我使尽全力仍动弹不得，大火在我头顶上覆盖而来，幸好，我倒地时是掉进了水沟里，警示了其他的战友飞跃而过。后来，在后面有两个战友舍死拼尽全力将我拉上岸，搀扶我向大坝外慌不择路地撤了出来。

在安全区域与部队会合后，部队集合清点人数，见一个个战士归来，队长悬着的心慢慢放了下来。唯不见肖劲松，大家顿时心悬一线，骤然紧张起来。十来分钟后，终于找到了肖劲松，他失魂落魄回来了，站在我身边，脸上无血色，站立不稳，精神恍惚，如僵硬的植物人。任凭怎么喊他，他却毫无反应，我仔细瞧他，只见他左脚的一只鞋没了，一只脚板侧翻在外，却是踝关节立在地上。我惊诧地问："阿松，阿松……你的脚咋了？"连叫几声，肖劲松才回过神来，低头瞧自己的脚，立即倒地，双手抱起自己的脚，才知道自己的脚已经断了。顿时，他如从梦中醒来，感到疼痛难忍，如杀猪般号啕起来。

肖劲松当兵时隐匿了年龄，参军时才 15 岁，是我们这一批兵中年纪最小的一个弟弟，退伍时也才 18 岁，他说还有资格报名再来部队当一次兵。那时候大家刚从剧烈的爆炸中醒来，惊魂未定，他的哭声根本没有人安慰；因为，大家失魂落魄，都有不同程度的擦伤和轻微烧伤，头发眉毛没有了的人多的是，大都脸上全是黑炭涂面，一下子谁也不认识谁。大家知道：有疼痛感是好事，才知自己活下来了，留下命就知足了，这点痛不算什么，大家相拥而泣，庆幸大难不死，必有后福。

部队清点人数后，在无一阵亡的情况下，火情大于一切，时间大于生命，不容儿女情长。部队迅速调整了战术，再次下达冲锋的命令，除了肖劲松等几个受伤的战士，部队命令所有惊魂未定的战士如狼一样反扑上去，投入了大爆炸后的激烈战斗中，没有任何战士退缩，没有人迟疑半步。

最终用大量的沙袋封门以窒息法扑灭了大火，保护了大坝的安全，避免了更大的爆炸和损失。

这两次战斗永远留在我的记忆里，是印象中特别深刻的两次非常惨烈的战斗，也是部队涉及生死攸关的战斗。在多次战斗中，我们抬过烧焦的尸体，抱过燃烧的煤气瓶，抢救过孤立无援深陷火海的人和许许多多的大量财物，每一次战斗都是面对生与死的考验。

现在伴随着时光的老去，每每陷入若有所失、困难与迷茫中时，只要想起这些，我就会感觉人生在世，生活是多么美好，深刻领悟到平静而平凡才是值得珍惜的生活，不会去计较生活中的得失，在一些混沌的人面前，不去理会和计较人家的自私自利带给我的伤害。

我退伍的时候正是工厂下岗、单位裁员的时候，战友们曾为保护国家人民的安宁与财产安全而战斗过，并没有当作资本炫耀。无论再大的困难都不曾想增添国家的麻烦，不会以献出了宝贵的青春甚至生命为借口，而不断伸手向国家讨价还价。而今，我们退伍军人有的生活仍然还很困难，很多退伍军人还带着部队训练和战斗时落下的伤痛。甚至还有些在惊心动魄的战斗中落下精神性后遗症，一听到骤急的警铃声就高度紧张，但我们默默珍惜生命中的分分秒秒，无怨无悔，在默默独立前行中，各自奋力打拼自己精彩的生活。我们不需要国家铭记我们消防退伍兵曾经忘我的奉献，不需要战斗过的地方的人们还会想起我们已经褪色的名字。

应记住的是，和平年代，人们需要消防兵，离不开他们日日夜夜的守护。

如今，退伍的战友过得怎么样？去年冬，时隔 27 年，武警陕西消防通山籍老兵成立了战友会，成功举办了战友大团聚活动，当年出山进秦的 123 位战友竟聚了 70 多位。大家年龄现都是奔五十的了，身体大都不如从前，但当年的兵味依然十足，我们仍可军歌嘹亮，列兵待阵。

过去绝大多数的农村兵还在打工经商，沧桑写满了脸庞，青春荡然无存。当年的城镇兵，大多数都成了下岗工人，不少战友在工厂、学校等部门当保安，攒些微薄的工资勉强养家糊口。战友大都有些疾病，即使在这样的苦日子里，一提起当年的青春岁月，就突然来了精神劲，依然是那么精神抖擞，豪情满怀，无怨无悔。即便大都生活困难，在面对身患重病的战友和病逝战友的子女时都慷慨解囊，倾尽所能去帮助他们。去年，短短的三个月，为病重正处于血透中的战友成家富同志筹善款十几万元，帮助他治病。为过世战友邓福平的女儿上大学筹资募款，合力帮助孩子完成学业。

战友之情，亲如兄弟，血浓于水，无法用文字去诉说。首届大聚会十分成功，我感慨万千，我作为123位通山籍的战友会会长，用当时在会上的讲话，摘录文字来描述战友之情。

亲爱的各位战友：

大家好！

今天，在这新春佳节到来之前，盼望已久的武警陕西消防90届通山战友大聚会终于召开了，战友们喜悦重逢，欢聚一堂，共忆往昔，大家感到无比高兴与激动！大家都还好吗？

1990年3月，我们通山一群优秀儿女以报国之心，毅然将美好的青春年华投身军营，从走出大山的那一刻起，我们就成了战友，结为生死兄弟。军旅数载，烈火重生，让我们结下了今生不解的友情；23年的离别岁月，却割舍不断我们质朴的情谊！战友情怀，正如一杯杯醇烈的美酒甘露，色光四溢，味香久远。

25年后的今天，我们在这里久别重逢，面对一张张熟悉而亲切的面孔，大家心潮澎湃、感慨万千。尽管我们今天皱纹披挂脸庞、头发白了，也少了许多，背负着种种生活压力，我们已经失去当年的飒爽英姿和风华正茂。但是，此时此刻，因为战友情，我们的再相见，一如从前，回味年轻时的军营岁月和生活的点点滴滴，纵有千言万语却一时无法说起。那么，我们今天就用心去体会这份人世间最难得的情感，用心去珍藏、去融入我们的血脉，去品味生命中有了当兵历史的光荣岁月和一辈子最宝贵的战友情吧。

回首往昔，是部队培养了我们独立生活的能力；是部队教会了我们为人处世的道理；是部队锻炼了我们统筹协调的能力。部队生活，练就了我们处变不惊、遇事不乱的军人风范；部队生活，形成了我们如苍松般坚韧的军人作风；部队生活，铸就了我们似磐石般坚贞不屈的性格。是部队的经历，培养了我们深厚的战友感情；是部队生活，给了我们许多别人没有的东西。我们从不后悔自己当过兵，我们为自己曾经拥有军旅生活和别人体会不到的战友情而倍感骄傲和自豪!

谈笑间，军旅生活已成往事。岁月交替，年轮转换，几十年光阴弹指一挥间。我们感谢部队的培养之恩，而今已回到社会的各行各业，带着梦想、带着期盼走向社会，经历了风风雨雨，迈过了沟沟坎坎。在不同岗位上、不同的环境中，以军人敢于直面挑战、攻坚克难，正视一切、猎取强胜的独特气质，为祖国、社会和家庭做出了应有的贡献。我们当中，有的战友走上了领导岗位，有的战友商海弄潮，有的战友扎根农村乡镇，行行都有我们的战友，处处有战友的足迹，大家都在各自岗位上默默耕耘。可以说，大家都在不同的岗位上取得了不菲的成绩，事业有成，家庭幸福，这是我们彼此的期盼和祝福。

几十年来，社会发生了翻天覆地的变化。环境、机遇和命运，造就了我们各不相同的人生道路。在久违的日子，我们曾经多少次打听彼此下落，只为送上一句战友最诚挚的问候，别后的岁月，我们天各一方，但割舍不断彼此的牵挂和关怀。我们组织战友聚会的初衷，就是为了共同回味军旅历程，重温友情，再话当年；就是为了搭建互通互动与互助平台；就是为了整合战友信息资源，共创共享美好未来。大家团结起来，互相帮助，互相关心，不分高低贵贱，不论叶绿花红，如有困难，应多找找战友，生怕是互相闲聊，互相倾诉，也是一种需要，一种安慰，一种毫无遐思的精神寄托。

故里聚诸君，共叙军旅情。喊一声老战友，胸膛里涌起一阵滚烫的暖流；叫一声老战友，脑海里闪过一串难忘的镜头。战友情，就是理解与信任；战友情，就是支持与尊重；战友情，就是宽容与接受。战友头碰头，功名利禄抛下楼；战友手拉手，知心的话儿说不够。我们常说“遇到困难找战友”。现在我们更要说“人生有战友，到老手拉手”。让我们通过这次大聚会筑起我们战友之情的钢铁长城，继续保持团结拼搏，互帮互助，把我们在事业中取得的成功经验，拿出来一起分享；把生活中遇到的挫折困惑，倒出来让我们一起为你分担。难忘战友一场，在今后的人生路上，让我们一起携手并进、共创美好的未来!

战友们，李白说过：君不见，黄河之水天上来，奔流到海不复回；人生得意须尽欢，莫使金樽空对月。烹羊宰牛且为乐，会须一饮三百杯。

就让我们抓紧这短暂的时机，尽情欢歌，尽情畅饮，尽情倾诉吧！

亲爱的战友们，组织这场盛大的战友如期相逢盛会，我要特别感谢战友会的各个委员，从寻找每一个战友到今天大家终于见面，为了一个不少地找到123位战友，各个委员付出了艰辛的努力。我还要感谢每一个慷慨解囊的战友们，没有你们的财力支持，就不会有今天的大团聚盛会，我还要感谢许许多多为战友会倾注了心血和行动的战友。没有这三个基本条件，举办这次聚会基本上是不可能的。

自战友会成立以来，各支委成员以服务战友为宗旨。虽然做得不是十分完美甚至有所欠缺和不足，但是，他们付出了艰辛的努力、牺牲了宝贵的时间。有的战友为战友会的事情自破财力，义无反顾去做服务战友的事，他们无怨无悔，承受了许多委屈和不公。他们以对战友们一种真切的兄弟之情怀，奉献了不图回报的事实，我们应该倍感珍惜和得到肯定。

在此，我向支委们敬礼，道一声：兄弟们，辛苦了！你们好样的。

战友会建立起来后，战友们爱战友会如家一样。无论是在异国他乡，还是咫尺天涯，战友会一声召唤，就会一呼百应，千方百计为病重战友成家富筹捐募款，全力以赴为邓福平、周思危两位病逝的战友送别。特别是在大聚会召开期间，战友方杨礼为了成家富病情发起和建立了大病网上救助活动，网上全体战友在用实际行动不断扩散，已经起到了良好的效果和反响。同时，战友会组织部分战友上门看望和聚会现场公开募捐及联合签名向有关部门求助等方式。通过全体战友的努力会让我们的战友更加团结，形成一个众人拾柴火焰高的力量，全力以赴来救肋我们的战友（下面会有方杨礼发言，有具体方案）。我们战友会还会力尽所能为生意场上战友排忧解难，竭尽全力为战友们分担忧伤和喜乐，等等。事实证明，战友会已经起到了良好的作用和效果，在战友间引起了巨大的反响和广泛的好评。特别值得一提的是，战友陈迪刚、张长征、李松林等人出巨资支持战友会，战友郑自富自告奋勇为战友大聚会捐献了价值达7000多元的酒水，我本人、秘书长郭步庆、徐永强、朱型龙等为战友个人花了不少钱，朱必相、郭步庆、阮班柏、毛其俊等人积极建言献策，方阳礼、程经富、钟勇在战友最需要的时候挺身而出拔刀相助，更应该提出的是徐永强用大部分时间和精力一心扑在战友会大小事落实上，从来没有半点怨言，易爱民、阮云胜、程五一、郑自富只要战友会有安排的事情毫不含糊去办，等等。事例不胜枚举，这里就不一一叙说这些感人的事例，他们是多好的战友、多好的兄弟，我们不应该忘记他们，这些讲感情、讲大局、讲仁爱的战友多么值得大家珍惜和尊重，请大家用掌声表达对他们的感谢！

雄关漫道真如铁，而今迈步从头越！今后，战友会任重而道远，还有许多事要做，共同经营好这个家，就要让大家手手相连，心心相印，共同努力将它办好，办得更好，这才是这次大聚会最好时机、最好的交流、最好的平台，愿大家献言献策，踊跃发言。

最后，祝愿大聚会圆满成功，祝愿我的战友们身体康健，工作顺利，家庭和美，万事如意！

十四

我以一个退伍兵的名义证明，全心全意为人民服务，部队从来没有改变过本色，这是不容置疑的。

近两年，特别是党的十八大以来，党对军队的反腐倡廉建设持续推进。

我在部队的生活中，每时每刻都在感受那年代的军人精神风貌。虽然吃的是粗茶淡饭，穿的是粗布胶鞋，一个月领20元左右的津贴，退伍时也是一百多元的安置费，但我们那一代军人没有钱的概念，只有为国的奉献精神。我们无怨无悔地一门心思训练执勤，全心全意为人民服务，部队训练之余时刻把为人民服务放在第一位。除抢险救灾，排忧解难外，每逢周末就无一例外地想方设法举行爱民活动，扫大街，关爱孤寡老人是部队经常做的事，大家都感到十分自豪。

我记得有一位志愿兵当兵十来年，把为民服务作为在部队生活的重要内容。我采访过他，并目睹了他为民着想、为民所做的过程，我曾写过关于他的一篇报道，发表在当地的1991年7月的《安康日报》上。虽然现在不知他身在何处，那时的他，只是代表当年部队战士为民服务的一个缩影。

温暖送千家万户——记武警安康消防支队志愿兵徐全仓

金州7月的清晨，是赶路人最忙的时刻。在外地工作的薛义夫妇为母亲的生日风风火火朝家赶，进门翻开米缸是满的，煤是充足的，电视清晰如画，已是73岁的老母亲照旧安然无恙。薛义夫妇“检查”一遍后，对孤身一人在家的老母亲说：“娘在家，有徐全仓，我们就放心了。”

“七年了，全仓这孩子三两天来忙一次，娘在家还有啥事可操心的呢。”母亲欣慰地说。这位老人是安康市物资局已退休的老职工，早年丧夫，儿子又在很远的地方工作，老人的生活十分困难。1986年的一天，徐全仓听说后，主动找上门来为老人的生活排忧解难，买米、买煤、购物、看病、洗衣等他都全包下。为了不使老人感到寂寞，他修好了老人的电视机，隔三岔五来陪老人聊天，这样七年过去了，他与老人结下了深厚母子感情。

中午，儿媳妇做好了丰盛的午餐，准备好好孝敬一下母亲，老人忽然想起了什么，放下筷子，对儿子说：“快去找全仓来，一家人聚一聚喝口黑米酒。”

7月中午的天，烈日当空，酷热难熬。薛义来到武警消防支队家属院，哨兵告诉他，徐全仓没有回来吃中午饭，下班后就参加市消防中队星期六的为民服务活动去了。

薛义知道找全仓十次就有九次扑空的，但母令难违，薛义来到市西大街消防中队，这里的官兵正在门前设点为民服务，薛义一眼就见全仓和他的一个伙伴兵正与一个青年拉扯什么，走近一听：“我知道你们修理不收钱，这么热的天，就算是给战士们买几听饮料解渴吧。”原来，这位青年刚修好一台收录机要给二十元钱，全仓拒收，就发生了送过来推过去的“扯皮”事。

“全仓同志为民献技，从不收一分钱。”薛义忙上前解围说，小伙子见全仓再三推却，又有群众为他说话，感动地摇摇头说：“钱对于当兵的来说真的不重要。”

钱是重要的。母亲的早逝，使全仓就明白了这个简单的道理，发财的机会不是没有，单说陕西一家全国有名的家电公司就盯上了他的修理技术，对方以高薪和给他未婚妻农转非的优越条件请他“出征”。他也曾动心过，但经过认真的考虑，最后还是决定继续留在部队，将技术无偿地献给为人民服务中去。

薛义说母亲让全仓回家吃饭，正在这时，一位老农搬来电视机，说从乡下跑进城的，老农花了不少钱都没有修好。全仓接过电视机就开始修理起来，汗滴顺着他的手指尖不时滴落下来，桌台上湿了一大片，不大一会儿，电视屏幕上出现了有声有相的清晰画面，老农笑眯眯地竖起大拇指：“师傅，能啊，部队真有这么厉害的大能人啊。”

能人，对于全仓来说是受之无愧的。他从小就爱好无线电修理，入伍前，曾拜师学艺，掌握了一般的无线电修理技术。入伍后，他先后用两千余元的积蓄购买维修材料和参加维修技术培训班学习，虚心向驻地师傅请教，技艺日精，现在能掌握国内外无线电的电路原理及各部件的技术指标和工作原理。

薛义待全仓修好老农的电视机，正欲说什么，只见一个干部模样的人迫不及待挤上前来，为难地说：“家里冰箱坏了，又不方便搬来，咋办？”徐全仓拿出一个小本子将这人的家庭住址问清，认真地记上，说：“今晚到你家，保证明天能吃上冰激凌。”那人满意地走了，又迎上来一个……

徐全仓就这样忙着，又不知忙到什么时候，薛义只好告辞回家复命。老母亲瞧着已凉多时的饭菜，说：“我知道全仓是不会来吃饭的，这孩子真忙啊。”

这是我当兵时看到的士兵为民服务的冰山一角，也许那年代的铜臭味没有现在浓烈。我们国家多年以来，在抗洪救灾面前，在人民生命财产面临威胁的时候，一马当先的是人民子弟兵，哪里有危险哪里就有子弟兵。他们在人民共和国面前，在老百姓面前，用鲜血和生命捍卫着我们的安全和安宁，唯有无私奉献、俯首听命。部队的士兵全心全意为人民服务的根本宗旨没有变，部队的战斗力保障制度没有变，部队的革命优良传统和过硬作风没有变，像刘念成一样的军官占绝大多数，仍然是国家和人民的铜墙铁壁，正义之师，也是人民的长城靠山，军队与人民骨肉相连，与祖国共呼吸同患难。这是中国共产党领导下的人民军队，是不容怀疑，是信得过的部队。

十五

当兵的历史有30年了，连队的那些兵、那些事、那些味，涌上心头，我仍记忆犹新。几件趣事，以表达我对战友的怀念。

徐永强使妙计提前探亲

下连队的时候，我们通山老乡兵彼此间都知根知底，有了内部公认的绰号，当然不是电影里那种地下党接头的暗号。

在汉中新兵连训练的“大头兵”徐永强、“疯子”肖劲松、“黑子”周继锋与我们西安新兵连的我、“色狼”张迎光、“大鼻孔”阮云胜，领到了下连队后的头一月津贴。逢周末，老乡见老乡两眼泪汪汪，说什么周末也要下馆子撮一顿，打下牙祭。在离队不远处，有一条全是木板房的小巷子，有一个小酒馆，我们老乡战友品着冷冻的猪头肉、冷凉皮，呷着安康人自酿的生啤酒，有滋有味。三大扎啤酒下肚，就没了一个兵样子，话茬儿说不完，一如李白：“但使主人能醉客，不知何处是他乡。”

永强酒量不行，下肚没几杯就敞开了心里话：“来部队时，我后悔当兵，又苦又累不说，每天‘两饼一条’，把人都拖垮了，每天在班长面前卑躬屈膝的，老子每天都想回家。”

“没有想到这么苦。”张迎光仰天长叹道。

“对。”黑子附和道。

大家都尽想坏的一面的时候，就后悔来当兵了。

肖劲松说：“现在我习惯了。”

“你懂什么，老子有个女朋友在家，才想回家。”永强又道。

“难怪你信多，一天一封。”阮云胜笑着说。

“你们都没谈过朋友，懂什么，老子离家这么久，对女朋友现在心里没谱了，瘆得慌。”永强不无担忧地说。

“老头子是行长，吃的用的都有，放着中专不读，放下女朋友不陪，跑到这里来找罪受，纯是吃错了药。”永强像拿了机关枪说话。

“老子当兵完全是为玩个枪瘾来的，没想到在新兵连只打了八发子弹，火药味都没闻到。”永强又道。

“我屁股大，单杠第三动作上不去，今天被班长踹了三脚，每天挨打，受够了！”永强愤愤地说。

“你那算什么，我今天又犯错了，班长罚我在操场跑了一百圈。”肖劲松嘿嘿说。

“你们还有我窝火吗？前天，训练前扑，偷下懒弯下腰，被班长罚到家了，把我放在水泥地做一百个前扑，手都肿了，皮都破了。”阮云胜伸出肿大的手诉苦道。

“你在新兵连，坐了一下床头，让全班八个人打三木板，屁股肿得班长放三块‘豆腐’叫你就座你都坐不了。”我对阮云胜打趣道。

大家各自说着自己的痛处时，却把大家逗乐起来。

“哪有我的班长狠，我在新兵连，和乐科打架，被班长发现，让我俩面对面、手牵手地站了两个小时，然后，又唱《战友之歌》，唱了一遍又一遍，第二天嗓子都哑了。”迎光把这事当自豪的故事讲，我证明有这么回事是我亲眼所见，让大家笑得前仰后合。

“阿松更是像个大水牛，天生挨打的相，毛病最多，他挨班长的批评也是最多的。”徐永强对阿松讥讽又讨好道。

“喝一杯就喝一杯，今天高兴，喝醉算了。”阿松豪迈地说。

我们那天夜里痛并快乐着，回到连队，永强神乎其神拉我在一边，附在我耳边悄悄跟我说：“老张，你信不信，看老子本事，没几天，老子回家探亲了。”

我一惊：“你想当逃兵啊？不信，不信，最少要一年后部队才允许探亲。”

“不信，你就等着瞧。”永强诡秘地说。

三天后，一封加急电报送到连队：“祖父去世，速归。”是找永强的。当天，永强哭丧着脸在指导员好言好语劝慰下踏上了回家的列车。此时，我们下连队才三个月，永强是新兵七个月后第一个提前探亲的新兵。

我终于明白了永强的妙计，其实，是他和女朋友串通好的，发的是假电报，他祖父死了好多年了，骨头都打得鼓响，哪里还有祖父，对于他来说祖父要死几回才罢休。

当三年兵，徐永强同志探了三次亲，不是祖母去世，就是娘病危。我们通山兵如法炮制，基本上都在新兵期间提前探了亲，大家心照不宣，飞机上挂暖瓶——高水平吧。

大年初一的口头警告处分

陕南安康地处湖北、四川、陕西三省交界点上，古称“金州”。北紧靠秦岭，南依大巴山，汉江穿城而过，构成“两山夹一江”的地理风貌。我们 1990 年在安康当兵时，是安康市行政公署的所在地，2001 年才设为地级安康市。那里物产丰富，四季分明，山高林广，民风淳朴，文化厚重。

明净的空气和纯净的汉水养育了安康，安康美女如云，汉子俊俏，是一个充满浪漫的城市。那个时候，给我的印象是：安康的年轻人不分男女，吃差点无所谓，打扮是必须的，穿着很时髦，男的洒脱，女的靓丽，肤色白里透红，身材苗条高俏。每到过年的时候三五成群地喜欢压马路。所以，他们也是安康特有的一道风景线，我们一有空，战友们就趴在中队的窗户边上，隔着玻璃窗欣赏大街上压马路的美女，争相评头论足。安康的春节要比我们家乡显得隆重而热闹多了，年还没到，提前就能闻到年味。这里的人们形成了较为固定的风俗习惯，从腊月二十三祭灶神为信号开始，每天有名堂，二十四选年货，二十五磨豆腐，二十六杀年猪，二十七杀公鸡，二十八快理发，二十九卤猪手，年三十贴窗花，正月初一吃元宝。一直到十五，大街上狮子灯、火龙灯、彩莲船、竹马、高脚跷、花鼓子、八叉、小场子应接不暇，好不热闹。一直闹到元宵节大聚集后，将闹哄哄的春节推向高潮。

可部队的春节要来得晚些，春节的到来反而使大家更紧张，因为春节是火灾的高发时期。大家忙着检查器材装备，备好武器弹药，丝毫不得马虎，没有半点空闲。我记得有一年的元宵节，我们连续接警出动十几次，当天化解和消灭大大小小火情七八处，一直到次日凌晨才归队休息，消防战斗服就没脱过。有道是：“将军金甲夜不脱，半夜军行戈相拨，风头如刀面如割。”

1990年的腊月三十除夕，老兵们都半月前退伍了，等年过后，新兵才能下连队，我们也快要当老兵了。部队有句顺口溜：“新兵下连，老兵过年，老兵退伍，新兵跳舞。”队里老兵退伍后，连队过年也冷清了很多。战友们从年三十开始才忙过年的事，炊事班开始采购年货，部队也杀了年猪，室内室外的卫生是一尘不染，当春联贴上了大门口的时候，部队才有了年味。

我们新兵快要当老兵了，心里特别高兴。我们分别到厨房帮厨，洗、切、淘、烧锅的，忙得不亦乐乎。大家心里有了过年的快乐和氛围，部队只有过“八一节”和春节五天才有盛大的佳肴美味，大口吃肉，大碗喝酒（轮值战斗班除外）。但每天只管两顿饭，是上午10时一顿，下午4时一顿。到了晚8时后，肚子就饿得慌，看完电视就个个儿喊饿死了。那个时候，市场上还没出现方便面的东西。在床上饿得翻来覆去睡不着。帮厨的时候，我发现炊事班班长把猪皮劈下来，要放进炉内烧掉，徐永强急了：“这好端端的，烧掉干吗？”

“猪皮脏，我们陕西人不吃的，你要就拿去。”陕西兵炊事班班长说。

我们大喜过望，这么多猪皮，若细细切了，足足可装满一只洗脸盆，晚上饥饿的时候，放在班上烤火炉上炖了，是上等的犒劳品。

“留下来，留下来，我们吃，张长征，你洗好切细，晚上在我们在宿舍取暖煤炉用脸盆加点盐炖了。”徐永强如获至宝般在炊事班班长手里弄来了。

我也一阵窃喜，今晚战友们看完中央电视台《春节联欢晚会》后，放在宿舍的取暖煤炉上用洗脸盆一炖，多好的夜宵啊。

我一刀一刀将猪皮切好，足足有满满的一洗脸盆。肖劲松乐哈哈学着军官样子对我说：“老张，你辛苦了，人民会记得你的。”

谁知当天晚上看完春节联欢会后，大伙问猪皮呢，可我却将切好的猪皮忘记从厨房拿出来了，我去找炊事班班长，炊事班班长一个劲儿摇头：“厨房门锁后，没到工作时间，按部队规定是不能打开的，要受处分的。”不管我们怎样好说歹说，炊事班班长还是不开门：“不行就不行，再说多了，我就发火了。”

徐永强、肖劲松听我说行不通后，肖劲松说：“我沱牌白酒都买好了，就等这玩意儿炖了。”

徐永强灵机一动：“在外灶火口上方的排烟窗户不是一直空开着的吗？钻进去拿出来不就行了？”

我大吃一惊：“我不敢，那是做贼，刘队长知道了，非扒我的皮炖了不可。”

“老张，这哪里话？我们是去拿忘记的东西，不拿其他的，猪皮也只你知道放在什么地方，里面黑灯瞎火的，我进去也找不到，还是你去吧。”狗急跳墙的徐永强劝说我。

“怕什么，又不是我们三个人，大家都要吃，算是什么贼？”肖劲松也在那儿附和。

“老子守望窗户，在下面接，你进去，肖疯子盯住刘队长的房内动静。”徐永强不由分说充当了“贼王”，扮演了还没轮到他当班长现在就是班长的牛皮角色。

毕竟是做贼心虚，我胆战心惊翻进去，战战兢兢找到了猪皮。徐永强在窗外静观接应，双手接过一大盆猪皮后，立即心花怒放，与放哨的肖疯子欣喜若狂，立即拔腿就跑，好像此时全然与我不共戴天，不顾我的死活。

我惊魂未定回到宿舍，想正面教育这两个不仁不义的家伙，收拾这两乌贼叛徒。

俩家伙幸灾乐祸来了开门见山：“我知道你想说什么，你今日是英雄，好好干，等下喝庆功酒，压惊，压惊。”

“是，我也敬英雄一杯！”班里的一群饿狼饥肠辘辘拍起我的马屁。

“我也敬。”班长居然也这么说。

“小声点，莫让别的班知道了。”有人提醒道。

饥寒交迫的兄弟们，小心地静静地围在取暖炉上炖上猪皮，搪瓷洗脸盆吱吱作响，肉香味越来越浓，弥漫了整个宿舍。班门紧闭，引得大家蜀犬吠日般时不时去尝尝，还没烂熟，就饥不择食围上了，展开了围攻猪皮的狼吞虎咽的消灭战了。

其他班里的战士怕是贴着肚皮难睡了，我们心有余而力不足，只有这一盆子东西，无能为力拯救别班的兄弟们了，僧多粥少啊。

这一年除夕，无限的美好，无限的知足，全班战士管这叫年夜晚煎年糕宴，英雄好汉坡，人有我有大家都有，大口的猪肉皮，人人有份。

正如白居易谓是："绿蚁新醅酒，红泥小火炉，晚来天欲雪，能饮一杯无？"

大年初一我们睡到上午 10 时才开饭，战友们济济一堂，照旧海吃大喝，大家告别了昨天，全然忘记了昨晚的事。官兵们对新年的祝福话，轮个说了一遍又一遍，猜拳吆喝声一浪又一浪，酒一喝，官兵们都一致兄弟了，没有上下之分，几个能喝的战友抱头挽脖称兄道弟。酒一醉，兄弟们没头没脑的胡话、空话开始海阔天空、畅所欲言，酒足饭饱地好不快活，有道是："葡萄美酒夜光杯，欲饮琵琶马上催。醉卧沙场君莫笑，古来征战几人回？"

军营里热血沸腾的战友们一起在异乡过年，暂忘了乡愁，英雄豪气在酒里昂扬、沉润、潇洒。

唯有刘念成队长，一直是保持那份严肃的尊严，没一句废话，时而沉思默想的样子，时而和炊事班班长交头接耳什么，没有一点过节的快乐感。

大家也懒得理他。

饭后，阮云胜慌慌张张对我小声说："下午谨慎小心点，刘队长在厨房寻找什么。"

我一下子紧张起来，酒也醒了一半，思前想后，昨晚的事怕是插翅难逃了。

果然不出所料，通信员喊我："张长征，刘队长在办公室等你。"

此时，在去队长办公室路上，我这无耻之徒的罪行终于要败露了，只能从坦白从宽、抗拒从严的态度这条路走了，就是隐姓埋名也逃不过刘队长火眼金睛了，再说假话也对不住刘队对我的培养之恩，终究一切丑事会大白于天下。我抱着好汉做事一人当的态度走进了刘队长的办公室门口："报告。"刘队长办公室，指导员、副队长也在办公室，气氛异常紧张。

"你昨晚干了什么了？"刘队眼睛严厉问。

"我昨晚进了厨房拿了猪皮。"我大声老实交代。

"怎么进去的？"刘队长对我的坦白缓和了些。

"翻窗户进去的。"我如实地大声道。

"还拿了什么？"刘队长责问。

"真的没有其他的。"我坚定地说。

"厨房的牛肉和一些菜没了，还有酒没了，不是你还有谁进去？"刘队长气得愤怒站起来，抓一把瓜子愤怒地砸在我脸上。

"拿了就拿了，没拿就没拿。"看来蒋干盗书，上了大当，我视死如归，不做替死鬼。

"我们今天晚上会餐怎么办？战士吃什么？喝什么？"刘队长愤怒到极点。

"你身为文书，竟做出这样的蠢事来，做起贼来不想后果？"刘队长怒发冲冠。

此时，刘队长的脾气谁不知道，默不作声是最好选择，我用乞求和委屈目光投向指导员。

指导员轻拉刘队长坐下，他说："据我了解，从脚印来看，他是第一个进去的，后面也有第二进去过。大过年的，我们不能公开查这件事，会影响到全队战士过年的情绪，张长征所说的与炊事班班长所说一致。我查了四个班，除炊事班外，其余班都有开小灶的迹象，我看他说了实话。"

"就把张长征作为典型办吧，今年春节我们应好好过年的，这事真不好处理，你看？"刘队长口气软下来，找了个台阶，征求指导员的意见。

"让张长征回去吧，我们开会商量。"指导员说。

"回去，等挨处分吧。"刘队长狠狠瞪了我一眼。

"是！"我如释重负，一个敬礼转身离开。

回宿舍的路上想，螳螂捕蝉，黄雀在后，我们班吃猪皮，别班吃牛肉，老子挨过，你们无恙。刘队长明知道我们是团伙作案，却不追问。此时，我只能自认倒霉，栽了，做了周瑜讨荆州费力不讨好的事。

其实，我知道领导的难处，春节是大家开开心心的事，不能打倒一片，抓住典型杀鸡给猴看，起到威慑作用，领导们何尝不饿啊，可部队是按人头下拨伙食费的，想吃好又想吃饱，难啊。

不到一个小时，全队集合，副指导员隆重宣布了大年初一的破天荒大事，我领到大年初一的头一回处分：口头警告。

诸葛亮挥泪斩马谡，为的是顾全大局，一个最小的不痛不痒的处分。大家心知肚明，我也乐意接受这个处分，但谁也不敢再开小灶了。

怀旧的青春照片

在部队的青春岁月，那一张张笑脸的傻大兵至今在心中珍藏，抹之不去，现翻下心里的箱底，拿出来晒晒。

肖劲松，人称“疯子”，性格古怪，1990 年同批兵里年龄是最小的，当兵时虚报年龄入伍，其实只有 15 岁，调皮捣蛋，喜搞恶作剧，未脱孩子气。

连队改灶的一段时间，用草绿色军用卡车将全队战士拉到支队吃饭。每次回队，卡车进营地大门的时候，他纵身一跃，双手搭门顶檐上，待车行驶进大门后，他再落地，我每次伸出大拇指：“厉害，英雄，英雄。”一次，车进门时，他动作依旧，谁知，司机突然加了油门，惯性太大，落地不稳，摔了个狗吃屎，七天起不了床。我说：“昔日英雄不再，现在是狗熊一个。”

消防车接警出动，正要驶出大门，“疯子”没跟上，爬上了消防车车顶，忙着穿战斗服，忘记了低头过门顶，结果额头吻上了门顶，一瞬间成了大额头的寿星老人。

训练场上，唯有他能空翻跟斗，一次，在掌声的欢呼声中一时兴奋连续做五个空翻，结果孙猴子撞上了南墙，半天不省人事。

阮云胜，人称“大鼻子”，肌肉发达，堪比健身运动员，嘴毒，鬼点多，慎财。部队拉到外面澡堂洗澡，我没带五角钱，白跑一趟，他见状忙相助，不过是有条件的，回去后得还一元，生意精明，常上演一出杨白劳与黄世仁的现版话剧。

“黑子”周继锋，皮肤黑得出油，书不多，人精明，篮球高手，歌唱如歌星般动情动听。曾当过新兵连班长，在连队当班长后，仍带新兵班，对战士也黑，新兵见他如同老鼠见猫。如果他多读点书，上个军校绝对是块带兵的好料。

“色狼”张迎光，人高马大，高中文化，曾考上过军校，不过，没上一个月的军校就回连队了。他说军校太苦了，不是人待的地方，我们都知道他在部队驻地谈了女朋友，是舍不得离开她，随便找个理由借口就回来的。他办事有魄力，掰手腕的力气全队不是他对手，后来居然成了带老兵的班长，管一年的老兵油子，谁都服他，队长也服他三分。在驻地两年后他谈了恋爱，当地人将谈恋爱叫“钓棒”，退伍后，大家空手而归，而他带女朋友回家结婚了。

徐永强，头大，人称“大头仔”，脑袋灵光，点子多，恋爱早，脾气大，讲义气，可翻脸比脱裤快。在部队里，是有家里人给他寄钱用的唯一一个，部队的阔少爷。他为人侠义心肠，战友之间关系处得不错，他看中我当文书时的一个人一间房，就打起了主意，悄悄地买来电炉炖锅，常在我房内开小灶改善伙食，那时，猪肉一块多钱一斤，每周我俩要炖一餐，每人要吃一斤以上，不让他人知道。

何战锋，陕西人，老实巴交的人，训练时有点笨手笨脚。一次，训练挂水枪动作时，用力过度，敲掉两个门板牙，从此说话漏风，口水四溅。只要接警出动时，他就高度紧张，慌不择路，不是与战友对碰撞，就是掉进车辆检修池里。

杨宁军，陕西人，人称“活宝贝”，每天乐哈哈的，个子小，风趣幽默。在部队里有战友不开心的时候去找他准没错，不大一会儿让你破涕为笑。穿着一身不太合身的军装，训练时候风风火火，一点儿不落下。

岳阳，陕西人，个子小，力气大，不爱讲话，人勤快，同一批兵中，部队选送他和杨宁军去学开车，那个时候，在部队能学技术是平常积极的表现，是好战士。

王涛，炊事员，部队的厨子，一个字“胖”，人厚道。每天早上踩个破三轮车闯市场采购，他不用参加训练，不出早操，在部队混得最好的人就是厨子，惹大家眼红。有一段时间闹情绪，玩失踪，害苦了全中队没饭吃，全中队都去找他。原来，他谈了女朋友，抱着美人就不思队了，他乐意接受处分。后来姑娘就跟他一块退伍回家，乐哈哈地嫁给了一穷二白的他，最先过上了抱娃的日子。

老班长，乙荣同志，司机班班长，心直口快。因开车技术好，留在部队当了五年汽车兵，他和媳妇在当兵时结婚，他媳妇仅来过一次部队，部队临时为他腾出了一间空房。那些天，战友们有事没事地老爱往他的房里跑。老班长喜欢到了晚上没事时喝点酒，一瓶沱牌大曲咕嘟咕嘟下了肚，然后，听他一个人讲话，一直吹嘘至熄灯时间。半夜间，有战友躲藏在窗台外偷听，他次日找班长谈话，要求加强半夜查岗。

老班长，王曙光同志，陕西人，人英俊，高大，仁义，爱学习，训练中的高手，在省大比武中荣立三等功。为人正直，不爱说话，对待新兵如兄弟，队里的作战尖兵，他会做兄弟们的思想工作，跟他在一起，出去打架都心里踏实，每次战斗他都冲锋在前，把最危险的留给自己，让大家心服口服，是一块当官的料。

老班长，赵宗昌同志，当了 7 年兵，军事素质过硬，在全省大比武中荣立三等功，在连队是老司机，也是连队散打的拳击高手，经常参加拳击比赛。

副队长，谢光远同志，为人老实，写得一手好毛笔字和一手好文章，我在部队练习写作，得益于他的指教。我们既是战友关系，上下级关系，更是师生关系和兄弟关系。

副队长，刑宝文同志，志愿兵中提干，英俊潇洒，记得有一次实弹射击，在打连发的时候，拿一支七九式冲锋枪，一颗子弹炸膛了，炸得他满脸黑硝，像包公再世，一周里小门不出大门不迈。

胡志勇同志，四川人，一口的四川话。要得，壳老子，幺妹子，撒一撒嘛，猪脑壳撒，听得耳朵舒服。

司务长，赵明同志，部队的大管家，每月去领津贴的时候，他会像老大哥一样提醒战友说：“省点，就这点铜板，多用几天。”那个时候，穷当兵的，钱一到手去外面吃肉喝酒，大都没几天就穷困潦倒了，反正吃穿不愁，素来穷光蛋一个。

部队所有的人是我这一生中亲密无间的战友，一辈子不能忘却的生死兄弟。一一在脑里如过滤镜一样，清澈如初，每每想起，诸多的人和事，想逐一记下来的确很难，写太多的篇幅好像又显得啰唆，意境刻画又不鲜明，掏空陈事又不具体。

青春是美好的，美好的东西是无法用笔来形容的。青春是短暂的，短暂的时光是不必用纸墨来铺张的，对战友之情的深情回味，赋予当兵人的青春是无悔的，是军营摇篮中战友兄弟般的情谊。

十六

人们常说：部队是大熔炉，让每一个当兵人得以茁壮成长，成为钢铁战士。退伍后，也成了社会上正能量的主力军之一，成为为国家效力的主要力量源泉。

一共在部队待了三年，头两年，我是刘念成队长亲手接的兵，后来也是他点名要的兵，又是他带的兵，也一直是暗中培养的兵，但他的关照日常从来不表达，更多是用实际行动以更多的严格要求以达到我的脱胎换骨。下连队三个月，就破格提我当文书，给我单独一间房，要求我学习文化知识和练习写作。在部队三年，我坚持每周更换四块黑板报，先后在陕西消防报、安康日报、西安广播电台、安康广播电台、通山广播电台等上十家新闻媒体发表文章数十篇。例如，《屋存汽油起火　两死两伤凄惨》《消防事业的领头人　记安康市公安局局长史启龙》《政策好　军心稳　安康市消防中队教育战士破“三铁”》等。让我在部队爱上了写稿，退伍后，在单位继续坚持写作，发表文章。

如果刘队长没被调走，说不定我真上了军校。在他手下当兵，我特热爱部队生活。后来，他走了，新上任的队长与我不投缘。多少年过去，吃苦耐劳的精神，教会我在生活中去坚持去求索，不能好吃懒做，多大的难事一时难以解决时，多大的生活困境一时难以突破时，都不能懈怠。当许多的困难事情在一般人不敢想象时，当许多时候事业上遇到巨大的阻力时，部队的这种吃苦耐劳坚定信念的精神成了我莫大的精神动力，鼓励我去坚持、去开拓。

多少年过去，部队的令行禁止，教会了我在工作生活中什么事可为什么事不可为的思维习惯。

许多年过去，部队的高强度训练增强了我的体质。过去，我一个体弱书生，经常闹病，扁桃体经常发炎，一副病兮兮样子，从部队回来后就不存在，完全变了一个样子。身体是革命的本钱，人生的不幸什么都可能发生，但疾病不能发生，在我的事业中，如果没有一个好身体，就一事无成，有了好身体才有好日子的盼头，对于上代人和后一代人，身体好也是一个家庭幸福的保障。

部队的优良作风和传统，教会我对待国家和社会负有一定的责任和义务。作为一个退伍军人，尽最大可能去对扶贫济困的公益事业做些力所能及的事情，坚定退伍不褪色的信念，相信“人间正道是沧桑”。

如今，我步入中年，常常咀嚼过往人生，细细回味，对部队的生活禁不住唏嘘。部队是陶冶情操的大熔炉，塑造灵魂的基地，追求人生的奠基石，部队的战友之情是我一生中最大的财富。每当我去怀念他，就能感觉到人间的真情温暖，每当我们战友联系的时候，心中那份情谊犹如春暖花开于人间，倍感珍惜。退伍后，我们战友之间只要办得到的事，大家只要哼一声，责无旁贷，在所不辞。

而今的部队建设，让我充满了对国家军队战无不胜的希望，关注国家大事和军事进步是我重要的生活内容。到现在，我养成一看电视就只看中央新闻频道和军事节目，上网必看军事网。2014 年 5 月，时隔 20 多年回了一趟我的连队，部队已经发生今非昔比的巨大变化，无论从装备上，军人素质上，都发生了可喜的惊人变化，让人欣慰和鼓舞。

我感恩部队，感谢部队的培养之情。凡退伍兵也是同样的感受。如今在各行各业的战友们，为安居乐业勤奋而努力着，有的经商为发展壮大走在永不言败的路上，有的做官励精图治永不言累，都在追求进步中，有的还在商场摸索中前行，有的坚守在平凡的工作岗位上，他们永葆军人的本色，气节尚存，并与生活相辅相成。部队中的顽强、刚毅、吃苦耐劳、无私奉献、重情重义塑造了当兵人持久而浓重、深远而厚重的精神和力量。

岁月会冲淡许多记忆，唯独冲淡不了我的军人情结，时光在衰老中逝去，那段激情燃烧的岁月会旷日持久。

若国家需要，有召必回，有战必上。

十七

退伍回家的时候，是每一个战友心中永远纠结的痛。

三年的当兵生活，将我们战友捆绑在一起，并肩战斗，朝夕相处，战友们结下了深厚的生死兄弟之情，虽痛并快乐着。1992年年底，我们要和部队道别，告别我们战斗的第二故乡安康，要回到日夜思念的家乡，回到亲人的身边，回到原来的起点上，来的时候是乐，去的时刻是痛。

人有悲欢离合，月有阴晴圆缺。

部队有句口头禅：“一年干，二年看，三年向后转。”部队退伍的日子，大家都不知道是哪一天，一般从冬天的征兵开始就意味着老兵就要退伍了。

快临退伍了，老兵们的心情慢慢沉重起来，对连队的一草一木分外留恋，每一分每一秒是那样珍贵。

我们领略了陕西的八大怪“面条像腰带、锅盔像锅盖、辣子是道菜、帕帕头上戴、房子半边盖、姑娘不外嫁、吃饭蹲门外，秦腔大戏吼起来”的秦川八百里风情。“战友战友，亲如兄弟，革命把我们召唤在一起，你来自边疆，他来自内地，我们都是人民的子弟。战友战友，这亲切的称呼，这崇高的友谊，把我们团结成一个钢铁集体，钢铁集体。战友战友，目标一致，革命把我们团结在一起，同训练同学习，同劳动同休息，同吃一锅饭，同举一杆旗。战友战友，为祖国荣誉，为人民的利益，我们要并肩战斗夺取胜利，夺取胜利……”一首唱了三年的歌曲当时唱起来特别凄凉婉转。

清澈的汉江之水激扬南下，常驻的青山之林春冬换色。又是一个严冬时，又是一个老兵退伍季，生活的一点一滴，训练的一招一式，营房的一砖一瓦，是那么多情让人不舍。当习惯已成了一种生活方式时，已经潜移默化地在我们生命里存活，适应了一切，适应了这个绿色的世界。

战友就要分离，竟有诀别的感受，一路走来，又要各奔东西，是义无反顾、断点续传。这一切就在眼前，伸手可及，一触即发，是那么悲怆，又是那么弥足珍贵。

“劝君更尽一杯酒，西出阳关无故人。”古人王维明白军人的情怀。

“此地一为别，孤蓬万里征。浮云游子意，落日故人情。”终于明白诗人李白此时叹息的心情。

“轮台东门送君去，去时雪满天山路。山回路转不见君，雪上空留马行处。”唐人岑参仿佛在军营感叹。

1993 年 1 月后的某一天，一声哨声在军营响起，全队集合，支队参谋长宣读退伍命令，我们武警安康市中队十四个退伍兵明天就要永远和军营和战友们说再见了。

当留守的战友流着泪水，颤抖地、慢慢地、小心翼翼摘下徽章时，意味着我们完成了党和人民交给我们的任务。我们又回到了来时的路上，奔回自己的家乡，我们的泪水情不自禁淌下，沾满脸庞。

我们哽咽着、哭泣着、拥抱着唱起：“送战友踏征程，默默无语两眼泪，耳边响起驼铃声。路漫漫雾蒙蒙，革命生涯常分手，一样分别两样情。战友啊战友亲爱的弟兄，当心夜半北风寒，一路多保重……”

我们再次抚摸我们的消防战车，再次走向哨兵岗位轻握钢枪，再次闻闻军服的味道，我们再次走向站台挥手拥抱告别……

时光荏苒，流年岁月。我们再不可能回到从前的日子，那一段刻骨铭心的分离永远成了人生道路的一个背影，一个无悔的青春印记，我们无怨无悔，没有挥霍青春，而是让青春的活力得以更好地解读。

来是我的理想，往是我的梦想。

在第三次修改书稿的时候，正值国家决定消防等武警军种退出部队序列的改革。我知道，当军人那一天脱下军装时会有不舍的情怀，甚至会有痛苦和泪水，但我更相信，军人一定会服从中央军委命令，一定会顾全大局，义无反顾。无论在什么地方依旧会发出军人身上特有的责任精神与担当气概，对国家、对人民会有一如从前的情感和勇往直前的努力，不忘初心，砥砺前行。

我更坚信，消防的明天更美好。

怀念胭脂山

胭脂山，是一座美丽的小山，林荫道、花芬芳、鸟相语，曾坐落湖北金融专科学校校园内，在武昌民主街的胭脂路上就能看到。它与武昌龟山隔街相望，与之相比，龟山因黄鹤楼而名声大振，吸引着海内外游客光顾，矮小的胭脂山拥有莘莘学子而芙蓉增色。1997 年 9 月，我投入了胭脂山的怀抱，在这里经历了两年湖北金融职工大学金融专科的生活，感受到了胭脂山的魅力情怀，吸吮着它的知识营养。

胭脂山，是一座友谊之山。

我们职大生与应届生同一个学校，同一座山，职大生主要来自全省各个地区的金融系统单位，也有部分社会青年，都是通过成人高考而聚集在一起。大家年龄参差不齐，最大的有四十来岁，最小的仅十八九岁，但大家像一个大家庭一样，都以兄弟姐妹相称。就说同住一室的两年同学吧，和我同一个宿舍的有枣阳建行的陈鹏、嘉鱼建行的童军、阳新的柯国斌、柯国笙两兄弟，襄阳的陈华强、仙桃中行的袁文军、朱建军和丹江口人行的陈虎、赤壁人行的王际松。我们十个人共一个两室一厅的宿舍，大家朝夕相处，一起吃饭，一起上课，一起游玩，特别融洽开心，交情甚好。

陈鹏，他自称老陈，大家都亲切叫他老陈，是一名老党员，也是一名老兵。他是我们宿舍四个当兵人出身当兵最早，公认的老班长。他的床铺就在我床铺的对面，老陈也是我们宿舍的大哥大，与各位同学的关系亲如兄弟，他与我走得很近。他一米八三的个子，篮球打得特好，投篮命中率特高，是班里球队出征时的干将，一场球下来，大半的分数都归他所投。

老陈特爱看书，对金融、做人的道理是一套一套的，他有自己独特的见解，点子很多，爱动脑筋，一个宿舍的人都愿听他的高见。老陈酒量高，通常，我俩一周有几个晚上要去胭脂路的夜宵摊，一碟花生米、一大盆饺子，和着醋醮几粒生大蒜、一瓶56度的北京二锅头，他七我三，喝个瓶见底才算好。这样下来，对他的前列腺炎很不利，他是每天一手药瓶一手酒瓶，病情随之越来越严重，酒量也越来越大。在他的影响下，我的酒量也见长，特别一到周末，校园里冷清了很多，我俩通常不醉不罢休，醉意蒙眬地回到宿舍后仍余兴未尽，和宿舍的同学们海阔天空聊到天亮。但一到周日，我得陪他到处找医院寻方问药，每到傍晚，我俩有喜欢散步的习惯。晚饭后出去，总得去司门口走一个来回，我们边走边聊，也会到一些地摊上淘一些书，回来经常看到深夜。末了，我俩讨论一些心得，争个脸红面赤。老陈喜欢旅游，在长假期间，他会饶有兴趣地约几个同学去云南、赤壁的一些地方游玩，乐在其中，悠然自得。老陈仗义，对待我们宿舍的同学俨然就是大哥，请客的时候大都是他掏腰包。只要酒喝个高兴，他会请大家去校对面的卡拉OK室吼叫一番，但他不唱，笑眯眯在一旁鼓掌叫好。当有小老弟情绪不对劲的时候，他就会拉上他论理一番，直到让你心服口服为止。老陈豪爽，他乐于交真心朋友，只要他能办到的，就是要割头的事他也会伸脖子拿他开刀就行。对油嘴滑舌的同学，他非常讨厌，说话都不爱搭理，惹毛了，一口略带河南腔的枣阳话叽里呱啦削你一顿再说，所以，不少同学既怕他，又想靠近他。同为当兵出身，我俩很对脾气，我们既是要好的同学，又是好伙伴、好兄弟。

童军，我们是同一年不同地方的兵，非常投缘，关系密切，他在部队就入了党，小我一岁。来上学的时候，刚刚结婚没多久，每到周五下午上完课，他就骑摩托车离开武汉，回到一百多公里外的嘉鱼与妻子相聚，周一一大早准点回学校上课，风雨无阻。童军活泼幽默，每喝了一点酒，就乐哈哈与宿舍的同学们饶有风趣、绘声绘色说起过去的有趣的往事见闻，让大家笑得肚子痛。童军兵味没减，从不见他披衣露扣，一身黄呢子上衣，风纪扣严严实实，走路风风火火的，还是一股部队严谨的形象作风。他生活俭朴，两年学校生活，从不见他买件新衣服。他和我还有老陈都爱喝酒，他酒量仅次于老陈，喝上一壶的时候，只有他敢和老陈叫板，拼上劲儿，喝高了准要去卡拉 OK 室，津津有味地唱他的许多拿手歌。那时，谭咏麟的《讲不出再见》、周华健的《朋友》、任贤齐的《流着泪的你的脸》对他来说那是唱绝了，声情并茂，沁人心脾。童军是一个对待事业忠贞不渝的人，叫人不服不行。在 1998 年全国特大洪涝灾害的抢险救灾中，他没能及时赶到学校报名，原来，他一直在县建行抗洪突击队，坚守在长江大堤上。恰巧，我那时担任学校广播电视站的站长，了解到情况后，有了题材，向学校领导汇报后，深入其单位、群众，进行实地拍摄采访。在学校的广播电视、元旦晚会上，大力宣传他的先进事迹，在友好结盟大学的联校刊物上进行报道，后来，他被中国金融工委授予“优秀金融抗洪共产党员”称号，在校园里名气大噪，一举成名，成了学校号召学习的典型榜样，也成了女同学们心中的偶像。不妨，我将发表他的一篇报道：《重建家园　明天更好——记湖北金融职工大学九七级学生童军》，让大家共赏他的风采，了解他的为人。

今年夏天是一个多灾多难的季节，今年的长江是一个提心吊胆、令人忐忑不安的河流。当同学们踏上武汉这块依然如故、安然无恙校园土地的时候，可曾想到，在长江的上游嘉鱼县长江的干堤上无论是刮风下雨，还是烈日高温，有武汉金专来自嘉鱼县建职大学生童军同学，还在同抗洪大军一起仍然战斗在抗洪的第一线。

1998 年 7 月 25 日，嘉鱼县长江干堤上发生多处险情，防汛指挥部宣布进入紧急状态。此时，正在家休假的童军同学从电视上闻讯后，立即放下饭碗，拿了两件换洗衣服，抛下身怀有孕还需要照顾的妻子，直奔县建行找单位领导说：“抗洪救灾我有经验，我当过兵，有力气，让我去吧。”领导考虑到童军同学正在武汉脱产进修学习，就没有同意他的请求。他恳求领导说：“保护家园是每一个中国人应尽义务，我是共产党员，在这个时候，我不去，谁去呢？”领导经不住他再三软磨，就安排他到嘉鱼县长江干堤 281 险段担任民兵突击队队长，率领余码、新街两个民兵连开始了 50 多个与洪水殊死搏斗的日日夜夜。

1998 年 8 月 1 日晚 8 时许，这是嘉鱼县簰洲湾发生决堤不平常的一夜，由中央军委主席江泽民授予“抗洪英雄”荣誉称号的高建成和他的

18 个战友就在这场大堤决口中献出了年轻的生命。当消息传来，嘉鱼县人民沉浸在极大的悲痛中，县防汛指挥部在请求八方支援的同时，及时组织力量抢救和转移被洪水围困的群众。接到命令后，童军同学不顾连日抗灾的疲劳，率领民兵突击队分乘四辆小木船转战事发地点。当经过簰洲湾岳父母家门口的时候，大水已经淹没了整个牌洲湾镇，他本想把船开到年迈的岳父母家，把老人家先送到安全地带，此时，只要他一声令下，民兵们就可以把岳父母抢救出来。但他很快打消了这一念头，他对民兵们挥挥手说："前方合正垸受灾最严重，那里的人民更需要我们，我们先救急的吧。"经过两天两夜的奋战，童军和他的队员们先后转移围困群众 600 多名。当一批又一批灾民被转移到安全地带时，灾民看到童军同学胸前挂着一枚金晃晃的共产党员徽章时，连声高喊："是共产党员救了我们，共产党员好，党员亲啊。"

一直到 8 月 3 日，童军得知岳父母被某舟桥部队官兵抢救已转移到受灾群众安置区得到妥善安置时，久悬的心才放了下来。同时，也传来了他岳父母得知女婿 8 月 1 日夜正在合正垸抢救灾民，经过家门口而不去救他们一事后，一时不理解骂了些"女婿没良心，女儿瞎了眼，嫁错了人"的难听话。

在长江第六次洪峰经过嘉鱼的时候，受洪水长时间的浸泡，大堤经常出现管涌、散浸等多处险情。从 8 月 19 日上午 8 时开始，他率领民兵们扛起沙袋从堤下 200 多米处向大堤上冲，一袋、两袋、三袋……经过了 7 个多小时的不停奋战，很快筑起了一条长 800 米、高 3.08 米、宽 4 米的高质量、高标准的子堤，共处理特大险情管涌 7 起，处理散浸 13 处。当省防汛办领导多次视察大堤，经过 281 险段时，亲眼看到这里的水涨堤高，人在堤安，纪律严明，干劲丝毫未减，许多领导十分高兴，大加赞赏。一个佩戴二杠四星的大校军衔的部队首长了解情况后，拍着童军的肩头，竖起大拇指欣慰地说："小伙子，哪单位的？当过兵吧，你退伍不褪色，好样的。"

开学了，同学们放飞的心又飞到了学校，而童军同学的心系着大堤的安危，他的身影还在大堤日夜与洪水搏斗。他处处以一个共产党员的身份严格要求自己，哪里有危险，那里就有他的身影，当嘉鱼建行领导强行想把他从大堤上替换下来时，他正在处理一处重大险情，他对行里的同志说："这里情况我熟悉，这个时候我怎么能走呢，待我处理好这段险情后再走吧。"

当黎明3时的钟声刚敲响的时候，嘉鱼建行领导和同事们，在单位里一早为童军摆好了庆功酒。大家静静等待这位抗洪勇士的归来，当童军处理好险情回到单位的时候被热烈的掌声笼罩着，领导和同事们纷纷向抗洪勇士敬酒，行长满含热泪地对童军说："你辛苦了，大家以你为荣，一致要求为你请功，这里你就不用管了，明天你赶紧安心上学去吧。"

他没有和久别的妻子诉说衷肠，享受缠绵之乐，他来不及和抗洪的战友们话再见，带着一身泥水、一身疲惫，一大早匆匆忙忙直奔日夜思念已经上课多日的校园。然而，上学的第一天，他一头栽在床上打起了呼噜，他实在太累了，太累了，当第一节课的铃声敲响，同学们不忍心叫醒他，想让他多睡一会儿，他却一骨碌爬了起来，硬撑着来到教室，他对同学们说："好久没睡个好觉了，上课哪有抗洪苦呢？我可不能耽误了学习。"

是啊，学习哪能有抗洪辛苦呢？50多个难眠的日日夜夜，风风雨雨，他没有睡一个好觉，没有吃一顿像样的饭菜，每天用方便面和矿泉水充饥，每天平均得扛40多袋子沙包，反复来回奔跑在200米的泥泞小道上，他要经常跳到水里去堵沙眼，一泡就是四五个小时。如今，他的身上多处染上了皮肤病，奇痒难忍，一痒就抓，一抓就流脓水，这几天，他感觉腿老是发软，头一直发昏，手总是发麻，心经常发慌，只想睡几个好觉。

然而，他的心里总还是惦记主动请求政府安置在自己县城家里的21个灾民。这些灾民，最小的只有3岁，最大的有73岁，灾民的生活和情绪日夜牵动着他的心，他睡不好也吃不香。

第一个周末，当童军买了几瓶好酒，踏进他那不足60平方米却住满了21个灾民的小家时，这些已经失去家园的灾民知道他要回来，大家凑钱买了一只野鸡，做好像样的饭菜等他归来。灾民们纷纷举杯向这位英雄恩人、抗洪勇士敬酒，大家抑制不住自己的泪水，一位年长的老人哽咽地说："吃你的、喝你的，这样下去，要吃光你的家产，我们这是作孽啊。"一位妇女泣不成声："你爱人怀孕四个多月，自己舍不得花钱，却把钱给了我们，自己到处借宿，我们这一辈子报不了恩啊。"这时，好久没有见到女婿的岳父母大人见到又黑又瘦的女婿回来，心疼地说："这些天来，我看到这些灾民在这里像在自己的家里一样温暖，我错怪了你，大家都说你是党培养的人，是好人，我们心里也高兴啊！"

看着哭作一团的乡亲们，不是一家人胜似一家人的大家庭，童军同学端起酒杯，充满自信地对大家说："困难是暂时的，我们共同克服，洪水终究要退去，只要有党的领导，有政府的关怀，我们重建家园，明天一定会更美好。"

这就是职大共产党员、退伍兵童军，不愧为胭脂山的骄子。

袁文军，仙桃人，一口的仙桃腔，总是笑容满面的，眼睛炯炯有神，人特聪明，我们宿舍的都称他"小袁（圆）头"。参加工作多年，业务扎实，上课认真，学习成绩好。在学校期间，同时加修注册会计师自学考试，毕业的时候是双丰收，既拿了毕业证又拿到了注册会计师证。我常常对他说："你这人天生是当官的料，将来堪以大用。"他总是谦虚地说："哪里哪里，讨个好老婆是第一位的。"我又说："班里美女多，你追呗！"他又说："现在是学习阶段，哪有时间交女朋友？"他是在现实的矛盾中去寻找答案的智慧的人。

陈华强，英俊的小伙子，话不多，志向大，在校就双讲读本科上，一天到晚只见他是晚上加班读书的人，后来，书读到外国去了。

柯国笙、柯国斌两亲兄弟，一样高的个子，是宿舍年龄最小的，大家干脆分别叫大柯、小柯，两个人话不多，亲情融洽，从没见兄弟红过脸，闹过意见什么的。对待同学是彬彬有礼，客客气气，是书香门第家的孩子，有着特别严格的家风。

朱建琳，那时完全是一个未脱孩子气的大孩子，一开口就是笑着说话的人，能歌善舞，有点文笔功夫，校文艺部的部长，校广播电台播音员，也是典型的浪漫主义者。每逢学校重大文艺晚会准有他的歌舞，曾一曲《双蝶》在全校某年元旦晚会赢得满堂喝彩和掌声。

还有恩施自治州的姑娘——赵清梅，人实在，讲感情，略带四川的嗓音听着让人舒服。赵清梅唱歌好比歌星，一开腔令人叫绝，她们常带来苞谷酒与我们同学分享，将我们灌醉过，闹剧不断，至今令人怀念。

一个个难以忘怀的同学，在书中无法一一道尽，只是略点几个同学来代表那段美好的相处的好时光。

同学之情是难以割舍的友谊，无论何时何地都让人牵挂，同学之情是一本难言难忘的老歌，百唱不厌而经典，同学之情是一部人生的史诗，难以掩卷，难以释怀。

同学之情又恰是一杯酒，让人兴奋而又让人回味。

1999 年 6 月，在我们即将毕业的时候，班长阮航委托我写《同学录》的前言，现在记下来，以此怀念那段深深的同学之情。

前言——献给学友

感时花溅泪，恨别鸟惊心。聚，是我大学的同学；别，是我人生的朋友。

从大别山里来，从长江边上来，从天涯海角的城市里来，我们相聚在胭脂山，相识在初见间的回眸时，相知在朝夕相处，相爱在碰撞之间。我们尽情吸吮着知识的乳汁，精心编织着人生的花环，刻意丈量前程的足迹，一路跋涉，一路果实，我们共度时光，铭刻岁月。1997 年，既是我们的缘，又是我们的源。

岁月是我们记忆的帆，友谊是我们爱意的船。我们挥着手中的桨奋力驶向理想的彼岸，我们背负着任重，经历着道远，我们从这里出发，别了，同学！握手说不出再见，拥抱守不住伤痛，从此，你的苦与乐是我的牵挂。走吧，朋友！人生难免有苦痛挣扎，请记住我们永恒的祝福，跌倒了，你爬起，站直了，你别趴下，霜雪中傲立，风雨中，你要前行。1999 年，我们在这里分手，又在这里永久。

候鸟匆匆，朝着温暖的家乡飞翔，落叶纷纷，向着静默的土地飘落，我们成家立业，劳碌奔波，心衰力竭。日子，翻晒着我沉寂的心灵；岁月，酝酿着我们捆绑的追求。这本《同学录》每一页所留下的熟悉笔迹和美好祝愿，会唤起我们动情的往事和挚爱的面孔，睡在上下铺和坐在左右桌的兄弟姐妹还记忆犹新，领导和老师的音容笑貌常在心头缠绕，土家族姑娘的笑语和走读生的汉腔在耳边回荡，球场上小伙子的英姿和准本科生的身影还在眼前晃动。

我们珍惜友爱，难忘师情，感谢校恩，尽管时间和空间将会远离，春花和秋月都会无情，但我们拥有的友情和恩情——永远。

闲来时光，思念同学的时候，翻开那本大学《同学录》，一个个同学和老师的签笔留言激励着我的人生，鞭策着我的灵魂。

班主任苏文慧教授留言：“长征，以你的才气与勤奋，相信在不远的将来，你会得到应该得到的一切！我对这一天的到来充满自信，你呢？”

张爱民同学留言：“凡事顺其自然；遇事处之泰然；艰辛曲折必然；历尽沧桑悟然。”

吴芬同学留言：“青山横北郭，白水绕东城。此地一为别，孤蓬万里征。浮云游子意，落日故人情。挥手自兹去，萧萧班马鸣。”

程嵩同学留言：“念天地之悠悠，想宇宙之无限，人生如寄死如归，来之茫茫，归之茫茫，皆如闪电划过万古之长夜，那瞬间就是生命。旷达些吧、洒脱些吧，有了天地的胸襟。明月在怀、白云在怀，无限的蔚蓝色时时高悬心魂，尘埃沉于深谷，百鸟翔于山巅，干净锁焚于净火，嫉妒仇恨被清风吹落，你就变得无涯无际的宽广，坦荡荡一片，厚德载物的大地，如此做了，你就有了至人的品格，则百病不侵。”

肖淑琴同学留言：“有崇高理想的人是不肯浪费他的生命的。他知道：在他短暂的一生中，有待完成的事很多，把人生的旅途所遭遇的一切挫折和打击，视为不值一提，他绝不会浪费时间和精力，去斤斤计较俗人的爱恨或恩怨。”

李钱华的留言是引用唐代王勃的《送杜少府之任蜀州》：“城阙辅三秦，风烟望五津。与君离别意，同是宦游人。海内存知己，天涯若比邻。无为在歧路，儿女共沾巾。”

这就是我的同学，给你力量，给你安慰。

胭脂山是孕育之山。

胭脂山上四季常青，山奇石秀，池水清澈，每至春天的时候，山花烂漫，百花齐放，枝繁叶茂，在这里读书、看书是一个天然的好地方。

我们上大学的时候，正值金融改革逐步推向深入阶段。教授的每节讲课都是顺应金融改革要求的讲解，新内容、新概念、新课程，成了我们这一期学习的主要特点。我们成人的教育课程针对性、实用性、操作性非常强，对于我们这些有银行经验的学生显得特别重要，接受能力非常快，通过两年的学习，大家对金融的认识越来越明朗，对金融的认识水平有了大幅的提高。

有人说大学大学，就是大概学学。我不认同这点，这于我们在银行有实战经验的学生来说，大学的生活既是浪漫的，也是紧张的、滋补的，通过快速性的学习补充，对个人修养和悟性、业务能力的提高是十分明显的。

那时候的银行业服务意识陈旧，经营方式单调，综合业务较为落后。而股份制银行正风生水起，以其重服务、拓业务赢得了快速的发展。逢周末，我和陈鹏慕名前去一家私立银行看一看名堂。在武昌司门口江边坐轮渡去汉口去考察一家民生银行，中国民生银行股份公司是中国大陆第一家由民间资本设立的全国性商业银行，成立于1996年1月12日。我曾写《逛银行》一文发表在《浅水文艺》上，现在读来，显得微不足道，在当时应值得其他银行借鉴。

在武汉学习生活一年多，大概少钱的缘故吧，除了买书爱不释手，极少想去逛商场，但我却喜欢在学习的空余时间，以顾客的心情去逛称得上有钱却无须花钱的好处所，那便是银行。

我曾在华灯初上的傍晚仰望过矗天而立的武汉建行大楼；顶着凛冽的寒风登临过温暖如春的武汉市光大银行；还在一个轻松的周末冒昧踏进民生银行与年轻的大堂经理谈笑风生；等等。看过数不清的门楼，听过说不完的话语，行行止止，不一而足。走过的地方太多，经历和感受常涌上心头，我觉得非写一点文字不可了，身为银行职员，心底总应留下什么所在，不管是对与错。

初春的一天，我乘船渡江至武汉海关，途经享誉全国的商业步行街——武汉市江汉路。双脚被一座古典式迷人的楼房迷住了，这是一家看上去非常气派与高贵的银行，晨光流泻在她古朴而坦诚的脸上，色彩单纯到纯洁，气韵委实到崇高，映入眼帘的“中国民生银行”六个金黄黑体大字，光与字以最流畅的线条分割开来，金黄与朱黑都纯净而毫无斑驳，满眼尽显明快。再放眼端详，在分寸得体的白色大理石墙面上分开三扇敞开的椭圆形门和门窗，从正中大门处却伸出一条红色的地毯正好延伸到我的脚下，让我一时神醉情驰。此时，我不顾左右，两侧巨大的铜狮正向我挥舞友好的致意，使我不得推却这份邀请，不由得迈步雄心十足地踏上台阶，就这么一步一步地走进了银行。

我胡乱想着，随即又愁容满面，非等闲之辈怎么能走近她呢？可我已站在宽敞明亮的大厅里了，再不能往内直走了。前方就是一字摆开的墨黑色营业柜台，又不能左右前行，左右两边是肥大的沙发和硕大的花瓶。我只图饱一时眼福之乐，怎可长驻足或安坐，正迟疑间，左边一位白领衬衣扎着红色领带的小伙子向我走来，还好，一脸的微笑！尽管我一而再，再而三说不是办业务，只是忍不住进来看一看，没想到大堂经理态度友好得如老朋友重逢，他说进来了就是我们的朋友，并邀请我们在沙发上喝水，天南地北谈了十分钟，小伙子知识面丰富，口才颇佳，给我留下了深刻的印象，轻松解脱了刚才捆绑的心情，临别，他捧上一大沓有关银行资料，谦虚地说：“我是大学毕业，刚来的，专门接待客户，协助解决当天业务问题，不好之处请谅解。”

我没有想到这家银行能轻易留下我的脚步，却是毫不夸张、巧妙、推衍的迷人业务艺术，是她朴素无华、欲言又止的内在魅力吸引了我，更没有想到这家银行让人恋恋不舍，却是那毫不掩饰、独具匠心、和气友好的感情世界，她真诚而畅所欲言的内在和交朋友气氛拉近了我。我只知道一个事实，在民生银行不同凡响的景象所释放耳目一新的感觉，让我体会到了银行理所当然的“解放”恰好是客户的迫切需要。在中南招商银行门前，我特意注视一位毫不起眼的保安，他通常站在门口，其姿势俨然是一名忠于职守的卫兵，我想在这里存款不必担心钱财失窃和秩序问题，业务较为拥挤的时候，他常站在大厅密切注视大厅里任何人的一举一动，常在客户稀少的时候，他时而拿出拖把和抹布打扫卫生，确保大厅干干净净，时而细心对自动分理机整理凭证，方便顾客填写，这样一刻不闲做些杂事，大概每天如此，使我不禁想到基层银行的保卫人员，一般在幕后，是不会走向大厅为顾客服务的。

深秋的一天，我心情忽地变得烦躁不安，出去走走吧。

天阴沉着脸，缓缓刮起凉风，满街的树叶随风飘荡，气温也明显下降，在这条街上，我捂着衣领迎着枯风残叶百无聊赖向前走去，忽然，眼前人行道变得洁净起来，一位保安正在为过往行人把残叶枯枝卷扫而去，抬头间，这是一家经营牡丹卡的银行。

进去时，一下子呆了，满眼竟是到处盛开的菊花，摆满了整间大厅，千枝百朵，一块一块簇拥着争奇斗艳。一下子，我的全身心被这五颜六色、鲜艳夺目的菊花笼罩着，空调温度的适度，恰到好处的室温驱散着我心中的阴霾，随即，我感受到花的芳香正朝我奔涌而来。刚才那种烦躁畏缩的心情瞬间褪去，转而令我心旷神怡，莫非这里的春天早已来到，女经理嫣然一笑，我们根据季节性的变化不断调整花式品种，四季不离花，我们摆的牡丹花特别好看喽，每年吸引了成千上万的顾客前来赏花，牡丹卡，我心领神会了。

1997 年写这篇文章时，街上还没有取款机，银行还没有实行网络化服务，也是从这一年开始，各大银行争相升级业务，逐步实行了信息网络系统办公，银行划时代性的历史正式启动，这篇文章也具有历史和参考价值，现在的国有商业银行服务方式华丽转变，恰恰借鉴了民营股份银行过去的服务优势。

我们那批同学，就是在银行处于改革的风口浪尖的大学生，可以说是银行急需的人才。如今，大多数同学走向了领导岗位或成了业务精英和骨干人才，但也有许多同学仍然不安现状，或从商或改行。2013 年 3 月，我们班时隔十四年后在鄂州召开了首届同学会，虽大多数同学因时间关系没有赶到场，但大家团聚在一块有说不完的话，道不尽的情谊，当年正值青春年华的同学现在都成家立业，有了孩子，当了父亲母亲，但他们那种奋斗不息的精神面貌还在，他们依然大都是金融界的中坚力量，不愧为胭脂山培养出来的好儿女。

胭脂山是怀念之山。

我一直相信，每一位从武汉金专走出去的学生，身上都有着鲜明的金专“烙印”。我们散落在茫茫人海中的金专学生，在言谈举止间，在工作创业的努力和艰辛中，我们都有神秘而又神奇的共鸣，那就是自身的价值认同。虽人各有志，各有千秋，都在各行各业恪尽职守，风雨前行，只要一想到金专的大学生活，我们会觉得自豪、踏实、安心、温暖。

胭脂山美丽如故，老师的教诲和教导让我们终身受益、永世难忘。

大学老师的视野之开阔、学识之渊博、教法之精练，让我回想起来不由得叹服不已。张明标老师的数学课针对班里数学基础参差不齐的情况，用对症下药的方式，由浅入深、深入浅出的讲课模式深受大家喜好。连我这个对数学极不爱好的人也考了 80 多分。现在张老师退休多年了。

班主任苏文慧老师的政治课把一个枯燥无味的政治讲得活灵活现，他旁征博引、妙趣横生，他博古通今、风度翩翩、扪虱而谈。

听财政学老师邓毅老师讲课，那就是一种享受。那时他在学校当老师没两年，刚刚结婚，虽还只是一个讲师，却是一个有真才实学的学者，一个著书立说的人。那时他还在攻读博士生，他讲课出神入化，引经据典，敏捷才思、揽物见真、意蕴深远。他讲课总是针对社会的现实状况，用理论联系实际的方法进行解剖式分析研究，将我们带入学问佳境，有拨开云雾见阳光的感觉。在校期间，由于我们年纪相近，他的课是我最喜欢上的课，两节课下来，往往是听不够，一有空我们几个同学便去找他，听他真知灼见，趣味横生。就是现在，我依然与邓老师保持着密切联系，他既是我老师，又是我兄长，在人生低谷的时候，老师总能为我点亮心中的明灯；在我人生有所得意的时候，老师总能为我的欢乐提一些警示，是我人生的良师益友，最宝贵的财富与珍藏。

我要谈到的老师有很多很多，除他们的课都是一流外，老师们各自的讲课特点不一样，但都有一个共同特点，那就是很敬业、很专业、很精业。老师们远大的科学观、人生价值观和传道解惑的为师精神，让我们终生受用。对于生命历程中所表现出来的坚强和执着、明辨，无一不得益于老师的教诲。

感谢母校、感谢老师，她丰满了我翱翔蓝天的羽毛，她传授了知识的乳汁，为我们描绘人生的宏图，教会了我坚硬的脚步和勇气，引导了我战胜所有的迷茫和陌生，老师一如胭脂山的园丁，辛勤工作培育了无数桃李满天下，花，因有心人而美丽；花，因人影笑靥更衬托芬芳；人，因花红艳丽更显英姿。

时光流水，生命无常，不管在哪里，给了我们生命重生的人、塑造了我们灵魂的人，是老师，不会忘记他们。

曾几何时，在与命运的抗争中，有多少荣耀，又有多少屈辱，很多时候会思念老师的培养之情，尽管商务繁忙，难得一年与老师聚集在一起。不远千里拜见老师，向老师们倾诉衷肠，与老师畅所欲言，那是人生幸事，再次聆听老师的教诲，诉说离别后的思念之情，劝老师喝点酒，那是人生最好的满足，一如李白的“今人不见古时月，今月曾经照古人。古人今人若流水，共看明月皆如此。唯愿当歌对酒时，月光长照金樽里”。

花儿凋谢会再开，光阴一去却不回。

现在，武汉金专与湖北经济学院合并了，某日，我再去胭脂山的时候，故人已是白发添几许，追寻过去了的人生轨迹，伊人不在，书声不再，足迹全无，回眸一转眼，不禁想起韩愈那首诗：“天街小雨润如酥，草色遥看近却无。最是一年春好处，绝胜烟柳满皇都。”胭脂山，那种光影斑驳、袅袅涌动的一幕一幕，往事又涌上心头。

同学们，老师们，这么多年来，你们还好吗？

方寸光辉

一

此人陈光辉，鄂东南的通山横石人，酷爱写字作画吟诗。1983 年，年轻气盛，一时冲动，聚众斗殴，蹲进大牢。在等待判刑的日子里，带本《新华字典》逐字背诵，用手指蘸水在地面上作画，牢友哀叹，此人等死还有如此心情消遣时间，是一个神人，牢友哀其余日不多，叹其竟不哭不诉不叫冤，却如此从容淡定，一定是个迂腐有脑病之人，不像其他死囚目光呆滞、面目苍白，终日以泪洗面、仰天长叹。

终于审判结果下来了，定为一起治安案件，有争议说再大些也顶多为聚众斗殴，他蹲一年多大牢后就被扔出牢门，踢向江湖，他狼狈不堪地爬出鬼门关，重见天日。

二

那年头，从牢里出来凡有点自尊的人，大都无面目见江东父老，道上称跳进黄河难洗其身之耻，最恐惧别人在背后指指戳戳说三道四，又恐难忍滚血上头，惹毛了又逼迫自己提刀削人手指，又来几进宫。光辉死里逃生，决心退出打打杀杀式的小混混闯江湖套路，深知涉足江湖，必持有本事吃饭，他的字与画被县楚剧团相中，破例请他来剧团师从毛才奇先生学画，他如获至宝，珍惜安身立业的救助之恩，他蜷缩在剧团一角的小房里潜心练画写字，从此绝迹于江湖，一心致力于字画修炼。将热血沸腾的青春倾注在这方寸天地里研墨描绘人生，就这样度过了五个春秋。

1989年，他一直在思量，如果在这个小山城里画画一生，充其量是个“画匠”，必须走出大山寻名师、找对手切磋，才能提高技艺。只有离开此地，不恋留爷处，割舍方寸小天地才能寻找外面广阔大世界，寻找生活的作品素材与灵感。那天，他突然怒砸铁饭碗，提起毛笔，头也不回地去了海南，重闯江湖。

初到海南，人生地不熟，盘缠不够度日，难于在岛上立足。他持仅有几支毛笔与几盒油墨立于闹市，安于一桌，立于海南的街头巷尾以卖画暂且度日。又奈何江湖水深莫测，最初，识画者摇头而去，不识画者只围观不买账。他每日低头只画画不叫卖吆喝，大有姜太公钓鱼愿者上钩之意。终于，后来有能人赏识得他的黄、红、绿、黑、白挥毫泼墨之用意，问多少钱，他推推眼镜：给个饭钱。那人掏一把钱甩给他。他手又一挥，这一沓画你要看中的全拿去，那人被他爽快大方而不野不媚不俗不凡的气势惊呆了，直拉他手称交个墨客朋友。再后来朋友渐渐多了，经济慢慢有了好转，这给他静下心来创作，在行走江湖的路上起了稳定经济的作用。

作品与自己的心性、修养、爱好、经历和职业俱默契融合，严格地讲也是与笔者的性格中精气神与脾气中喜怒哀乐密切相关。飞禽走兽、花草虫鱼、山水竹木，对于他无论是素描、国画、油画都是成千上万次着笔点墨，但这不是他内心的性格，毕竟，他自嘲是一个浪迹江湖、出入民间的社会浪人，作品虽染匪媚之味，但继承传统的东西颇多，如此下去，即使构思新颖、涉笔成趣、光影逼真，充其量只能是一个资深江湖的卖画人。

他不甘于此种活法，也不愿以此种方式画下去。

三

陈光辉历来是一种心宁静外狂野的怪习气之人，在字画界混下去一直坚持一个偏见，真正画家要独成一家之风，有独特之势，正如每一个人品相一样，形成自己春秋风格。画与人应为一体，别人不可复印，独行一家之笔，方称画家。

他走遍了海南的大街小巷、城乡角落，甚至天涯海角，目的是找到他自己眼中的审美和心灵融汇。一时间，他像一只在城市的寻猎野狼，用一种放纵不羁的心，以灵敏嗅觉和犀利的眼光寻找他灵魂的猎物，追寻他饥饿难熬的精神食粮。1992 年，邓小平的南方谈话如春风般温暖了大江南北，海南经济腾飞开始发力，小岛一片生机盎然，这为他创作灵感带来了巨大希望和源泉。那时，他突发奇想地蹲进了养鸡场，且一住数月，每天凝神贯注于一种名叫芦花鸡的一举一动，与鸡一起日常起居。芦花鸡，体形硕大，呈元宝状，腿长冠厚，冠若亮珠，身带泽光，颈部高昂，尾羽高翘，羽毛紧密，黑白相间，觅食广泛，活动量大，抗病力强，攀登力刚劲，飞行距离长，歇息回巢，繁殖力快，成活率高。这正迎合了光辉对画画融入国家命运与人民群众，期盼作品的意愿和灵感相融汇，然后，用大量的时间在宝岛蛰伏下来，潜心为画芦花鸡进行了大量的创作，形成了自己独特的画鸡风格。

字画艺术要想勇攀高峰，声名显著，光在流浪中写生谋生终将会颓废人生，如随大海的落潮一样退去。光辉在三亚市创办了艺术创意金科公司，从此，一发不可收拾，并在字画界崭露头角，2001 年，他的作品在三亚市书画比赛中荣获三等奖，叩开了艺术走向社会的人生之路。随后钢笔画《三亚风光》系列画在《三亚晨报》上连载，不断有社会名流、字画爱好者登门拜访，并不断拥有了大量粉丝，一举混进了海南字画界的圈子。2011 年，他的国画《借得春光护雏儿》在中央电视台全国迎春书画大展展播，其后，他的国画《传承》积极参加中央电视台“美育树人”第一届书画展竞赛，经全国海选、专家评定，入选央视书画展展馆并收藏馆内，并受央视邀请参加开展仪式典礼。从此，他登上中国绘画艺术的殿堂，步入了中国国画的高层平台，有了立足之地。

四

光辉的画在中国有了霞光般的辉煌，至少业界看见了十米阳光。他对名气抱无所谓的态度，因为他对字画追求一种成就感、真善美的心灵感，享受人生这种创作的欢乐过程，但伴随而至的更多的是不满足现状的烦恼，他的梦想是必须回归生命的平凡，寻找他生命中真正的灵魂。在他的仕途中，31岁那年（1994年）与江西一个美丽的姑娘在海南浪漫成婚，后育一女一子，一日，他妻子坦诚相见：他必须回到育儿伴妻的柴米油盐生活。

妻子恋老家，思乡创业，他尊重夫妻做人的平等，理解妻子愿在社会上出人头地又不失脚踏实地的意味情深。他并不在乎所谓的“名人”，他放弃了在海南的呼风唤雨，摒弃他对海南圈界的得心应手，毫不犹豫卷起铺盖伴随妻儿回江西于都再闯天地，并投巨资由妻子打理运输生意。自己自由自在干自己的老本行，拿支画笔创办了个人画室，游走在于都的山山水水之间，采写当地的风土人情。那些年，他像疯子一样奔波于于都、海南两条线上，兼顾事业与家庭两头，不久，放弃了海南的公司，专注于在于都边陪妻教子边练字画画的创作路。

我是十年前与他成为朋友的，说来是一见如故，注定成为一辈子的兄弟。那年，我与他在相伴奔波的路途中因志趣相投成为至交好友。2007年，我舍弃了深圳自己创办的两家不景气的公司决心打道回府，背负着近两百多万元人民币烂债逃回家苟且偷生，心情一下子落入谷底，犹如掉了毛的凤凰，风光荡然无存。在江湖的迷乱中受尽了人躲鬼不逢、犹如丧家犬般的生活，过着饥一餐饱一餐的落魄日子。多次挣扎，试图在漂泊的江湖中奋发，却是尝尽人间冷暖，叹死而无后生。曾过着赌博场尽输、拉保险尽赔、有商机无盘缠、吃豆腐皮差点儿被噎死的日子。创业的失败，才后知后觉到自己落到如此的不堪脆弱与无奈，后迫于生活，买了一辆二手货车守在县城月亮湾一角落，日夜守客跑运输，试图先养身立命，再谈孝忠仁义。我就是在光辉找车去于都搬迁家什打道回归故里的时候认识的，现在想来那刻的交情，颇感天意安排。

他的行为有点怪异，路过赣州，有同学接待我们吃晚饭，他的江湖豪气让我领略三分，他表面瘦弱儒雅却能酒情冲天，感受到他在酒场中说辞颇有些套路。当时，同学邀请诸多朋友来陪家乡来人，人众我寡，称得上是酒场上的一场恶战，我们三人留一朋友司机外，由我俩持杯临阵应战，我俩背靠背沉着厮杀，对付各路来杯，他却豪情万丈不惧敬重，不拒盛情，直到瓶干人事不省，曲尽人散。酩酊大醉回到于都已至深夜，如英雄凯旋，他却找不到曾待在于都七年的那条街那间画室，次日他从酒店中醒来方悟，站在窗边透过玻璃指向五十米开外的不远处，惊讶，画室就在那里，昨夜却徘徊于都街头寻找一夜，哈哈大笑。

在于都，他安排朋友陪我去红色景点看看，自己则是去与文兄墨弟、亲朋好友一一作别，我陪他次日的两顿酒肉，他仍豪杯畅饮，忘记所归，我却闻酒作呕。那时我感到这人在情义深处的骨髓里对于都人依依不舍，这种分别是在忍痛割爱，于情于理的不舍之情溢于言表，尽在酒杯中。

第三天，我帮他收拾行装归乡的时候，他一言不发，默默搬着东西上车，沉默不语显示出前后判若两人。他只搬一些书、画架及笔墨上车，其他可用的尽送友人，令我叹财失可惜，他手一挥："行走江湖，有本事就行，图这些瓶瓶罐罐有什么用？"在路上，我得知他的母亲年事已高，他必须回家奉母尽孝，令我肃然起敬。

我决定只收他的加油和过路费用，不赚他的一分钱。

在当今文坛，重于形式、重于名利、故作文雅者大行其市，大都恐染匪气，重清正于江湖，以示清高，好卖弄文墨、喜孤芳自赏者不在少数。陈光辉重孝令文人骚客所料不及，他不重钱，即使重钱，也是钱宜散不宜聚；而孝的情感，他所悟出母亲年老儿不远行的信条，这又恰是艺术精神首之得道的体现。这无疑，是他天生对毛笔有一种觉悟的执着追求，若没有百事孝为先，没有先天之悟，恐难有良好作品见世，他背道而驰、江湖气浓烈，乏于清正，这恰恰又是觉悟源于生命源泉归于平凡的体验。他甘心于一块乱石，铺在街上任人骑行，又如秋叶飘零，随风来回洒落后，静默于生养的土地，在萧野中的英气，飘逸中的灵魂，又如湖面的宁静、微波、月色，他站在水一方，临湖咏唱，他或英雄抑或沉雄，或大器抑或小气，在人生的自然中悟于生命中孝之道，甘沦为别人眼中的小气之风范。

五

光辉回通山后，一边伺候老母，一边创办楚风书院，开始教字画当老师，走上艺术育人反哺社会的道路，一直到今天依然如故。

当今字画者能画不能字，能字者不能画，在当今中国，能画能字者，而且字画相得益彰甚少。他自己也写诗，艺术上形成自己独有的风格与诗情气势，其画意境笔锋与其字其诗意味的侧锋，其运笔显君子之气，露苍穹之美。在我所知艺术界，画、字、诗样样精通，光辉可为鄂南艺术界第一人，若有人不服，也可与他交锋，落座后待茶论人生、悟道交心，可握手言欢成为可交朋友，至少，他已有近五十年字画修身，论年龄，堪称老前辈。

一个真正的艺术家，要有长距离韧劲奔波，又要有图穷匕首见的思想爆发力。

当毛笔蘸墨落纸后不尽构思的本意时，算是图穷，是黔驴技穷，有败走麦城之感。当他走至山重水复疑无路，笔落荒处时难找芬芳的意想境界，这需要生活点滴而来的积累情感去点缀，更需要在回首人生跌宕起伏的转折点中，用珍藏的悟性在抽象中去泼墨抒情。他往往会不拘小节去贻笑大方加以修饰处置，处于寸步惊心，在方得始终地步中沉着运笔，跃然于纸中。有时，往往会成就了他的心宜，独到之处会叼支烟站立良久而自我欣慰，或者，他会索性扔笔，座里喝茶，抱把破吉他稀里哗啦自弹自唱一曲，或又论人生，或是一个人发呆，去回味唐诗三百首的写作背景，什么事也不做，绝不再去添油加醋地浪费一纸一墨。

当我在外闯荡的时候得意也好不得意也罢，我会逢画夹买画夹，逢笔墨买笔黑，好作为去楚风画院陪他画画的见面礼。或是听他海阔天空讲江湖险恶，他豪人爽气，喜欢直白相谈。这年，我俩熟得全城皆知，老婆直呼叫我去他家住，我俩常常有缺一不可的聚会，相聚他是主角，好口酒，一喝醉就唯他独尊，必说江湖是非，爱憎分明，毫不忌事。又逢场说我心善，太软弱，不懂江湖套路定会吃亏，然后说今后谁敢欺负我，他必保护直至拿头拼命，可往往他逢酒必醉，由我来保护他并押运搀扶回家上床。这样，让我最怕与他喝酒。前年，他双胞胎的弟弟荣辉患病去世后，他一年不碰酒，谁敬酒谁喝，说多了要翻脸揍人，但他虽一滴不沾，唯我敬杯他不拒，我敬杯欲说几句，他早仰脖一饮而尽，然后手一挡让莫开口。桌人叫屈不解，有之前敬酒不喝，顿时脸露疑惑，他说："我弟与长征素不相识，却认我为兄弟，在他命危时募捐相助，倾尽全力，江湖上有谁做得到，长征兄弟敬酒，我是为我弟喝！"人们喝酒敬酒是江湖礼数，但酒桌上遇他就千万不要论艺术功过是非。他是聪明又现实的人，反正生活无虞，见过江湖险恶，他不论摆在任何场合也不失身份与狼狈，他见不得小人和伪人。他只论朋友才喝一杯酒，一杯酒要记一生情。然后，其余奉承过场酒一概不喝。行家说，欣赏书画光看刚健苍劲会显君子之气略知人风度，光讲势锋运笔晓含才华横溢而露浮夸不实，等等。各家说法相争各有理，而他的大言不惭，书面讲涉笔成趣，笑看人生百态，这说法也有他风尘卓绝之道理。

六

我俩，他搞字画，我弄文字，他成了画家，我是一事无成，他是玩命的人，我是认命的人，多少让他对我常措手不安。

他的画与字已登大雅之堂不说，也有许多挂在人家的门堂上，供人长久拜读。无论我何时开口要他草书隶书或是一幅国画速写，他都会欣然逸笔于纸，我会留着赠予他人，以示我兄的才华。近日，他有点窝火，你用文字写下我这人有什么用，也没什么好写，你写其他的人吧，让我再拜读你的笔头功夫，于是，我乖乖提笔，除了他，又能写什么呢？

不得不提通山画家毛才奇老师，被称为中国钢笔画第一人，也是陈光辉的老师，在 70 岁寿辰的时候，在咸宁博物馆成功举办了个人的庆诞画展，各大媒体争相报道，轰动全国，引无数爱画人士燃起了艺术之光。那几天，他触景生情，叹气多日，常提笔呆立白纸前发愣。于是，我劝光辉，你也举办个人画展吧，到那时，我一定会提笔写你！他大笑，我还没到年纪，火候没到，若能有那一天，等你先出书随后筹办。

我希望写一本书早日送给他，愿陈光辉个人画展早日成功举办。

就那样

今年清明扫墓，心里放不下一个人，即致电武大他哥邓教授问询。得知他哥带他唯一女儿去了他的栖息地，在开满了野花的山坡上为他清除野草，我心稍安。

这个人是我战友，说是战友，那年是驻扎在三秦大地又各驻守在各县市连队的同批武警消防兵。退伍十来年后，在深圳见面时，是通过战友阿光的介绍才知道原是战友关系，战友俩字拉近了初识时就敞开心扉的炽热温度，大有殊途同归、久别重逢的意境。那年去深圳，我刚抛职游海，创业维艰，无心交友，他已是深圳的老油条，常吆五喝六约几个战友来我处蹭饭。上桌必酒，听他海阔天空，口若悬河，直喝个醉，扶着滚回去。他话健胃不健，用话下酒，用菜养眼，少动筷，俱是来不沾饭、实沾酒的瘦削家伙。每数酒后，不离三句话，一是他亲哥是武大教授、博士，加之，在深圳开了一家五金加工厂，他在打工者面前算是撑足了面子；二是他自己是穷山沟里的人，怕穷，退伍不到一年来深圳，现在混迹江湖能当上老板算是牛人，加之为人慷慨大方，乐交朋友，算是江湖侠士；三是在当今社会上他自定位为儒商，在当年是县一中高中生，成绩也牛，要是有钱苦读寒窗必也是一个博士，就因没钱读书才被迫去当兵，爱读书是他的习惯，号称家里藏书比自身体还要重几多倍。他瘦削身材必穿一身干净名牌，显示出他搭配衣装要绅士得体，油光闪亮的头发底下一副金丝眼镜与衣装必将相呼应，我们傻大兵的不会轻易怀疑过他的秀才型老板风度！

他是老板，有老板的度量与气派，我目睹过他多次在餐馆喝酒。只要听到邻近一桌是一群讲通山话的陌生人，他一定会端着杯凑上去打招呼敬酒，聊上一会儿，亲热得不得了，然后，胸膛一拍：吃好，喝好，这单算我的，谁买我与谁急。让陌生老乡人感怀在他乡遇故人这等大喜事。酒至浓处，那个样子让你误认为他是个疯子，记得一次K歌，大醉，他尿急，进了厕所，找不见尿池，直接将欲蹲便人拉起，说是他内急让其先小便，蹲便人惊叫提裤外奔，惹来保安，原来，他进错了门，去了女厕。

2007年，我的商场生涯风云突起，措手不及，网络公司转手后，留得还有一家饮品公司由股东承包后，准备离开深圳打道回府。那天临别叙酒，大家都黯然神伤，深圳是我人生的第一个战场，却不是我的归宿，苦战八年却以惨败落荒而逃，幸好家乡是归途，我对事业感到沮丧，感到前途一片茫然，甚至开始怀疑人生。八年银行又是八年深圳，两手空空而归，却背负着沉甸甸的人生包袱和沉重的创业债务，他没有安慰我什么，他也不是安慰别人的人。他豪言总结：你一路走来还算是英雄，你四面出击、四面来风，你回去必是当一段时间的狗熊，必是四面陡壁和四面楚歌。他说我回家后一定会讨人嫌，会一败涂地出现在通山，大伙将会离你远去，就不要耍老板脾气，自己要勇敢面对低谷下的人生，凡事莫纠结，趁还年轻不要怕失败，摸准了路子就干。回家那两年，每落迫于人群中、陷入债务追讨窘境时，甚至在亲人的嫌弃目光里，我都常会想他的话，体味着他的话，为讨生活的希望增添些勇气。后来两年，迎光去了海南，我们三个都天各一方。但每去深圳都会与他一聚，品人品茶品人生，必去歌厅我吼我的汪峰，他唱他的童安格，长夜漫歌，烂醉如归。其实，在他醉话中，他坦言，我走后不久阿光也去了海南。他很失落，心散魂丢，更为不利的是他所经营的工厂遭遇金融风暴波及，客户大都如鸟兽散，货款跑了很多，业务每况愈下，现以举债维日，老婆与老娘也不和。他像个濒临离婚的女人一样，喋喋不休向我诉苦，也许只有我去或阿光去，才稍有些快乐呈现和倾诉机会。每每这时，我于心不忍，每讨点公司的承包款，都要塞点给他，尽管回去知道债主在等我的钱还债，但不忍他去老乡餐馆、歌厅去签单好说歹说的乞丐样子。每次留他一千两千的，他也是不推，用在陪伴我的吃好喝好上，一分不剩。

我离开深圳不到两年，公司因承包者经营不善及受金融风暴影响，基本上对我月供款处于断炊状态，我决定放弃债务高垒的公司，以一元钱的方式将一百万元股份拱手相送给承包股东，从此，我的事业却一切归负。为了还清债务，我跑保险，拉货运，做工程，每天必须为在深圳创业失败落下巨债埋单，没日没夜奔波劳碌去还债，就少与他联系。后来，他的状况步入借高利贷而无法拔出泥潭的境地。有一次他回家，被一同回家的伙伴出卖了落脚点，被放高利贷的人挟持在一个小旅馆房间里两天两夜，每天由我送去热干面和快餐，后终求助于公安的战友出面调解被放归自由。次日一早他就去了深圳，再没踏进通山半步。每每想到他那时蜷缩在小房间一角，面对一伙淫威之下的小青年，当年在深圳叱咤风云的他风光已荡然无存，而我又是那么的爱莫能助。我亲眼看到他的三大面子如在狂风暴雨中，像大山滑坡一样轰然垮塌，现在我还能感受到那年冬天对于他是如此的寒冷与无助。2011 年，他离婚弃厂，独自一人去陕西找战友谋生路，那时，我们更是极少联系，心里知道我与他都过得不怎么好，即使联系也是不愿意为不如意的徒劳奔波唉声叹气来同病相怜，还为失去往日的人生豪迈与不羁而耿耿于怀，倒不如不联系，恰好是彼此之间的温存慰藉。

2013 年 5 月的一天，我去西安办事前，要他去咸阳机场接我，他说与另外一个有车的战友 B 一起来接我，走出接机口时，发现还有一位一眼看上去很青春十足且十分耐看的女人。在一起吃消夜时，得知她是他的女朋友，从他的话中得知他待延安、蹲宝鸡，总算是终于在西安落地且有了家，事业上也有所起色，呈现知足的幸福感。从她目光中也可以看出她是爱他的，因为，对我俩老战友重逢，他女朋友说今日你兄弟俩喝酒我不拦你，看得出，她能管他也能体贴他。次日，我从他的房子醒来，他女朋友有自己的公司，早早去上班了，他在厨房准备早餐。我在房内喝茶、闲转，好家伙，几个房子里布满了书架且塞满了各类书籍，犹如一个小书店，那健身器材、茶具在客厅尤为显眼，墙上只有电视架，没有电视。B 私下说，电视是昨天被他之前没扯断的女人上门来摔杯砸坏了，顿时，我心里对他爬升的印象又跌落下来。趁 B 不在场时，他对我悄悄说：“小人告密，告诉了那女人我的住所，其实，我与那女人早断了关系，人家仍追不放，就在你来西安前一天闹这出戏。”我心稍安，既然不适合，又何必纠缠，不禁为他屡遭小人暗算而憎厌世间小人的肆无忌惮而同情，小人又何必如此呢？那几天，我们不上餐馆，每天他与她亲自下厨蒸老馒头，炒几个陕西小菜，我们聊生意，论世道，谈着几本好书，扯上几个战友的往事，甚是开心快乐。要回程的头夜，他坚持要按老规矩约上几个朋友一起去 K 歌，我说我请他，他说现在这点钱真的是小意思，在歌厅，他说你把汪峰先吼完，我再唱童安格，可我没唱三首时，回头惊讶地发现后面沙发上的他突然头破血流，满地尽是瓶屑和鲜血。他的女朋友搂着他，用卫生纸按着血流如注的头，一个劲儿对我说对不起，有点意外，不要紧，我送他去医院。我问 B 怎么回事，B 振振有词说，我劝那女人别傻，别跟他在一起，他叫我别说了，拿了啤酒瓶砸上自己的脑壳。我想那天，他或许是抗议、或许是委屈、或许后悔结交 B 这样的战友。但他体弱，打不过人家，也不经打，也不是想出手打人的人，他说他是活得窝囊，只能打自己，也许只有这种方式表达比较直接、彻底。

在西安的不欢而散，他的头缠满纱布，像一个战场负伤的重伤员，肿胀着脸坚持要送我去机场，我坚决不允。我心里虽然理解他为了表达自己找对女人的忠心与不堪回首的过去产生那种有口难辩的愤怒矛盾心情，但也为他采用过激自残的行为而哀叹。同时，为战友 B 自以为聪明的糊涂忠劝和究竟出于何角度关心的爱护还是另有企图的行为，而感到意外和不解。更多的是因我来西安 K 歌惹出这样的事，深感恐惧和自责。更为恼火的是，B 对他的伤痛一直认为与他无关，是他自找的，仍然抱着无动于衷的态度，还在诡辩他是为社会主持正义，厚此薄彼劝说他的女人不能上他的当，并一直坚持不懈纠缠不休，最终达到了她和他分道扬镳的目的。他只带上他的书离别西安投奔宝鸡的战友，从此，不愿见她更不愿见到 B，将 B 纳入了他人生的黑名单，而 B 还不善罢甘休，还在四处找他，为了两个老乡的一点工资没结清，老乡找 B，B 找他，他必须要打抱不平为农民工讨薪。这些，是我与他与 B 的后来通话中略有知晓，不知其是非也不敢妄论，他说，B 不像战友！倒像魔鬼一样找他，让他头痛得特别厉害。

三个月后，他与我通了最长的一次电话，也是最后一次。他说马上动身回西安了，他说他的女朋友离不开他，希望他回来一辈子再不分开，他终于可以带她去见他的老母亲，他说他接了几个监控工程的大单，完工后所有账可以还清了，还可以回到通山的老街坊里牛哄哄地开着宝马走一走，他说再不能乱撞乱交朋友了，跌倒多次看清了白吃白喝的白眼狼，他说他用余生一心一意好好去珍惜她，还要生个儿子。他现在要专心致志去搞事业弄出点名堂，安安稳稳过些好日子，再沉下心去看那没看完的书。那天，他信誓旦旦，一百个绝再不会像从前那样混下去，俨然像一个披甲上阵战士即将冲锋前的自我壮行时的总动员誓言。后来，查看手机记录居然通话 44 分钟。我窃喜，他就是个想做事，能惹事，不怕事，躲着事又容得下事的球样人。

三天后，出了大事，惊闻他在去签订合同在泾阳的路上突发脑出血去世了。

时隔三年没有回家了。他哥对去接他的几位战友说不在陕西火化，让他完完整整回家吧，他的女朋友相信他没死，哭着说要用她的一切来拯救他，他的前妻流着泪对他说，你跑来跑去，最后还是我为你穿袜穿鞋上路吧。

我在咸宁的高速路口接他回家，通山的战友 40 余人在城外 40 里的山口等他归来，陪伴他、相送他回到他砍柴挖地的下泉老家。战友们回忆他的好，说只要去找他，谁没吃过他的饭？他对待朋友就像亲人一样倾其所有，他对待战友是宁可自己屁股流血却愿意为别人治痔疮的一个人，为战友舍得付出的只有他这个样的人，他这个球样的重情重义也惹不少不识情之人。我数次哽咽为他悼词，战友们纷纷安慰他的 70 多岁老母亲和他 13 岁的女儿，送他走向那块常砍柴的地方安然睡去。从此，他不再管事，不折腾，也不害怕，他东摇西摆躲开一枚枚尘世暗箭，一路狂笑拂袖而去。

他，就是邓福平，就是我那个战友的样子，却投进了我的心里。这几年，我老了许多，而他一如当年，依然年轻，还是嘻嘻哈哈，一点没变。

再忆金城

在鄂东南幕阜山脉的大山深处，位于通山县大畈镇和平村一个叫东山坪的地方，有一位深藏功名不露名的94岁老人。如今，虽然腿脚不方便，但他常常会面向东北方向某一个地方眺望，陷入深深的思念和回忆中。

老人叫徐世江，1927年10月6日出身于贫苦的家庭，从小衣不裹身，食不果腹，受尽了地主的剥削压迫。自他小时候起，在心中结下了阶级深仇大恨，长大后，屡次拒绝加入国民党的地方民团。因他时常听说有救贫苦人的共产党队伍曾几次来过通山，由于深处大山，信息闭塞，交通不便，这个一米八几、体重140来斤的汉子为一心想追寻共产党去当兵而备受煎熬。

1951年正月，他终于如愿以偿，应征入伍于中国人民解放军16军186师工兵营，成了一名新中国的新兵。

新兵们来到石家庄某地186师营地的第五天，还没来得及熟悉部队生活，一声集结号吹响。部队立即开拔，紧急向朝鲜前线待命，部队分乘汽车一路急行，几天后来到营口市。在这里，他与各路汇集部队的新兵们临时展开军事训练，仅仅一个月，因他枪法准，身体结实，头脑灵光，被分到186师特务连侦察排，成了一名射击手。

上甘岭战役打响后，第15军45师的兵员伤亡惨重，急需补充兵员，徐世江随186师的大部分兵源投入五圣山至平康一线，在这里，徐世江和战友们边战斗边训练，他们坚守阵地，顽强作战，打退了敌人的大小规模进攻已经数不清楚。他说初上战场时，敌人的炮火落在阵地上，震耳欲聋，地动山摇，尸体飞上天后血肉横飞地落在眼前，初次见到满地的残肢断膀，血流满地，许多战士躲在猫儿洞或深壕里吓得浑身发抖。但经过几天战斗后，目睹了不断牺牲的战友，就充满了对敌人刻骨的仇恨，待敌人再发起冲锋时，大家自告奋勇爬上战壕，瞄准敌人，扣动扳机，巴不得大量消耗子弹，多杀敌人。

金城反击战是抗美援朝战役中投入兵员最多、规模最大的最后一次战役。徐世江在此战役中和战友们并肩作战，英勇顽强地历经七天七夜的战斗，这是他一生中最难忘的事情。

战斗进入相持阶段，徐世江随部队进入阵地后，趴在壕沟里密切注视百米开外敌人的一举一动。两军对阵距离很近，可听清敌人大声说着叽里呱啦而听不懂的外语，敌人仗着武器比我方精良，时不时用机关枪对我阵地一阵子猛烈的扫射，子弹如暴雨般压制我方不能抬头，敌人还经常用炮火不断摧毁我方的工事。但是，敌人的每次冲锋，都被我方用密集的怒吼子弹击退，不敢贸然进攻，同时，每一次战斗也造成我方伤亡严重，兵员在剧减，亟待支援。

敌人不断消耗我方阵地的兵员与火力，终于发起了一次大规模的进攻，先用空中和地面炮火密集轰炸，成片的森林树木被炸翻，有一根直径一尺多大的株树突然倒在徐世江的战壕边上，却成了徐世江最好的掩体。徐世江抓住有利地形的时机，用一支“三八”大盖瞄准冲锋的敌人一枪一个去击倒。于是，敌人集中火力，以密集子弹将这棵大树的正面打成马蜂窝但伤他不得。敌人准备发起第二次冲锋时，徐世江发现战友石怀高、石顺昌、刘友明的掩体被炮火几乎炸平，便大声喊道：“快到我这边来！”在几个战友正准备转移掩体时，不巧，一发炮弹落在石怀高的身旁爆炸，石怀高身负重伤，从此，失去了双腿和双手。徐世江和战友们怒火中烧，他端起战友的机枪进行了半个多小时的猛烈扫射，枪管在雨水的淋湿下冒着腾腾热气，肩膀被枪托震得去掉了一层皮，打退了敌人发起的第二次进攻。

待敌人再发起进攻时，阵地调整了兵力，并调配布置火力点，战斗又一次打响。突然，徐世江发现有七个敌人在火力的掩护下朝一个地方扑去，他抬头一看，刘友明正占据在一座砖瓦窑制高点射击，敌人正朝他的方向扑去，“不好，快随我来！”他拉上石顺昌沿战壕向刘友明的危急地方奔去，正当刘友明击倒三个敌人后，一颗子弹击穿了他的左膀，正处于势单力薄、寡不敌众、岌岌可危的不利境地时，正因徐世江、石顺昌及时赶到，一顿“嗖嗖”扫射，歼灭余敌，救下了战友，堵住了口子。

徐世江和战友们坚守阵地四天三夜，部队已减员过半。疲劳和饥饿无时无刻不在摧毁他们的意识和力量，但他们坚持不撤阵地半步，一直等到37军的三个师支援赶到，形成了我强敌弱的压倒性阵地态势，敌人见势不妙即下令撤退。此时，兵败如山倒，个个儿掉头抱头鼠窜，我军旋即发起猛烈的冲锋，打得敌人丢盔弃甲，哭爹喊娘。徐世江随部队发扬连续作战的精神，一鼓作气跃出战壕，乘胜追击三天两夜，越战越勇，越战越胜，一直将敌人驱赶至“三八”线外，我军大获全胜。

金城反击战大捷后，战争处于边打边谈，边谈边打阶段。徐世江所在的部队开始撤退换防，伤员转向凤凰城抗美援朝总医院。他随部队在营口市休整，补充兵源，随时听令再战。1954 年 7 月，他随部队撤出朝鲜。

在抗美援朝的三年半中，这位战斗英雄历经血与火的洗礼，荣获荣誉勋章五枚，荣立二等功一次。但他从来不提及这些荣誉，好像这些与他无关，好像早已遗忘，他只经常提到自己是部队培养的一名共产党员，凡事要带头去干。退伍后回乡，他先后在大畈乡武装部、夏铺镇林业站搞基层工作。他任劳任怨，兢兢业业，不计得失，一心一意为部队征兵送兵、拥军优属、植树造林、护林防火，默默地甘当老黄牛，从不因为他的战功显赫而向上级提出任何要求，老伴曾提及临退休前进城，能在机关退休图个安享晚年，他一口拒绝。他说，党叫我干什么就干什么，要想想我失去的战友及家人，我没有资格去向上级提要求，他说革命是一块砖，哪里需要往哪搬，他热爱通山的大山，在基层林业工作期间，他走遍了所辖区的山山水水，亲手种下的树苗不计其数，如今都长成了参天大树，成了大片大片的森林景观。

1985 年退休后，徐世江毅然决然地做出决定，携妻带子回到偏僻边远的深山老家，至今 35 年来，他过着粗茶淡饭、简房陋舍的生活，他常告诫儿孙们越是过上来之不易的幸福生活，越要艰苦奋斗，勤俭节约。他极少再走出深山，一门心思参加地方建设，为改变家乡面貌而不遗余力发光发热，积极为村委会建言献策，每逢村党支部召开党员会议，他必参加，每逢公益事业他必定出钱出力，30 多年来，这个热心老人忙上忙下深受乡亲敬佩，绝大多数乡亲们只知道他是一名共产党员，还不知他是一个功勋卓越的抗美援朝英雄。这几年，他的身体每况愈下，行动已是不便，但他每年不忘一件事，就是要求儿孙们和女婿将次年的党费如数地交给党组织。

2019 年 11 月，一位参加完新中国成立七十周年阅兵的部队军官通过军史资料专程寻找到了他。当这位军官翻山越岭找到村里时，村里人才知道，俺村这位善良的老头原来是位大英雄。阅兵英雄看望老英雄的事迹经媒体报道后，通山县退役事务局才发现，这位英雄老人一直隐埋功名和从军历史，根本没有主动参加退役军人登记。作为“全国退役军人工作先进模范个人”的徐赐建同志深为震惊和自责，多次上门拜访慰问，赔不是。老人笑哈哈地说：“这哪里是你们的错，而是我不愿意。现在生活这么好，又没什么困难，我老了，为老百姓做不了什么事，有什么值得登记的！”

说起牺牲负伤的战友，忘不了朝鲜的玉米饼。老人满眼深情，他说在战斗中，朝鲜老百姓冒炮火送粥到前线，拉着他的手不断喊“杀拉美，杀拉美”。那急迫的渴望眼神，常常在耳边和脑中回荡，谈到在战壕里爬冰卧雪，浑身湿透，战士们冻得刺骨的痛，朝鲜的老百姓送饭来时见状立即要求战士们换下衣服，在安全地带马上洗净生火烤干后再送上来，想起牺牲在异国长眠至今还在他乡未回来的战友，老人一字一顿地说：“七十年了，我想他们啊！”泪角泛泪湿巾。

这种对战友、对朝鲜人民的思念，对中朝友谊、炮火纷飞的记忆，充满了他一生的情感，成了他一生珍藏的往事，从而正是他倍加珍惜生活、埋头努力工作的精神动力，在伴随着他告老还乡的日子里，他情系故里、淡泊名利、低调做人的传奇一生虽被人们遗忘，但是，历史不会忘记一位英雄老人，他常常伫立在大山里的家门口，遥望东北的那个叫金城的地方而发呆，他喃喃自语，不知不觉敬着军礼，已是成了习惯。

杯酒偶得

石头经过千锤百炼就是钢铁，去伪存真让争议吵闹不断，有几个回合后，实事求是暂时失去了作用，虽然歪理连篇会暂露风头，最终都会被真相套牢。

怀念信笺

在20世纪90年代初，在部队的时候，写信和收信是我联系亲朋好友的主要方式。那时，心是纯白色的，情是意切的，笔是流畅的，生活是真实的。

90年代中期开始，随着电话、BP机、模拟机、大哥大、手机、智能机、计算机及电商的衍生而发展，很快取代了信笺的联系方式，信笺成了原始，成了历史，信笺慢慢退出了历史的舞台。

在现代的生活中，我怀念信笺的生活。之所以怀念信笺的生活，有多少真情意切都在写信中尽情倾吐，又有多少牵挂和期盼，在盼信中牵肠挂肚地等待。“家书抵万金”，在部队的日子里，父母的叮嘱和朋友的思念都揉进信笺里，我身处异乡，收到来信，吸纳到灵魂的抚慰和力量，又有多少封信的往来传递，让我收获友情和真情，还有泪水。在老师、同学、朋友之中鸿雁传书，每一封来信、每一字、每一句话，字字句句都是真情流露，笔端带来心灵的悸动，寄托着心思和欢乐哀愁。

在部队，我每次去邮局，带着盖有“军人免费”的三角戳信封寄回家，多了一份自豪。

写信的时候，正是青春年少的时代。纯朴、真挚、憧憬、美好的留存在字里行间，开头一声“您好！”结尾一声“祝愿”那是必需的。心情不好的时候就写一封信吧，把自己的烦躁放在信里头封存，向挚爱的人倾诉；心情喜悦的时候也写封信吧，把自己的收获带给远方，让相隔千里的亲人能分享你的高兴；当你想对你心仪的姑娘表达爱慕之情的时候，写封信吧，少了羞涩多了直接。

在当兵的日子，等信是一种煎熬，发出的信，寄出的表达，等待着回信。每天数着该收到信的时候，是期盼、期待、思念，每当邮递员送信的时候就是希望喊到我的名字，多么兴奋与满足；没有我的名字的时候，是失落、失望，又多了一份盼望。

收信的时候，是迫不及待的心情，轻轻地打开信封，慢慢展开信纸，眼熟的笔迹，眼热的字眼。读着书信，心是激荡的，眼里是湿润的，语言是通情的，人性是通理的，读了一遍又一遍，永远读不够，还会悄悄地留驻心间，永存箱底。

信笺既留下时代的笔迹，记录了浪漫的青春，也书写了人生的情感，铭刻了记忆中的美好，记载了人们从那年代走过来的一路标识。也标志了一段时光与历史发展的足迹。

现代生活步入信息时代，信笺的方式基本上逐步被电邮代替。

随着信息时代的发展，人们过上了崭新的生活，信息时代，它给现代社会的生活带来了快捷、方便、直接的沟通方式。

现有的年轻人对信笺已经陌生，成了一代人遗忘的岁月往事。键盘成了手中的笔，方正字代表了一律字迹，情感只限于一秒钟冲动，相隔千万里只是咫尺天涯，思念万缕只是一念之间，风花雪月只是轻描淡写，字里行间再不得心应手，意乱情迷隐匿心田。刀不磨一天会生锈，字不写手会生疏，没有了信笺的日子，我们可能对书法叹为观止，我们可能对表白不再含蓄委婉。现代生活中，只要与朋友们联系，在手机的信息中可能被忽略，在博客中被遗忘，在QQ中被忽悠，在微信中被误传，在电脑中被穿帮，在生活中被搅乱，在情感中被伤害，在私密中被传播，在人生中被绊倒，在生活中被刺伤。

我赞成信息时代，也有迷惘，加密的年代却没了动情之处，纷扰的生活没了怡情的沟通。感情意识在渐渐淡薄，方正的意志却没了方寸之分，灵动的笔尖却显拙笨，我怀念信笺的日子，情意之中却有了春华秋实的浸润，尘封之中却有了心灵栖息的港湾，来往之中有了精神的寄托和慰藉。

有道是：“红叶黄花秋意晚，千里念行客。飞云过尽，归鸿无信，何处寄书得。泪弹不尽临窗滴，就砚旋研墨。渐写到别来，此情深处，红笺为无色。”

“欲寄彩笺兼尺素，山长水阔知何处？”如今，我们不管走到哪里，行走的人群和悠闲的人们，大都端着手机低头看着手机，手机成了新闻，成了聊天工具，成了别的一种信笺。便有了一个社会流行的热门词：“低头族”。

生活依然美好，现有的生活和未来的生活离不开对效率至上的追求，信笺必然成了时代的符号和印记，随着人世间的万物变换规律和文明进步的创造和发展，信笺是必将淘汰的产物，怀念信笺，也是一个时代人们的珍藏品。

在一代人的心结中，信笺是情结，寄托了怀念。

我想写封信，又不知该写给谁，也不知寄到哪儿去。

车来车往

走进南市路老街的一个小饭馆，等朋友下班后一起吃晚饭，准备谈些生意上重要的事情，朋友却让我多等一个多小时。朋友一进门，面对我的不悦，就抱屈指着窗外的车水马龙，离这里不足 10 公里，一路堵塞，让我走了一个多小时。

城里的老街，车满为患，动弹不得，抱怨、烦躁、浪费、耽误充斥了一条老街。

我记得 30 多年前，还是这条老街，也人来人往，但稀稀拉拉。行人可以在大街上自由散步，唯有庞大的自行车队伍来往穿梭，偶尔有一台草绿色帆布敞篷式吉普车或伏尔加轿车，一掠而过就会成为人群中眼里的亮点。解放牌卡车也不限行，可以畅通无阻，东方红拖拉机也可以肆无忌惮地突突地来来去去，摩托车也是横冲直撞游刃有余，那时候的大街是宽敞的，足可以不做抱屈，也无堵塞之说。

还是那条老街，30 多年前，牛可以拉车在街上走过不碍事，脚力板车在街面慢悠悠地吃力行走，人力车夫在街上吆喝着，或是在街边小憩也不耽误人们的行走，匆匆忙忙的行人穿走这条街，不用左顾右盼，毫无冲突，一切是那么顺顺当当，坦坦荡荡，毫无顾虑。

朋友在 20 年前买了台好车，桑塔纳 2000，那个时代，私家车是屈指可数的，他春风得意地开过这条街，引多少英雄竞折腰，引多少人深情回眸。私家车的诞生，带动了多少摩托车族燃起了购车的梦想，慢慢地街上有了许许多多的大大小小的私家车，有了许许多多洋洋大观的品牌车。车越来越好，越来越贵，越来越多。近两年，车子成了家庭必需品，成了小康社会的标志，成了出入的体面，也成了街上的司空见惯。但是车来车往，却也适得其反地带来了出入不便的烦恼。

这条老街已不堪重负、拥挤不堪，堵塞交通是每天重复的故事，骑者堵塞之中，进退不得，行人夹在中间，左右不是。虽是大奔、宝马、保时捷等名车，只要堵塞在这条老街上，也会乖乖就范，黯然失色，小心翼翼。

有车固然给生活带来了方便，随即是行走难、停车难、理赔难、消费难，扣分罚单更让人唏嘘不已，有车者自叹买车易开车难，为停车位更难。

朋友十年前的车到了现在已拿不出手了，换了宝马 700，高端大气，昂贵高调而不失身份，却为今天可能的生意和兄弟情谊，在不足十公里的距离浪费了宝贵的一个多小时的时间，他就咒骂车子堵塞的诸多不是，也算是找到了失信的搪塞理由。

车有了，生活虽是方便了很多，人有了一些风光体面，去掉了一些虚伪的底气，增了一份自信。车多了，需要行走宽敞的路，而路不可以再宽，土地是寸土寸金，而车一加再加，供不应求，就如食物再可口也就是一个胃，装进再多排泄功能不堪重负就会胀死。有关部门治理再强大，也会束手无策，堵塞依然如故，道路设计再科学，满足不了未来发展的需求。车子了结了人们一种情结，却成了人们的一种情绪，成了社会的一种累赘，车子促进了社会的发展，却是造成了社会的一种顽症。

没有车子的时候，人们健步如飞，悠然自得，有了车子后，人们腿脚呆板，懒庸无力。没有车子的日子，再远的路拔腿说走就走，再远的地方，落座于一台公交也就到了，一旦有了车除上厕所外，出门就是车门，不管到哪儿去，从不考量自己脚下的路有多长，不会考虑没有车走不了的路，更不畏翻山越岭。有了车子以后，相信车到山前必有路，可遇上堵塞时候，却抱怨自己浪费了比金子还珍贵的时间。老街道上，少量的车可以提高综合社会效率，车子越来越多，反而社会效率越来越低下。

还没有计划买车子的人，才真正是生活的智者，才是懂得合理开销的理财人，免去了买车开支后的保养、修理、加油、保险、罚单等后顾之忧，反而生活没有添车后带来的烦躁。无车之人给有车人带来的是井水不犯河水，你行你的车，我走我的路，你开车图方便，我走路我健康，但有车的人就要给无车的人制造麻烦，我的街要注意你的车动向，坐上你的车，和车一起就堵了，你得陪着，大凡没有车的人想着办法东挪西凑也要买个好车，也随波逐流去挤这个热闹，大都会后悔不已。

交通堵塞，是在人类文明的发展中造成的，只有靠人类文明的创造解决，只有倡导人们少出门，少开车，少买车，只有呼唤人们文明开车、照章开车，才能让车水马龙的大道畅通无阻、川流不息。

人们正步入有车子的烦恼生活。

老街是城市历史的公证者，也是见证者，尽管街道两边商铺的主人一换再换，门面的招牌一装再装，尽显繁荣浮华，但老街的路面毫不留情地在这里坚守历史，它会阻塞你的行走，让你寸步难行，老街也是宽宏大量的，尽管车子越来越多，路面已容纳不下，但照样让你来来往往。

和朋友一起走在人行道上，不开车子的时候，省时又健康。

多走路少开车，有益于自己，也有益于社会。

又见炊烟升起

城外的农家院是什么时候烽烟四起的，引来无数城内城外的吃货，我不记得了。

我也是个吃货，好口酒，农家院的生意十分红火，菜肴地道，合胃口，我会常去。细细品味柴火做出来的饭菜，逗留在古朴的风残老屋，慢慢唠叨着重复的酒言，享受着村姑们实在的服务，生活得以休闲，更是有一种怀旧的品味。而且这里菜系价格也不贵，还能吃上正宗的有着阿婆菜系一样的味道，还能有地道的土生土长的田园菜物可采，有了“欢然酌春酒，摘我园中蔬”的田园意趣，让我感到人间烟火中的情感归属。

难觅一处老式的古雅农家院人家，大凡光顾这里的食客大都是农村出生长大的过来人。小孩子不大喜欢，大都市来的客人由本地人牵引而至仅为品味而来，也有路过而顺道饥不择食只不过填饱肚子后而匆忙的赶路客，也有人带第三者为了不生事端而权衡利弊后图偏僻而来，形形色色，不一而足。像我这样纯粹为吃饭而来，比较少见。

瞅见农家院的风生水起，有人起了心，照单效仿。通过对城外周边的实地考察和对消费人群的消费心理，做足分析，做足论断。先吃遍了城外的农家院特色菜，有了生财之道的主意，决定舍近求远，在离城外几公里处，选一处交通便利，远离城内喧嚷的地方，在一个毫不起眼的乡下，外部一般是青砖瓦房，茅草盖屋，显得破落而荒凉，谓是：“穷巷隔深辙，颇回故人车。”但按明清古建筑原版装饰了酒楼的内部，古色古香，十分惬意，用的燃料全是上好的硬木材，餐具全是皇宫式碗筷，精筛细选，菜物全是专人选购，厨师是全国名厨。开业之初，针对客户群是一一宣传到位，所以，旗开得胜，日进斗金。

若是我想办农家院我也会这么想，可惜这个欲望所求难实现。

农家院相比城里的高级酒店，不讲档次，菜价不能太贵，否则一般吃货会不敢来。农家院姓农，说明必须是大众化的食堂。一般老百姓来到农家院也有个想法，请客人不容易，去农家院除了体验一下人间真味，还能比城里酒菜省些价钱，既体面又大方，还能让客人吃过而满意。而今，很多的城里人有家乡的客人来了，就会带到农家院来，不必顾忌适得其反，花钱时不必想出处，热情方为上品。如果客人真的不满意农家院，直白提出家宴里才是真味，其他的都没有多大意思，或者要吃就吃城里高档酒店的那个礼遇，也未尝不可。

“久在樊笼里，复得返自然。”如果常到一处农家院，就会感到还是那个菜也还是那个味，也就索然无味了，细细回味后，怀疑所有的菜除了味精多加点，增加点鲜美，再无实处，甚至会猜测用油的真假，会在舌尖上去找原因。真正的所谓土鸡无须任何调料仅加点盐就成了，才算得上美味佳品，真正的蔬菜没有加化肥而是土生土长的，更好的是山间荒野中自然生长的。吃久了农家院，也许各农家院厨师做法不一，作料不一，才有些独特差异，其余的也就味论味了，吃过多次也没什么花样，茶是那个茶，菜还是那个味。现在，农家院搬进了城里，与城外的一般农家院味道没有什么两样。农家院的兴起，迎合了人们的心理要求，弥补了城乡接合部城内城外诸多情怀的不足，历经了岁月变换的沉淀和浮华。

如果，还不是你心中真正的那个味道，还有什么更有味道呢？

我会常去看望父母，无论父母在乡下或住在城里，每次团聚，母亲就会高兴地下厨做我平常最爱吃的饭菜，吃起来感到久违的味道涌上心头，是那么有滋有味。

真正的味道是母亲盛在碗里的乡愁。

雾中水车

一片潮湿的美丽的梦，温柔地欺骗你走后而沉沦于平静的山谷。

天阴沉沉，皱着眉头的风，焦急地用嘶哑的声音呼唤着，穿透浓浓的山雾，村庄隐隐约约像是披挂了面纱的姑娘，朦朦胧胧的，很迷人。

小溪在村庄的另一头，溪流中，一架貌似庞然大物的古老水车，吱吱呀呀地唱着不变调的歌。精神是那么的饱满，骨架是那么的厚实。巨大的轮子由十多根四米多长的竹“钢条”支撑着，组成一个标准的圆，有力地将一排排像链条一样的水盒子托起，循环往复，将底处的水吸起轮流地倾进田野，永不停息周而复始或将稻田浇灌，研磨着推动着一个希望。

涔涔的水雾与空中云雾缭绕在一块，整个山谷灰蒙蒙、湿答答，要是太阳出来，还可以看到天空色彩斑斓，五光十色，形成联想中一道海市蜃景的风景线。

雾渗进树林，漂白着每一片开始枯黄、飘落的树叶，雾茫茫之处，打湿了树梢还未能起飞雏鸟的绒毛，一群靠山吃山的汉子正迎着晨雾起来，扛着一捆捆毛杆或是毛竹在研磨搅碎，再放入石灰池，不知再经过多少道工序，用来制作好土纸，拿到山下换钱用。

在这个不通电不通公路的“夹皮沟”里，水车成了唯一的机器，它昼夜不停地转动着，将水舀出，放入水渠，浇灌田野，带动水磨，碾细加工各种物品，被山里人视为山中铁牛。

山中的雾不散，水车转动不停，人们在雾中生产，在雾中生活，古老的生产方式和贫困的生活条件何时才能冲破浓雾，走向坦途呢？

注：本文写于1997年，发表在《浅水文艺》上，如今，这种水车却是一些城市里浓缩的风景，有怀旧作用，在农村很难见到，基本上没有了，农村不再是过去的农村，时隔几十年，精准脱贫中的农村有了一番新的景象。

清　欢

孩提时代，每次路过村头那棵老樟树下的土地庙前，嘻嘻哈哈学着大人的样子磕头求神。小时候，我常闹病，奶奶总是拿出好的酒菜去土地庙求神灵保佑我渡过难关。是幼年培养出来的习惯吧，我至今对佛寺庙宇有着浓厚的依恋之情。

经过许许多多的庙，大大小小的寺，有时是寂寂寞寞的堂，风风火火的殿，反正只是庄严神明的处所，我都能感觉到一种温暖的情怀。烧香的时候，心情随檀香萦绕，整个人就平静下来，然后四处走走。仔细观赏寺里别致的建筑；雅致的园林亭榭；读着到处写满了精美的出乎人意料的对联和签词，深深地呼吸着这里掺杂着浓浓香味的空气，再逢见那些无比庄严穿着神衣的神明道士或和尚，听着那敲打木鱼的声音以及那朗朗上口的佛经。只要你在心情上接纳这些，再目睹出家人的那种粗茶淡饭的脱俗之乐，那么，有快乐也沉潜了，有悲伤也平静了，有欲念也形秽了。

寺庙的建立不但是为了美好的风景锦上添花，令人心旷神怡，最感人的是来烧香的人特别的虔诚，即使是口无实言的骗子也会说心里话。尘世中难得有真朋友，俗世里难觅一知己，朋友有了知己也有了，就是难找到人间的真味，就像是寺庙再美，如果庙中没有一个得道者都是不足挂齿的，犹如是中秋之夜，有了最美的花草和最甜的佳肴，吟琼楼玉宇而独唱明月，心情大不一样了。我曾在许许多多知名或不知名的寺庙里见过许许多多知名或不知名的、有可能出家修炼许久的高僧，也可能长年累月只做些杂事的毫不起眼的俗家老人，只要与他们对座相谈，听他在平静清淡中得来的智慧，就像有了微风吹沙始得金的境界，再苦再累再痛的心也在这微风的轻拂中悠悠地如梦初醒。

清欢之所以好，能在清欢里体会人间真味，在污浊滔滔的人间找出清欢的滋味，因为这种清欢的滋味带来的欢愉不是来自别处，正是来自平静的、疏淡的、简朴的、短暂的、无所求的、无条件的生活热爱。

拖　斗

下午时分，空气忽然间闷热起来，隐隐约约听见一阵轰隆隆的雷声由远而近，由南向北慢慢传来，风缓缓而起，天色渐渐而暗。这气象应验了昨日收音机的天气预报：今日有雷阵雨大风，果然不出所料，一场雷阵雨即刻到来。

燕子低旋，焦急地奔向自己的家巢，满天的红蜻蜓胡乱碰撞，从南方正席卷而来的乌云好似大兵压境般黑压压地扑盖而来，试图遮住整个天空，黄昏将提前到来。

一道闪电划破天空，紧接着一声霹雷当头响起。

“妈，我怕，哇！”一声惊慌的哭声随雷声之后响起。

循声望去，在不远处的一块责任田里，一对年轻的夫妇正在田间里埋头收割水稻，似对这场可怕的雷声全然无动于衷，在夫妇的前面是一块被狂风吹得摇头晃脑的金灿灿水稻，身后是一排排刚收割下来整整齐齐的水稻扎把，就在田埂旁放着一部用来脱粒用的拖斗——一部抛打半机械化的老式脱粒机，四四方方的底轮，三周围着屏风，一位四五岁的小孩站在拖头旁哭喊不止。

“别怕，你爷爷要送雨伞来了。”那位埋头收割的少妇暂且放下她那白色的镰刀，边哄着边走向她的孩子。按着风的反朝向去搬拖斗，随手一反拿，竟然把一部庞大的拖斗侧翻动向空口的一边，刹那间，拖头像变魔术似的成一座小小的房子，少妇随手抱起她的小孩放在房子里，算是避风躲雨。双手是那么有力，动作是那么娴熟，主意是那么巧妙。

雷声越来越大，风声越来越急，天色更是阴暗起来。

收割也曾是我孩提时一道难忘的故事，我家在农村的时候，也有自己的责任田，我是一名十足的收割者。在农忙的时候，劳力不够，我就得拿起镰刀。第一次我随父母一块下田，收割时候不得要领，本应双脚并立，适度弯腰，用力均匀，而我却是一只脚在前一只脚在后，加之弯腰的弧度不够，犯了收割的大忌。

妈啊，我的左腿被锋利的镰刀割出深深的一道大口，深可见骨。父亲和母亲忙放下手中脱粒的扎把，背上我往一公里外的村里医疗卫生室跑。如今，我的左腿膝盖下那条大伤疤仍然还在，现在，全家人已迁到县城，告别了那个稻花醇香的老家，今天所见的这番情境，使我对农民那劳作的身影有切肤之痛般涌上心头，不禁一阵伤感。

“孙子，在哪儿？”一位老人拄着拐杖向田间这头呼唤蹒跚而来。

“爷爷，我在这儿！”那孩童从拖斗里忽地冒出来，直奔他的爷爷，爷爷笑嘻嘻抱起他的孙子。

一道电光闪过，一声炸雷响起，暴雨终于来了。

年轻的夫妇穿戴好雨衣，用他俩刚放下镰刀的手将拖斗定位调整，拉下田埂，驶向田间，双双拾起湿漉漉的稻把轮回地奔向拖斗，一把一把挥打脱粒。此时风声、雨声、雷声，骤急交错的“唧呛……唧呛……”抛把脱粒的节奏声，丰满的谷粒像珍珠般散落在拖斗里，每把是那么五六下就抛个精光，然后随手向空中一撒，完了颗粒的稻草随风散在田间，用着来年的田肥，拖斗从这头向那头缓缓地前进，拖斗的谷物越来越多而沉甸起来，这对年轻的夫妇每抛完一块，必更加吃力地将拖斗向前移动一步，只见这夫妇齐心协力厉声一吆喝，拼力一拖，竟能将拖斗拖出一大步，在拖斗后面是两条深深刻在水田里越来越长的印迹。

风雨交加洗涤这对夫妇忙碌的身影，雷电一闪一闪地为他俩拍照，泥沙混杂着湿润的稻草沾满了这对年轻夫妇的脸庞。再说那老人撑着雨伞护着他的孙子守候在田埂上，守望着这年头的收成，笑容挂在面上，小孩在田埂上喊叫加油。

一家老小，就在这风雨雷电的田野上享受着美妙的农家乐，也许对这场风雨到来似乎有所准备，或是司空见惯了吧，却是那样的泰然自若，显得那么从容不迫，如果说与天斗其乐无穷的话，那么对于农民，多么希望天公风调雨顺但求年头有个好收成，巴望着五谷丰登，然而，天总有不测风云不遂人意的时候，而我们的农民却一如既往、义无反顾为大地无怨无悔而作，这生产关系难道不就是征服和改造自然最实在、最朴实的生产力吗？

此时，面对这风雨劳作图，再好的画家也无法落笔，倾听这样大地的乐章，再好的乐手也会慌而失措，的确，这是一种无法言喻的美，是出自生活毫无修饰的自然古典美，我想：大地诗人——农民，人间再没有比写你更加动容、更加坚实的作品了。

雷声渐渐远去，雨声渐渐消退，天色渐渐放晴。

拖斗从这头驶向那头，像一只满载而归的巨轮进了港湾，落暮的阳光洒在拖斗的金黄色的稻谷上，增添了浓浓的色彩，年轻的夫妇喝着老人递来的凉水，擦拭脸膛的泥汗，露出两颊笑靥，一串串爽朗的笑声在田野的晚风中回荡、回荡。

只有那部像刚试量完丰收的果实拖斗，又像是为劳动的结果画上了一个圆满的句号。

燕子轻快飞翔，蜻蜓满天起舞。

附　录

文学路上的“长征”

——读张长征《此情可待》有感

倪　霞

一

长征要出文集的心思，记得是几年前的一个夏天。他跟我这个攀上下届的“老同学”说，想把多年来的文字结成册出版成书。我建议他静下心来修改，至少得多改几遍，才能不负这份对文学的挚爱。没多久打电话找他有事，他说在老家住着改稿呢，快被湖边的蚊子咬死了，点两盘蚊香也不敌湖边的蚊子厉害。当时我就想，这家伙还真能吃苦！富水湖边老家的房子多年未住了，虽依山傍水，生活却有不便，但他坚持了一周时间，不但整理好了稿子，顺便还写了一篇《富水湖的早晨》。这篇文章成了这本册子第一辑《乡关梦回》的首篇之作。且看他开篇写道：

在城里，每天在醉醺醺中睡去，又在昏昏然中醒来……一本书稿搁置了几个年头，欲写欲改却不能延续，若不静下心闭门思过，恐难修成正果。听了出书人的指点，说是找个清静的地方，或许可沉下心来，便于写稿。于是，我想到了位于富水湖畔的湖山老家房子……

对长征的文笔印象，很多时候和他的性格一样，天马行空，跳跃性强。长征为人豪气直爽，曾在部队锻炼几年，新闻通讯是他的写作起步，曾发表了大量作品，军营文化成了他人生的一笔财富。从部队回到地方，先在银行工作，工作期间读大学，再后来下岗自己南下做生意。

习惯了大城市快节奏的生活，我陡然一个人、一支笔来到这里，坚持与文字做伴说话，静静坐着、静静思考、静静作文，过着风止月暝的日子，若一书生致志于写字。说实话，屋内蚊子繁多，点两盘蚊香分摆两旁，仍阻挡不了嗡嗡的进攻，扰断思路，必不时地手舞足蹈啪啪作响应战，甚是烦恼。

偶尔一抬头，爷爷奶奶的遗像赫然凝望着我，像是两位监考老师；于是，胸前又有了一团热气，乖乖安坐下来，凝神聚气去写文字。（《富水湖的早晨》）

二

真正认识长征，是我出版长篇小说《守望木棉花》不久，而他正是披荆斩棘历经磨难后重拾诗酒佳话的时候。他说，在北京一个朋友那里读到我的小说，因为写军人，他感同身受，一日一夜读得天昏地暗泪流满面。一次回乡，特地约我去吃饭，并一口气买下 100 本书分送给战友们分享。他说是我的小说再次触动他心底深处的文学梦，并说是我的铁杆粉丝，要号召自己向我学习等话语。言谈间，得知他曾有一段最坎坷的岁月，那时哪怕早餐钱没有了，也要买书读，始终没有丢弃文学梦。那些年，他写过一些文字，也在一些报刊发表过。因为对文学的爱，他坚信自己能走过艰难困苦；有了文字的相伴，再落魄的日子也能战胜孤单寂寞。

生意上，他在深圳开公司八年，经历过从几百万元投入到血本无归，直至背一身烂债返乡。在生活的沼泽地重新爬起来，从零开始，点滴积累，到渐渐春回大地。个中努力个中凄惘，不是一言一句可表，但他终究是站起来了，并且站如松，豪气冲云天。这一点，长征是个汉子。

2007 年，我舍弃了深圳自己创办的两家不景气的公司决心打道回府，背负着近两百多万元人民币烂债逃回家苟且偷生，心情一下子落入谷底，犹如掉了毛的凤凰，风光荡然无存。在江湖的迷乱中受尽了人躲鬼不逢、犹如丧家犬般的生活，过着饥一餐饱一餐的落魄日子。多次挣扎，试图在漂泊的江湖中奋发，却是尝尽人间冷暖，叹死而无后生。曾过着赌博场尽输、拉保险尽赔、有商机无盘缠、吃豆腐皮差点儿被噎死的日子。创业的失败，才后知后觉到自己落到如此的不堪脆弱与无奈，后迫于生活，买了一辆二手货车守在县城月亮湾一角落，日夜守客跑运输，试图先养身立命，再谈孝忠仁义……（《方寸光辉》）

在写与光辉兄的友情里，却带出自己那一段艰难日子的情状。短短百来字，道出了一个人最真实的生活景况，实乃不易。好在那些日子他坚持走正道熬过来了，现在想来，又何尝不是上天对他的考验呢？人生最低谷的时候，也最能考验一个人的意志和品行！

在《喜得女儿》里，除了对女儿绵绵无尽的爱，更是通过女儿的成长，串起他那一段深圳八年摸爬滚打的商海浮沉，是女儿的出生和女儿对父亲的眷恋，让一个铁打的硬汉满腹柔情，在为了让女儿在一份安稳日子中长大的激励下，他重振精神，放下曾经“老总”的身段，从小事小生意小事业开始，在看尽世态炎凉中怒目前行，通过多年的努力，终于咸鱼翻身活了过来：

我好歹也算一个八年纳税人的老板，一夜之间沦落如街头的乞丐，如一条丧家犬，狼狈不堪地被深圳吆喝一声，将我抛弃于门外……我过去的朋友、战友、亲人绝大部分都离我远去，父母兄弟对我也是唉声叹气，无力相助，我就像一个传染病人一样抖瑟在人世间苟延残喘……我的姻外婆和我的弟弟拼尽全力将我从泥潭中拉起，并为我擦洗满身的污水，带我上岸，推拉着我前行……为了儿女，我必须从零开始，我庆幸，我唯一的力量是还有一对儿女……在不到五年时间里，我还掉了近两百万元的巨债……（《喜得女儿》）

读着这篇长达八千字的文章，我深深为长征舒了一口气，同时感受到了他的力量和精神，更为好父亲张长征叫好。是真实的文字记录，让他留住了生活的过往，这份艰苦辛酸跌倒又爬起来的过往，必定是烛照子孙在不确定的人生里，要坚持诚信做人的传家宝。现在的长征终于走过来了，一如长征路上“更喜岷山千里雪，三军过后尽开颜”的真实写照。

三

小城里有一个因爱文字而走在一起的圈子，他为人豪爽率直，大家偶尔聚时，长征说感谢文字，感谢作协里的兄弟姐妹，在商海碌碌之余，还能有作协这个大家庭，让他特别温暖和有方向感。通读《家长里短》这一辑，更加相信长征所言不虚。文字是有力量的，爱文字的人在一起，总是通过所爱的文字而相互取暖。

在《往事烟云》这一辑里，开篇是《我的军营岁月》，洋洋洒洒五万多字，占这本集子的四分之一。回忆了军营生活的各种温暖趣事，记录了从初到部队和几年后离开部队的一路真情；有生死战友情，有战友之间青春年少的糗事趣事，所有的一切，汇成的是对部队生活的不舍和感激之情。

回首往昔，是部队培养了我们独立生活的能力；是部队教会了我们为人处世的道理；是部队锻炼了我们统筹协调的能力。部队生活，练就了我们处变不惊、遇事不乱的军人风范；部队生活，形成了我们如苍松般坚韧的军人作风；部队生活，铸就了我们似磐石般坚贞不屈的性格。是部队的经历，培养了我们深厚的战友感情；是部队生活，给了我们许多别人没有的东西。我们从不后悔自己当过兵，我们为自己曾经拥有军旅生活和别人体会不到的战友情而倍感骄傲和自豪！

谈笑间，军旅生活已成往事。岁月交替，年轮转换，几十年光阴弹指一挥间。我们感谢部队的培养之恩，而今已回到社会的各行各业，带着梦想、带着期盼走向社会，经历了风风雨雨，迈过了沟沟坎坎。在不同岗位上、不同的环境中，以军人敢于直面挑战、攻坚克难，正视一切、猎取强胜的独特气质，为祖国、社会和家庭做出了应有的贡献……

读了对军营回顾的文字，我深深理解了长征在如“破产”样艰难的日子里，依然能保持做人的本色，坚持直中取威武不屈之做派，是一个军人的血性在提醒他，哪怕苟且偷生也要站着为人。同时，也是文学的爱与滋养，让心中的明灯不灭。

一篇篇真实的生活记录里，都是真诚地对每一段经历的叙述，面对刁难的生活，没有怨天尤人，没有责怪和气恼。哪怕是那些最落魄的日子，在文字的背后，有的是潜藏着一股“重整旗鼓”积极向上的暗劲儿。正是这股劲儿，让长征从人生的“沼泽地”里爬出来站立起来。

四

一个写作者，特别像我们这类基层写作者，没有读科班，没有正规训练，全凭一股爱文学的劲头，一头扎进去。初始时是无知无畏，随着阅读量的增加和不断见识高人，越到后来越觉得自己的肤浅。文学的路，如大海如沙漠，我们，永远是跋涉者，唯有深入生活的泥土里，也许才能悟得些许真谛。

虽然，《此情可待》的许多篇章只是生活记录，有些段落因为跳跃的强度大，给人一种主题混乱之感，整体感觉还在向散文境界的高度点滴迸发，这当是长征在文学路中跋涉的“长征路”。但正是这份平实的记录，为人生留下了难能可贵的印记，充实了平凡的生活，为庸碌的人生增添了不一样的色彩，为孩子留下一个真实父亲的过往。是这些文字，足以证明长征在生活上，痛苦过彷徨过，努力过奋斗过。在来来往往疲于奔命的人生过程里，还能为文字留一角，尤为珍贵。这也是长征追随文学之梦，无怨无悔之因由。

生活上，长征有军人的豪爽，也有生意人的圆融。唯有面对文学时，是万般的虔敬和千缕的柔情。文学这条路，永远是一条“长征”路。在这条“长征”路上，长征怀着一颗柔软之心，在一步步探索和学习中前行。在他跌宕起伏的人生里，是文字抚平了他内心深处不可言说的忧伤，同时为自己点亮一盏心灯。

祝福老同学张长征先生，一直走在文学这条“长征”路上，赏花观景看世态，不离不弃苦修炼……

2020 年 7 月 6 日于玉竹楼·子谦书院

（作者系湖北省作协会员、通山县作协主席）

献给缱绻岁月的真情之作

——张长征文集《此情可待》阅读印象

郑安国

关注张长征先生的散文创作，是很久的事情了。他有着丰富的生活经历，艰辛却也精彩。我们在交流中，他多次说：“对于写作来讲，无非是热爱、经历与努力的记录过程。”大量丰富生活经历就是他人生的富矿，对于非虚构写作来讲更是如此厚实。

疫情期间，他多次深入抗疫一线采访写稿，得空就顺溜把近年来抒写的散文整理成集，取名《此情可待》。当前，正由我落实出版事宜。读罢文集，脑海里便迅速地跃出这样一句话：散文，也是一种不戴任何面具的文体。可以说，散文青睐岁月的划痕、高峰或险滩，也不排斥生活的平淡无奇。因为在这本散文集里，作者并没有用“含蓄”“隐秀”的方式，使自己的内心世界和思想本色被一种包装或是美饰掩藏起来，而是率真直陈地敞开自己突出的个性、情感的内里和思想的骨质，彰显出一种不刻意、不矫情、不营造的真性情。

《此情可待》不仅是作者抒发个性文学情感的特定领域，而且就文学的社会功能来讲，它能将爱国与爱家结合起来，以大情怀美学呈现一种文化乡愁，从而转化为在伦理教化、文化旅游、地方人文精神塑造等方面成为一种独特的文化资源。从这个角度上讲，作家服务于现实生活，其价值就具体化了。

“细嗅泥土芬芳，描摹故里模样。”他的许多作品多次写到母亲、家人和族亲，写到乡俗、规程和忌讳，写到黑暗中天边的光亮，渗透着浓郁的烟火气，沧桑的岁月感。这里就派生出一个问题：乡愁是什么？乡愁是中国人的一种情结、一种美学，是一种历史归属感和文化归属感；乡愁是故乡的土、故乡的人、故乡的老屋和老树，是儿时傍晚母亲的呼唤，是海外游子对家乡一粥一饭、一草一木的眷恋。远离故乡的人，像是一株被移植的植物，离开熟悉的故土在一个新的城市里艰难地重新扎根。村庄还是那个村庄，可行色匆匆的我们走在故乡的小道上却更像一个异乡人。我们离它已是渐行渐远，那是永远回不去的时光和处所，我们与故乡的关联更多停留在昨日，是记忆让我们与故乡之间剪不断理还乱。

这就是我们的乡愁，有思念，有惆怅，有失落，也有眷恋、有向往。

在这本文集中，大多的篇章都有着作家对家乡人文山水深深的情怀。这种乡愁动力的恒久驱使，不仅让他饱受了乡情的滋益，而且让他的思维也驰于辽阔的心理时空，在穿越中享受博大无边的人文关爱之心。这就使他在记述家乡景致、追溯故事场景、回望时光变迁时，毫不掩饰地体现出一种深厚的故乡情怀。

在这种乡愁的长期浸润中，不仅产生了有关生命方式与命运沧桑的感悟，而且让他的笔端纸上字里行间，有了一种超常的表现力度与精神的高贵。

《富水湖的早晨》《红色黄沙铺》《今访冷水坪》《闯王之镇》《笔走八仙埫》《桃花冲印象》《毛詹尖的传说》……每一篇充满乡愁和历史情怀的文字完成，作者都经历了一次剧烈的酝酿与冲动。生灭与流转、清幽与凝重，创造与变革、辉煌与变迁，都在历史、哲学、文学的变奏与融汇中从笔端湍湍流出。历史作为时光的镜像，哲学作为观照的高度，在散文艺术的亲和与黏结中，不仅呈现出包含委婉的深刻，而且透射出富含冷暖的人文情愫。

这本文集成了一个多维的文学承载空间，其中许多章节所描述的意境，让我们看到了一方水土山河的壮丽、古老与神奇。

王国维先生曾经指出：“大家之作，其言情也必沁人心脾，其写景也必豁人耳目，其辞脱口而出，无矫揉造作之态，以其所见者真，所知者深也。”以这段话来概括张长征先生所著的篇章，可谓恰切。因为所知者深，决定了其书写内容的充实和光辉；因为所见者真，所以其行文去除了技术的要素，写景抑或叙事，皆为直呈，这种传统的笔法始终伴随着主体的悟性，笔下意象缤纷，使得诸事物皆涂抹了澄明的色泽。这种澄明的状态即是张长征所言的“在场”的审美效果。且看如下一段：“渐渐长大了，特别是从外面归来，早晨，我常会来湖边漫步，近岸听微波低吟，远岸看炊烟袅袅升起，那时而翻涌的白浪，时而宁静的湖面，那阳光鳞次栉比下的湖水，在水一方的映射思绪，一丝一缕，如烟如画，卷铺开来，就会活灵活现地展现在你的眼前，沙砾、山峦、村庄、水汽、雾霰、烟霭、白鸟、飞鸭，在晨光之下闪现，像这样的湖光山色就会让人迷恋，呆立湖边的心绪不知所措，心想，这难道不是我一直在追寻的梦境吗？”（《富水湖的早晨》）此处，“我”成为内置的视点，诸事物直呈眼前，彼此之间相互连缀，富水湖的美倏然将主体拖入，如光辉，照射和洞穿便成为自然。这种语言上的简练和澄明，需要主体极好的悟性方可支撑。“故乡富水湖，她有真山真水的自然元气，那湖里欢娱的水鸭与鱼跃，那山里的清泉与野果，那湖面的泛舟渔火及飞鸟，都是家乡的灵气。”类似上述的句子，恰似四处散落的贝壳，嵌入各个段落之间，轻盈而优美，让我想起卡尔维诺的一个判断：“文学作为一种生存功能，为了对生存之重做出反应而去寻找轻。”

张长征先生敏感的笔触总是能对日常生活中细微的变动和感受做出独特的回应。他的散文写作体现出一种“有我”之境，多以个人叙事视角切入，但却不宥于此，而是深耕乡土题材书写，向历史和社会的纵深处开掘，在景物描写的同时，内观人文精神世界；从世道人心的幽微处探究，参悟出富有哲理的内涵，进而得出人生真相，展示人间百味，给读者带来真挚诚恳的享受。

张长征先生作为一个散文作家，尤其是作为地域性的散文作家，做到了让我们的眼光与思想，于本土之上越过村庄和山脉；找到了接通外部世界的“本土化表达”，我认为这是很不容易的。

首先，张长征先生作品对故乡风物细节的书写承继了中国文学的抒情传统，有着浓郁的“中国符号”、本土特色，也是农耕文明的延续，这样的抒情传统也是乡土文学的深沉底蕴之一，散发着浓郁的地域气息，保留着不一般的“诗文”韵致与涵泳的独特品质。比如《桃花冲印象》中：“在通山统统是山的地方，像这样的村落、沟壑、溪流、山脉到处皆是，看山观水，赏花察石对于山里人来说，是可以从容淡定的……”“这里常聚有山民自己组建的文艺团队，山民们会用本地话唱山歌、对情歌，那唱腔、那曲调常会让人情不自禁鼓掌叫好，引满堂喝彩。”再比如《毛詹尖的传说》中，“水涨山矮，人在湖上漂，村在岸上留。湖面上浮，村庄矮小，湖面，成了镜面，演变历史。”“孟冬的时候，下了一场雪，毛詹尖上一遍白色，乡关，是愁白了头吗？”看似简短朴素的语言，却描绘出了真实生动的画面。这正是每一个怀揣乡愁的人心里潜藏的图景，不曾消逝，反而更加深刻，触动人心。

其次，张长征先生的散文是值得玩味的，绝非停留在一般文化散文对历史的追问上，而是浑然天成的风物与人同体的建构，睹物思人、思情，物性与人性是合二为一的。他的游历探访性的作品对物性的文化探究具有风物考古的意味，超越了一般散文“发乎物，止乎情”。在《红色黄沙铺》中，“黄沙铺是鄂东南参与革命人数最多、地域最广、牺牲最大的地区，无数的黄沙铺儿女纷纷舍生忘死，勇敢地翻越鸡口山，投身于革命的洪流之中……”“每年 3 月份前后，在黄沙铺那被烈士鲜血染红的大幕山上，漫山的杜鹃花争相怒放，那样的美丽芳华，还有像坚韧革命意志一样催生的竹海，竹笋争相破土，那股钻劲儿势不可当。”在《今访冷水坪》一文中，“采访结束的时候，在冷水坪烈士纪念碑前，我们祈祷烈士英灵在这里安息。俯瞰村庄，夏日如画，村庄安宁，一条清澈的小河在静静地流淌，像在诉说这里的历史皆已过往，两岸青山默默地注视着这里曾经或将来发生的一切，好像是对烈士英灵的颔首肃立，又好像在耐心地期待这里产生新的传奇。”作者惯用平实的笔调追述沉重而光辉的历史，又善于用隐喻的手法抒发对这片红色土地的崇敬之情。

如果没有对劳动者的体恤的情感，故乡风物的美感和情愫是无法生发出来的。张长征先生的大多数文字始终浸染着对故乡一地一水的敬畏与热爱、对劳动的歌颂、对人情的赞美，这是非常难能可贵的品质。比如，在《拖斗》里“此时，面对这风雨劳作图，再好的画家也无法落笔，倾听这样大地的乐章，再好的乐手也会慌而失措”。的确，这是一种无法言喻的美，是出自生活毫无修饰的自然美，我想：大地诗人——农民，人间再没有比写你更加动容，更加坚实的作品了。在《雾中水车》中，“山中的雾不散，水车转动不停，人们在雾中生产，在雾中生活，古老的生产方式和贫困的生活条件何时才能冲破浓雾，走向坦途呢？”作者在赞颂劳动的同时，笔调里蕴藏着深切的忧思。

《此情可待》还有一个鲜明的特点，就是使用了大量异步句式，也使得张长征先生的书写呈现出独特的叙述色彩。叙述学家杰拉德·普林斯认为：“如果一个研究对象是对至少两个互不预设、互不暗示的异步事件的符合逻辑的连贯的传达，那么它就是叙述。”张长征先生的散文在展示日常真实、表达内心体验和呈现隐秘生活暗流时，常常会使用一些异步句式来表现：“住院五天后的一夜，爷爷闻出我喝了酒，终让我露出破绽，他立即坚决要求次日出院，再不能耗国家医保费。深夜大家散去，我侍床，爷孙俩感到相聚时日不多，徒增悲壮……”“雾渗进树林，漂白着每一片开始枯黄、飘落的树叶，雾茫茫之处，打湿了树梢还未能起飞雏鸟的绒毛，一群靠山吃山的汉子正迎着晨雾起来，扛着一捆捆毛杆或是毛竹在研磨搅碎，再放入石灰池，不知再经过多少道工序，用来制作好土纸，拿到山下换钱用。”这种具有异步特点的、跳跃性断裂式句式，凸显了作家的意识流动性，增强了散文的想象空间，呈现出一种与传统散文十分不同的主观色彩。而张长征先生散文中大量短句的使用、斩钉截铁的叙述、极为丰富的日常物象以及无一例外的文本长度，又使其散文呈现出一种明显的小说化倾向。

无论是抒写家园、人事、经历及感悟，作者都在“有我”的思想情韵与文化风格中进行，表现出的一种成熟的情感风向：真诚、素朴、智慧。作者的文字里既有行云流水般的畅达，又有个性语言习惯之质感，他的写作方式和文字风格有着专属的品相。

我个人认为，《此情可待》是一本怀旧之作，对逝去的物事的一种回望和追思。这本文集又因怀旧周身散发出光鲜迷人的色彩，凝聚着山乡的风土人情味，饱含着作者对于故乡大地的深深眷恋与深情的讴歌。与鲜活的风物一样，作者的情感扎根在永恒的大地上，终究也会化为另一道美丽“文化风物”。

（郑安国，笔名：郑歌，湖北通山人。湖北省作家协会会员，任《九头鸟》《通山文艺》《文化通山》执行主编，发表各类作品 100 多万字。）

后　记

长长地舒了一口气，集子编好了，笔头、琐事、腰痛、心绪，还有……一股脑儿放进这厚重而不足斤两的书页中，轻轻拂手，漠漠如烟。

市文联主席李专同志欣然为集子作序，还有三位知名作家的厚评，顿感书有千斤重了。

日子，过着过着就过去了，走着走着就走来了，日子慷慨与世事浮华，总是以荒芜与刻薄相欺。思之，流逝与纷扰相争，影子与真实相关，世事迥然，人间孤独，算来只是一梦浮生。说老实话，做老实人，写老实字，人若无花样，心怀情与爱，我如实地记录生活，笑看得失，回首在痕，宠辱休惊。

形式的、摆谱的、异类的、浮华的、欺骗的，时代的祭坛上，总有那么一点来不及，总是有那么一点还不实。唯有真切永恒，人活实在。

若说结集为沽名钓誉，那字里行间里却又不是，却是平凡，因为真实、乡愁、过往、人事、感悟、得失，我记录忐忑的文字和那飘落的日子。比如，一切都会归于尘埃，而文字永远烂不掉，煳不了，我写的字永存于世，这就是结集的初衷。

我本不该经商的，一份好好的工作弄丢了，非得出去混，沦落于江湖。我确实偏离了生活的正常轨迹，家人的苦叹、朋友的唏嘘、商场的起落，让我错失了闲散而按部就班的日子，更是错过了写作的黄金期，算是糊涂一生，让人啼笑皆非。但是，我甘于命运的安排，也就注定了我的苦难人生，既然是天的旨意，就让我享受这痛与乐的过程。经历了世间许许多多的事与人，太多的成与败，也就注定了这本集子的前世今生。生活本应缤纷多彩，人生不应平庸懒散，我若没有这些日子的丰富，哪有集子里这么多真实古怪的故事，何况这本集子所说的只是生活里小小的一部分，太多的故事留待延续。这本集子，琢磨我行走世界的背景，也是在与咫尺的灵魂对话，你放下，信手拈起，轻轻注入了关注。

帆升先生感悟道："人总得有种精神，有种寄托，好把日子从庸常应付中抽出来，镀上那能引领自己的圣光。假如不是这样，我相信人是会很容易坠入万劫不复的深渊的。"这正切中了我写这本书的目的。

安国先生叹我的人生精彩，其实是说我的人生阅历，才有了那么多脸红耳热的溢美之词。这点不假，我金木水火土的生意都摆弄过，我感动过，咆哮过，甚至动粗过，沉寂过，流泪过，狂笑过。这些起起落落，爱恨情仇，还有真善美，就形成了日子运转的链条，让生活素材在多棱角中折射出不同的色彩，才有了五花八门的文字流淌。

倪霞女士说："在他跌宕起伏的人生里，是文字抚平了他内心深处不可言说的忧伤，同时为自己点亮一盏心灯。"我非常认可这点，综合这些，构成了我人生的万花筒，我看见我体验我寻味我面对我思考，就这样记录了下来，且与共享，若你在读，说读我，说读世事，说读自己，那么，这就对上味了，集子也就成功了。

今年年岁不大好，新冠肺炎一直在流行，世界不安，加之，天雨涝灾，人们的生计大都有劳无益。人们等过瑞雪兆丰年后的失望，等到春暖花开的失意，又等来了绵绵数日雨后的失落，但是，却等来了这本书的姗姗来迟。我不能说这本书会有多大的分量，也依然改变不了世界什么，只是选在这个时候面世，让我们面对这些暂时苦难的日子，读一读，若有一种精神上的充实感、愉悦感、同属感，这是让我非常高兴的事情。

我的文字并不出彩，甚至纰漏也多，山里有一群人，一起玩着文字，一块喝着酒，吹吹世事，其才华，其劲头，很是了不起，也是我崇拜学习的榜样。这本集子能摆上他们的案头，再指正出一二，我日后纠正之。我知道，山外有山，人外有人，在中国的文学界，我永做新兵，我努力前行，一定会写得更好。

《此情可待》这本书的出版得益于毛才奇、方如良、阿木、徐立帅、石桂芳、邓坤文等文友的大力支持和指点，更得益于家人的理解和帮助，在此一一铭记。

谨以此书，感谢支持理解我的人，感谢在事业上帮助我的朋友，感谢在文学上指导我的师友们，更应感谢购买此书的读者。

2020年9月26日于湖北通山久闻堂